MIA JAKOBSSON

Eine Sommerliebe in Schweden

Weitere Titel der Autorin:

Das Glück kommt mit der Weihnachtspost

Über die Autorin:

Mia Jakobsson ist mit den Geschichten von Astrid Lindgren und Selma Lagerlöf aufgewachsen. Schon als Kind hat sie davon geträumt, einmal einen Roman zu schreiben, der die Leser in den hohen Norden entführt. Ihr Debütroman *Das Glück kommt mit der Weihnachtspost* spielt im tief verschneiten schwedischen Winter. Ihr zweiter Roman *Eine Sommerliebe in Schweden* ist eine Liebeserklärung an den schwedischen Sommer.

MIA JAKOBSSON

Eine Sommerliebe in Schweden

ROMAN

lübbe

Dieser Titel ist auch als E-Book erschienen

MIX
Papier aus verantwortungsvollen Quellen
FSC® C014496

Der Roman ist unter dem Titel
»Liebe ist wie Knäckebrot« bereits als Weltbildausgabe erschienen.

Textredaktion: Marion Labonte, Labontext
Umschlaggestaltung: Jeannine Schmelzer
Unter Verwendung von Motiven von
© mauritius images/age fotostock/Jörgen Larsson;
© Iya Khrakovsky/shutterstock; © Desy Aghadhia/shutterstock
Satz: hanseatenSatz-bremen, Bremen
Gesetzt aus der Goudy
Druck und Verarbeitung: GGP Media GmbH, Pößneck
Printed in Germany
ISBN 978-3-404-17935-0

2 4 5 3

Sie finden uns im Internet unter
www.luebbe.de
Bitte beachten Sie auch: www.lesejury.de

Für Elsa

Prolog

»Das war's dann wohl«, sagte Krister und griff nach dem letzten Karton.

Seine Stimme klang bedrückt, dabei war er es gewesen, der ihre Ehe beendet hatte. Einfach so, von heute auf morgen. Mit der Erklärung, dass er sich durch die Ehe und das Familienleben eingeengt fühle und dringend seine Freiheit benötige, um wieder richtig durchatmen zu können.

Tove hatte sich die ganze Zeit vor dem Moment gefürchtet, in dem sie die gemeinsame Wohnung – und das gemeinsame Leben – endgültig hinter sich ließen. Sie war froh, dass die beiden Großen in der Schule waren und Benny im Kindergarten.

Sie hatte um ihre Ehe gekämpft. Tagelang, nächtelang hatte sie mit ihm geredet, auf ihn eingeredet. Sie hatte ihn beschworen, der Kinder wegen zu bleiben, ihm immer wieder versichert, wie sehr sie ihn liebe, doch keines ihrer Worte schien Krister zu erreichen.

Dann folgte die Phase der Wut. Tove hatte geweint und ihn angeschrien, bis sie erkannte, dass sie dabei war, ihre eigene Würde zu verlieren. Sie hatte ihn gehen lassen.

In den Wochen darauf hatte sie so viel gebacken wie nie zuvor, denn nichts konnte sie besser von ihren düsteren Gedanken ablenken.

Tove war Bäckerin aus Leidenschaft. Bis vor ein paar Monaten hatte sie in einer kleinen Bäckerei gearbeitet, die nur wenige Meter von ihrem Zuhause entfernt war. Tove liebte ihre Arbeit, und die alteingesessenen Kunden liebten ihre Brotkreationen. Doch in den letzten Jahren entwickelte sich Södermalm immer stärker zum hippen Szeneviertel, und die jungen Leute, die hierher zogen, bevorzugten die preiswertere Supermarktware.

Es war vor allem *Mårtensson-Bröd*, das vor zwei Jahren einen regelrechten Siegesfeldzug mit großen Kampagnen und Dumpingpreisen angetreten hatte. Tove hasste dieses Unternehmen mehr als alle anderen Großbäckereien, weil es all das verkörperte, was die kleine Bäckerei zerstört und sie den Job gekostet hatte.

Inzwischen hatte sie einen schlechtbezahlten Halbtagsjob in einer dieser Billigbackstuben gefunden, die sie beinahe ebenso verabscheute wie *Mårtensson-Bröd*. Richtig backen konnte sie dort nicht, sondern lediglich fertige Teigrohlinge in den Ofen schieben. Keine erfüllende Aufgabe für eine Bäckerin mit Herz und Seele.

Von ihrem bescheidenen Lohn konnte Tove sich diese Wohnung in Södermalm jedenfalls nicht mehr leisten, zumal sie sich nie darauf verlassen konnte, dass Krister den Unterhalt für die Kinder pünktlich bezahlte.

»Du hast den Unterhalt noch nicht überwiesen«, sagte sie aus diesen Gedanken heraus.

Krister zog eine Grimasse. »War ja klar, dass du mir das wieder vorhältst!«

»Den Unterhalt für letzten Monat hast du auch nicht komplett bezahlt.«

»Ich hatte Ausgaben«, sagte er ausweichend. »Nächsten Monat bekommst du dein Geld.«

Tove trat an das große Wohnzimmerfenster und schaute hinaus. Von hier aus konnte sie über den Riddarfjärden bis nach Gamla Stan schauen, aber sie sah nur das rote Cabriolet mit dem offenen Verdeck vor dem Haus. Auf dem Beifahrersitz saß eine vollbusige Blondine, die ihrerseits zum Haus schaute und winkte, als sie Tove hinter dem Fenster erblickte.

»Ich verstehe«, sagte Tove sarkastisch. »Ein neues Auto und eine neue Freundin! Wie rücksichtslos von mir, da noch Unterhalt zu fordern.«

Krister ignorierte ihre Bemerkung. Er ging mit dem Karton in Richtung Tür. »War das alles?«

Tove nickte und wünschte sich insgeheim, sie hätte seine restlichen Sachen einfach im Müll entsorgt. Krister brauchte sie in seinem neuen Leben wohl nicht mehr, und ihr hätte es diese Begegnung erspart.

»Danke«, sagte er.

Tove hatte keine Ahnung, wofür er sich bedankte. Sie fragte auch nicht nach.

»Es tut mir leid, Tove«, hörte sie ihn hinter sich sagen.

»Ziehst du bitte die Tür hinter dir zu, wenn du gehst?«, erwiderte sie spröde. Sie wollte allein sein, um in aller Ruhe Abschied zu nehmen. Nicht nur von ihrem Zuhause, sondern vor allem von dem Teil ihres Lebens, den sie mit dieser Wohnung verband.

Langsam ging sie durch die leeren Räume. Alles wirkte so kalt und verlassen. Nichts zeugte mehr von dem Leben, von der Liebe, die hier zu Hause gewesen waren. Wenn sie jetzt rausging, wenn sie die Tür hinter sich zuzog, dann gab es kein Zurück mehr. Es war ein Abschied für immer …

… und irgendwann konnte sie den nicht mehr hinauszögern. Es war vorbei, sie würde nie wieder hierher zurückkehren.

Tove warf den Schlüssel in den Briefkasten, so wie sie es

mit dem Hausbesitzer abgemacht hatte. Dann machte sie sich auf den Heimweg – was für ein absurdes Wort, wo sie ihr Zuhause doch gerade hinter sich gelassen hatte. Sie musste sich regelrecht dazu zwingen, einen Fuß vor den anderen zu setzen. Dabei schaute sie starr geradeaus und versuchte, alle Gedanken auszuschalten.

Es blieb bei dem Versuch. Sie war traurig, aber vor allem tat es ihr für die Kinder leid, die ihr Zuhause so sehr vermissten. Für die drei war es eine gewaltige Umstellung gewesen, aus der großen, schönen Wohnung mit dem tollen Ausblick in die Hochhaussiedlung in Liljeholmen zu ziehen.

Tove blieb stehen und atmete tief durch. »Alles wird gut«, sagte sie leise zu sich selbst. »Irgendwann wird alles wieder gut.«

Dann setzte sie sich in Bewegung. Sie wollte so schnell wie möglich in die neue Wohnung, auch wenn sie diese noch nicht als ihr Zuhause bezeichnen konnte. Aber zumindest gab es dort eine Küche mit einem funktionierenden Backofen.

Und backen, das war für Tove immer noch die beste aller Möglichkeiten, um sich abzulenken.

Kapitel 1

»Du hast WAS?« Patriks Stimme überschlug sich. Er wusste selbst nicht, ob er eher wütend oder fassungslos war. Zu ungeheuerlich war das, was sein Freund und Anwalt Lovis ihm da gerade mitgeteilt hatte.

Patrik war aufgesprungen und kämpfte gegen das Bedürfnis an, Lovis am Kragen seines zweifellos teuren Anzugs zu packen und über den Schreibtisch zu ziehen.

Lovis zog den Kopf ein. »Es ist mir einfach so rausgerutscht. Ich dachte … Nein«, verbesserte er sich selbst. »Eigentlich habe ich überhaupt nicht gedacht. Ich wollte einfach nur den Vertrag abschließen.«

»Indem du behauptet hast, ich wäre ein glücklich verheirateter Familienvater?« Patrik ließ sich wieder auf den Stuhl fallen. Er schüttelte den Kopf, immer wieder. Warum nur hatte er Lovis gebeten, nach New York zu fliegen?

Hilflos hob Lovis beide Arme und ließ sie wieder sinken. »Wie konnte ich ahnen, dass ein erfolgreicher Geschäftsmann wie Erik Wallin so ein altmodischer Kauz ist? Er setzt bei Geschäftsabschlüssen dieser Größenordnung ausschließlich auf verheiratete Familienväter. Weil die seiner Meinung nach zuverlässiger sind. Jedenfalls hat er mir das genau so erklärt.«

»Und anstatt ihm zu sagen, dass er uns das besser schon vor deinem Abflug mitgeteilt hätte, behauptest du, ich wäre verheiratet und hätte Kinder? Wie viele Kinder habe ich denn?«, fragte Patrik sarkastisch.

»Zum Glück sind wir da nicht so ins Detail gegangen. Das lässt uns ein bisschen Spielraum«, erwiderte Lovis zaghaft.

»Spielraum?«, fuhr Patrik erneut auf. »Wofür?«

»Das weiß ich auch noch nicht so genau, aber mir wird schon was einfallen.« Lovis bemühte sich um ein Lächeln.

Bildet er sich wirklich ein, dass er mich so leicht besänftigen kann?, fragte sich Patrik.

»Erik Wallin lebt in New York, du in Schweden«, fuhr Lovis fort. »Ich dachte, er würde nie erfahren, dass du kein glücklich verheirateter Familienvater bist, sondern schnell wechselnde Beziehungen vorziehst.« Lovis schüttelte den Kopf. »Wobei man in deinem Fall nicht einmal von Beziehungen sprechen kann.«

Patrik ignorierte die letzte Bemerkung. Er richtete sich auf, atmete tief durch und fragte: »Und warum hat Erik Wallin den Vertrag nicht unterschrieben, obwohl er glaubt, dass ich alle Voraussetzungen erfülle?«

Lovis lockerte seine Krawatte und zerrte an seinem Hemdkragen. Er fühlte sich sichtlich unwohl.

Finster zog Patrik die Augenbrauen zusammen. »Hat er etwa herausgefunden, dass du ihn schamlos belogen hast? Haben wir dadurch alle Chancen auf einen erfolgreichen Vertragsabschluss verspielt?«

»Er wird den Vertrag unterschreiben«, behauptete Lovis. »Allerdings gibt es da noch etwas, was du wissen musst. Ich weiß allerdings noch nicht so richtig, wie ich dir das beibringen soll.«

»Sag es einfach«, murmelte Patrik resigniert. Es konnte kaum noch schlimmer kommen. Dachte er jedenfalls …

»Erik Wallin kommt zur Vertragsunterzeichnung persönlich nach Schweden. Er will dich kennenlernen.« Lovis machte eine kurze Pause. Er zog den Kopf ein, bevor er weitersprach: »Und deine Frau und deine Kinder.«

Patrik fasste sich mit beiden Händen an den Hals und stieß einen gurgelnden Laut aus. »Warum tust du mir das an?«

Von allem, was er mit Lovis bisher erlebt hatte, war das hier zweifellos das Schlimmste. Und dabei kannte er Lovis schon fast sein ganzes Leben. Sie waren zusammen auf der Insel Smögen aufgewachsen und schon als Kinder die besten Freunde gewesen. Zusammen mit Mats, der heute als Betriebsleiter in Patriks Großbäckerei arbeitete, hatten sie ein unzertrennliches Trio gebildet. Schon damals hatte Lovis sie immer wieder in Situationen manövriert, die ihnen eine Menge Ärger einbrachten.

Später war Lovis für sein Jurastudium nach Stockholm gezogen, und Patrik hatte zusammen mit Mats im Unternehmen seines Vaters eine Ausbildung als Bäcker begonnen. Nach dem Studium blieb Lovis in Stockholm, während Patrik durch die Welt reiste. Immer auf der Suche nach Abenteuern und den besten Backrezepten. Nur Mats war auf Smögen geblieben und arbeitete weiterhin bei *Mårtensson-Bröd.*

Ihre Freundschaft hatte all das ausgehalten. Wenn sie drei sich trafen, war es immer noch so, als hätten sie sich erst gestern das letzte Mal gesehen, und heute konnte Patrik sogar über Lovis' Streiche von früher lachen. Nur über das, was er jetzt angestellt hatte, darüber würde er wohl niemals lachen können.

Patriks Wut wandelte sich in tiefe Enttäuschung. Erst vor vier Jahren war er endgültig nach Schweden zurückgekehrt, um die Großbäckerei seines Vaters zu retten. Es war Mats gewesen, der ihm anvertraute, dass das Unternehmen wegen einiger falscher Entscheidungen seines Vaters kurz vor dem Ruin stand.

Anfangs war es für Patrik nur eine Verpflichtung gewesen. Sein Vater war ein verbitterter, hartherziger Mann. Vielleicht war es verständlich, dass Patriks Mutter es an der Seite dieses Mannes nicht ausgehalten hatte und irgendwann abgehauen war. Einfach so!

Patrik hatte seine Mutter geliebt und nie verwunden, dass sie auch ihn im Stich gelassen hatte. Er hatte gehofft, dass das gemeinsame Schicksal wenigstens seinen Vater und ihn zusammenschweißen würde, aber das Gegenteil war der Fall. Der alte Mårtensson wurde noch unzugänglicher, verschloss sich allem und jedem, und Patrik war froh, als er die Heimat verlassen konnte. Er hatte das Gefühl gehabt, endlich wieder frei durchatmen zu können.

Patrik wusste bis heute nicht, ob sein Vater sich über sein Heimkommen gefreut hatte. Er hatte es einfach so hingenommen, nur das Nötigste mit ihm gesprochen und sich halsstarrig geweigert, in der Firma Änderungen zuzulassen. Ein halbes Jahr später starb der alte Mårtensson und hinterließ seinem Sohn einen Berg Schulden und eine abgewirtschaftete Firma.

Patrik hätte das Erbe ablehnen können, aber als er von Mats erfuhr, wie verzweifelt die Mitarbeiter der Großbäckerei waren, übernahm er die Verantwortung. Je mehr er ums Überleben des Unternehmens kämpfte, umso stärker wurde ihm bewusst, dass ihn diese Arbeit erfüllte. Er konnte seine eigenen Erfahrungen als Bäcker einbringen und brachte gutes Brot auf den Markt, das inzwischen in ganz Schweden verkauft wurde. Vor zwei Jahren hatte er endgültig den Durchbruch geschafft. Das Unternehmen war gerettet und damit auch die Arbeitsplätze.

In den letzten Monaten hatte Patrik sehr erfolgreich mit Seetang experimentiert und das Rezept für ein Knäckebrot entwickelt, das bei den Kunden gut ankam. Es waren allerdings umfangreiche Investitionen erforderlich, um den Seetang in größeren Mengen zu verarbeiten. Erik Wallin wäre der perfekte Investor gewesen, weil er neben dem finanziellen Zuschuss auch noch den internationalen Vertrieb von *Mårtensson-Bröd* übernehmen wollte.

Lovis hob in einer hilflosen Geste die Arme und ließ sie wieder fallen. »Ich wollte dir doch nur helfen.«

»Indem du eine Familie erfindest, die ich nicht habe?«, erwiderte Patrik bitter.

»Mir ist in dem Moment eben nichts Besseres eingefallen«, verteidigte sich Lovis. »Aber wir biegen das schon wieder hin.«

Patrik fuhr erneut auf. »Wie sollen wir das denn hinbiegen?«

Lovis presste beide Hände gegen seine Schläfen und schloss kurz die Augen. »Du musst mich einfach nur in Ruhe nachdenken lassen!«

Patrik überhörte Lovis' Worte. »Wann kommt Erik Wallin denn nach Schweden?«, wollte er wissen.

»Äh … ja …«, stotterte Lovis.

Patrik schlug so hart mit der Faust auf Lovis' Schreibtisch, dass der erschrocken zusammenzuckte.

»In zwei Wochen.«

Jetzt war es Patrik, der die Augen schloss. »In zwei Wochen?«, fragte er resigniert. Er öffnete die Augen und stand auf. »Ruf Erik Wallin an und sag ihm, dass sich die Sache erledigt hat«, forderte er Lovis auf.

Auch Lovis erhob sich von seinem Schreibtischstuhl. »Gib mir bitte ein paar Tage Zeit!«, beschwor er Patrik. »Mir fällt bestimmt eine Lösung ein.«

Patrik starrte ihn an, Lovis hielt seinem Blick stand.

»Mach doch, was du willst«, brummte Patrik schließlich. Er wandte sich um und verließ das Büro. Unsanft ließ er die Tür hinter sich ins Schloss fallen.

Patrik fuhr noch am gleichen Nachmittag zurück nach Smögen. Für ihn stand fest, dass Erik Wallin als Investor nicht mehr infrage kam.

»Verflixt!«, murmelte er enttäuscht. »Das wäre perfekt gewesen.«

Lovis hatte zwar versprochen, eine Lösung zu finden, aber Patrik glaubte nicht daran. Alles fing von vorn an. Die Suche nach einem Investor, die erste Kontaktaufnahme, die Präsentation seiner Großbäckerei und der Versuch, andere von seinem Konzept zu begeistern. Es lag noch viel Arbeit vor ihm.

Ganz bestimmt würde er heute nicht mehr damit beginnen, wahrscheinlich auch noch nicht morgen.

Patrik wusste, dass er ein paar Tage brauchen würde, um sich von dieser Enttäuschung zu erholen. Am besten gelang ihm das erfahrungsgemäß, indem er in der Backstube seines Unternehmens mit neuen Rezepten experimentierte. Und genau das nahm er sich für die nächsten Tage vor: Er wollte backen, bis er den Rückschlag von heute verkraftet hatte und bereit war, mit seinen Bemühungen um einen Investor von vorn zu beginnen.

Kapitel 2

»Krister, ich versuche seit Tagen, dich zu erreichen. Warum meldest du dich nicht?« Wütend beendete Tove das einseitige Gespräch mit Kristers Mailbox.

»Er ruft nicht zurück, weil er genau weiß, was du von ihm willst.« Kerstin schaute nur kurz auf, bevor sie weiter Teigrohlinge auf einem Backblech verteilte.

»Genau! Und wahrscheinlich braucht er sein Geld viel dringender für ein Auto oder für eine Reise mit seiner neuen blondierten Freundin.«

Kerstin lachte. »Immerhin ist er seinem bevorzugten Typ treu geblieben«, sagte sie und wies auf Toves Haar, das sie während der Arbeit hochgesteckt trug.

»He, das ist nicht blondiert!«, widersprach Tove. »Er steht jetzt auf Wasserstoffblondinen.« Auf keinen Fall wollte sie mit einer von Kristers wechselnden Freundinnen verglichen werden. »Inzwischen ist es mir völlig egal, mit welchen Frauen er seine Zeit verbringt. Ich will nur, dass er seinen Verpflichtungen nachkommt. Ich brauche den Unterhalt dringend. Die Waschmaschine ist kaputt, der Vermieter hat eine Mieterhöhung angekündigt, und Svea will in den letzten beiden Ferienwochen mit ihrer besten Freundin und deren Eltern nach Gran Canaria fliegen.« Tove holte tief Luft. »Aber das könnte ich mir selbst dann nicht leisten, wenn Krister den ganzen fehlenden Unterhalt auf einmal bezahlen würde. Was er natürlich nicht tun wird ...«

»Habt ihr nichts zu tun?«

Tove fuhr herum, als sie die verärgerte Stimme ihres Chefs in ihrem Rücken vernahm.

»Wir arbeiten doch«, erwiderte Kerstin pampig und knallte das Tablett mit den Teigrohlingen in den Backofen.

Gunnar Nordström warf ihr einen finsteren Blick zu. »Dann macht das schweigend, und konzentriert euch auf eure Arbeit!«, brummte er, drehte sich um und ging zurück in den Verkaufsraum.

»Vielleicht sollte ihm mal jemand sagen, dass diese Arbeit nur für ihn geistig anspruchsvoll ist«, flüsterte Kerstin erbost.

»Also, ich sage ihm das nicht«, gab Tove ebenso leise zurück. »Ich kann es mir nicht leisten, diesen Job zu verlieren.«

»Sobald ich etwas anderes gefunden habe, bin ich hier weg«, versicherte Kerstin. Sie lächelte Tove traurig an. »Am liebsten würde ich wieder mit dir zusammen in einer richtigen Bäckerei arbeiten.«

»Das wäre schön«, seufzte Tove.

Sie und Kerstin hatten bereits in der kleinen Bäckerei in Södermalm zusammengearbeitet, und der Job in dieser Backstube war für sie beide nur eine Notlösung. Inzwischen hatte sich ihr neuer Chef als absolutes Ekel entpuppt, und es war allgemein bekannt, dass er seine Mitarbeiter ziemlich schnell feuerte.

Genau das war der Grund, weshalb Tove nicht widersprach, als Gunnar sie an diesem Nachmittag dazu aufforderte, länger zu bleiben. Er bat sie nicht darum, sondern befahl es einfach: »Du bleibst hier, bis ich zurück bin.«

Mehr sagte er nicht. Keine Erklärung, wohin er ging, keine Information, wie lange es dauern würde. Leider war Kerstin bereits weg, weil sie einen Zahnarzttermin hatte.

Nervös schaute Tove auf die Uhr. In einer halben Stunde musste sie Benny aus dem Kindergarten abholen. Und genau diese halbe Stunde brauchte sie für den Weg dorthin.

Als Gunnar zehn Minuten später noch nicht zurück war, rief sie ihre Tochter an.

Svea meldete sich nach dem zweiten Freizeichen. »Was willst du?«

Die Fünfzehnjährige steckte tief in ihrer pubertären Mütter-sind-doof-Phase und ließ keine Gelegenheit aus, das zu beweisen.

»Du musst Benny abholen!«, sagte Tove. »Ich muss noch arbeiten.«

»Keine Zeit!« Mit dieser knappen Absage beendete Svea einfach das Gespräch und ging nicht mehr an ihr Handy, als Tove erneut anrief. Nur die Mailbox meldete sich.

»Svea!«, sage Tove. »Du musst Benny abholen. Ich kann hier nicht weg.«

Minutenlang starrte sie danach auf ihr Handy. Zuletzt versuchte sie per SMS, ihre Tochter endlich zu einer Reaktion zu bewegen.

Svea, ich brauche jetzt wirklich deine Hilfe!

Immerhin erhielt sie diesmal eine Antwort: *Jetzt nicht!*

Danach reagierte Svea überhaupt nicht mehr, obwohl Tove noch einmal versuchte, ihre Tochter mit einer Ansage auf der Mailbox und anschließend per SMS zu erreichen.

Eine weitere halbe Stunde verging, in der sie weder eine Antwort von Svea erhielt noch Gunnar zurückkehrte. Nur ein Kunde kam zwischendurch in die Backstube und kaufte ein Brötchen.

Es reichte ihr! Tove holte ihre Tasche und schaltete die Backöfen aus.

Ein ungutes Gefühl beschlich sie, als sie an Gunnar dachte.

Noch einmal griff sie nach ihrem Handy, obwohl sie wusste, dass Gunnar es hasste, wenn sie ihn während seiner Abwesenheit anrief. Aber sie musste ihm sagen, dass sie nicht länger warten konnte.

Das Freizeichen ertönte, und gleichzeitig klingelte es unter der Ladentheke. Gunnar hatte sein Handy nicht mitgenommen.

Tove stieß einen leisen Fluch aus. Gunnar vergaß ständig sein Handy, wenn er es nicht sogar mit Absicht liegen ließ.

Sie schrieb ihm eine kurze Nachricht, dass sie nicht länger warten konnte, dann zog sie ihre Jacke an und verließ die Backstube. Sorgfältig verschloss sie die Tür, bevor sie zur Station der Tunnelbana sprintete.

Der Gedanke an ihren kleinen Sohn bedrückte sie. So oft schon hatte Benny auf sie warten müssen, während alle anderen Kinder längst von ihren Eltern abgeholt worden waren. Inzwischen war ihr sogar schon vorgeschlagen worden, Benny in einen anderen Kindergarten zu schicken, der etwas näher an ihrem Arbeitsplatz lag. Es war die freundliche Umschreibung dafür, dass die Erzieherinnen einfach keine Lust mehr hatten, ständig nach Feierabend auf Tove zu warten.

Heute war sie sogar fast eine Stunde zu spät, als sie den Kindergarten endlich erreichte. Kein Wunder, dass Inger, eine der Erzieherinnen aus Bennys Gruppe, demonstrativ auf ihre Armbanduhr schaute.

»Es tut mir leid!«, rief Tove schon von Weitem.

Benny saß mit gesenktem Kopf auf seiner Lieblingswippe. Ein knallrotes Feuerwehrauto auf einer riesigen Feder, das bei jeder Bewegung vor und zurück wippte. Jetzt stand das Auto ganz still, weil Benny bewegungslos auf dem Sitz saß und jeden Blickkontakt mit seiner Mutter vermied.

»Es tut mir leid«, beteuerte Tove noch einmal, als sie die

beiden endlich erreicht hatte. Sie war so schnell gerannt, dass ihre Lunge pumpte und sie die Worte nur hervorstoßen konnte.

Ingers Miene blieb ernst. »Das sagst du jedes Mal. Aber wenn …«

»Ich weiß!«, fiel Tove ihr ins Wort. Sie wollte mit der Erzieherin nicht mehr darüber diskutieren, ob ein anderer Kindergarten für Benny infrage kam. Er liebte seine Gruppe, und alle seine Freunde waren hier. »Es kommt nicht wieder vor.«

Wie oft hatte sie das schon versprochen? Kein Wunder, dass Inger skeptisch eine Augenbraue hochzog. Sie sagte aber nichts mehr dazu, sondern wünschte ihnen einen schönen Abend und verabschiedete sich.

»Komm, Benny, wir gehen nach Hause!«

Schweigend kletterte der Fünfjährige von dem Feuerwehrauto. Als Tove ihm behilflich sein wollte, schlug er ihre Hand weg.

»Es tut mir wirklich leid, Benny.«

Benny antwortete nicht, sondern stapfte einfach los. Seine kleinen Hände waren zu Fäusten geballt, als er einen Kieselstein wegkickte.

Tove beschleunigte ihren Schritt und holte ihn ein. Als sie neben ihm herging und eine Hand nach ihm ausstreckte, verschränkte er die Hände mit verstockter Miene hinter seinem Rücken.

»Benny, es tut mir wirklich sehr leid.«

Wahrscheinlich hatte sie diese Entschuldigung auch bei dem Kleinen schon zu oft benutzt, um ihn damit zu beeindrucken. Er ging einfach weiter, ohne sie anzusehen.

»Kann ich es irgendwie wiedergutmachen?«, fragte Tove.

Sie bemerkte, dass ihr Sohn kurz innehielt, bevor er mit gesenktem Kopf weiterging.

»Pizza«, schlug sie vor.

Endlich blieb Benny stehen und schaute zu ihr auf. »Und Eis«, verlangte er kategorisch.

»Okay«, gab sie sofort nach. Es war ihr völlig egal, dass sie sich aus pädagogischer Sicht komplett falsch verhielt. Sie wollte einfach nur, dass ihr Kleiner wieder fröhlich war. Und eigentlich war es nicht nur Benny, der eine Entschädigung verdient hatte.

Benny war noch nicht fertig. »Nur du und ich?«, vergewisserte er sich.

»Nur du und ich!« Tove grinste und legte einen Zeigefinger an die Lippen. »Wir sagen den Großen nichts davon.«

Obwohl Benny mit einem verschwörerischen Grinsen nickte, wusste Tove genau, dass er seinen Geschwistern bei der ersten Gelegenheit davon erzählen würde.

»Ich war mit Mama Pizza essen«, krähte Benny gleich nach dem Heimkommen. Er breitete die Arme aus, so weit er konnte. »Die war sooo groß! Und danach hat Mama mir ein Eis gekauft. Das war noch viel größer.« Diesmal hob er die rechte Hand weit über seinen Kopf.

»Na und!« Jesper zuckte ungerührt mit den Schultern. »Ich hatte einen Burger und Pommes. Das mag ich viel lieber als Pizza.«

Tove zog fragend die Augenbrauen in die Höhe. »Ich dachte, du warst beim Fußballtraining.«

»War ich ja auch. Danach hat der Trainer uns eingeladen, weil wir letzten Sonntag so gut gespielt haben. Ich brauche übrigens eine neue Trainingshose. Die hier ist schon wieder zu klein.« Er streckte ein Bein vor.

Tove zuckte innerlich zusammen. Sie hatte keine Ahnung, wie sie Jespers rasantes Wachstum finanzieren sollte. Ständig brauchte er neue Kleidung, und sein Appetit war enorm. Zum Glück war er nicht eitel. Jedenfalls nicht so wie Svea. Vielleicht fand sie im Secondhandladen oder online eine nicht ganz so teure Trainingshose. Aber nicht mehr diesen Monat, das war völlig ausgeschlossen.

Sie wollte es Jesper gerade erklären, als Svea nach Hause kam. Noch bevor sie die Küche betrat, wusste Tove, dass ihre Tochter stinksauer war. Sie knallte lautstark die Haustür hinter sich zu.

»Oh – oh!«, flüsterte Benny und zeigte grinsend mit dem Finger in Richtung Flur.

Svea rauschte herein. Wütend blitzte sie ihre Mutter an. »Du bist so peinlich!«

Tove rief sich den Artikel in Erinnerung, den sie vor einem Jahr über pubertierende Teenager gelesen hatte. Laut amerikanischer Forscher fand in Sveas Alter ein massiver Umbau von Nervenverbindungen im Gehirn statt, und deshalb konnten Teenager nichts für ihr Verhalten. Am Ende des Artikels wurde den betroffenen Eltern geraten, einfach die Ruhe zu bewahren.

Wer immer diesen Artikel geschrieben hatte, kannte Svea allerdings nicht. Tove versuchte es trotzdem. Sie lächelte ihre Tochter sanft an und sagte betont leise: »Ich habe dich nur gebeten, Benny abzuholen.«

»Und alle meine Freunde haben das mitbekommen. Weißt du eigentlich, wie peinlich das ist? Außerdem will ich den Zwerg nicht abholen!«

Sie ist ein Teenager! Sie kann nichts dafür! Ruhe bewahren!

Tove atmete tief durch und zählte in Gedanken langsam bis zehn. Sie kam bis drei.

»Ich bin kein Zwerg!« Benny baute sich vor seiner Schwester auf und stemmte die Hände in die Hüften.

»Bist du doch!« Erstaunlich, wie schnell sich Sveas Laune besserte, als sie ihren kleinen Bruder reizen konnte.

»Lass dich von der dummen Pute nicht ärgern, Benny!«, goss Jesper Öl ins Feuer.

»Ich hatte Pizza und du nicht!«, rief Benny triumphierend aus. »Danach hat Mama mir ein Eis gekauft.«

Svea rümpfte verächtlich die Nase. »Das würde ich sowieso nicht essen. Viel zu viele Kohlehydrate. Ich esse nur noch Low Carb. Ich will im Urlaub eine Bikinifigur haben.« Sie drehte sich zu Tove um. »Die Svenssons wollen übrigens nächste Woche buchen. Dann brauche ich das Geld, damit ich es Majas Vater geben kann.«

Seit zwei Monaten sprach Svea schon davon, dass sie mit ihrer besten Freundin Maja und deren Eltern in Urlaub fliegen wollte. Und ebenso lange erklärte ihr Tove geduldig, dass sie sich das nicht leisten konnten. Auch jetzt schüttelte sie den Kopf. »Ich kann dir dafür kein Geld geben. Ich habe es einfach nicht.«

Sveas Blick verfinsterte sich. »Das sagst du doch nur, weil ich den Zwerg nicht abgeholt habe.«

»Ich sage das, weil ich das Geld wirklich nicht habe«, wiederholte Tove mit erhobener Stimme. Sie hielt kurz inne, atmete tief durch, bevor sie ruhig weitersprach. »Und selbst wenn ich genug Geld für deinen Urlaub hätte, würde ich es dir nicht geben, weil das deinen Brüdern gegenüber ungerecht wäre.«

»Von mir aus kannst du der Geld geben, auch wenn ich nichts kriege.« Jesper zeigte mit einem geringschätzigen Grinsen auf seine Schwester. »Ich bin froh, wenn die zwei Wochen weg ist.«

Svea schien einen Augenblick mit sich zu ringen, ob sie ihrem Bruder eine patzige Antwort geben oder dessen Bemerkung für sich nutzen sollte.

»Siehst du!« Offensichtlich hatte sie sich für die zweite

Möglichkeit entschieden und wies jetzt ihrerseits auf Jesper. »Der will überhaupt nichts, und der Zwerg kann mit so viel Geld sowieso nichts anfangen.«

Tove seufzte laut und wünschte sich zum x-ten Mal, ihre Kinder würden sich mit Namen anreden und nicht ständig als *der, die* oder *Zwerg* bezeichnen.

»Ich bin kein Zwerg!«, protestierte Benny erneut. »Und ich kann wohl ganz viel Geld brauchen. Wenn du welches kriegst, will ich das auch. Zuerst kaufe ich mir ein Feuerwehrauto, und dann fahr ich auch in Urlaub. Ganz allein, ohne euch. Aber Mama nehme ich mit, und Jesper auch.« Womit er klargestellt hatte, wen er nicht dabeihaben wollte.

»Wo willst du denn hin?«, fragte Tove überrascht. Dass ihr Jüngster neuerdings Urlaubswünsche hegte, überraschte sie.

»Ans Meer«, kam es prompt zurück.

Svea kicherte. »Du bist wirklich noch ein Zwerg. Wir wohnen in Stockholm, und überall um uns herum ist Wasser. Direkt vor Stockholm liegt die Ostsee.«

»Ich will ans richtige Meer«, beharrte der Kleine. »Da wo richtige Wellen sind. So wie in dem Film, den Mama und ich gesehen haben.«

Tove dachte einen Moment nach. Dann fiel ihr ein, dass sie und Benny sich einen Film über die schwedische Westküste angeschaut hatten. Sie hatte nicht gewusst, dass der Film ihren Sohn so beeindruckt hatte. Liebevoll strich sie ihm über die blonden Locken.

»Wenn wir einmal ganz viel Geld haben, fahren wir alle zusammen dahin. Aber solange wir kein Geld haben …«, Toves Blick richtete sich streng auf Svea, »… fährt niemand von uns in Urlaub.«

Sveas Augen füllten sich mit Tränen. »Du bist so gemein!«, stieß sie hervor.

Svea weinte selten, deshalb empfand Tove mehr Mitleid als Ärger. »Ich hätte dir die Reise wirklich gegönnt, Svea, aber es geht einfach nicht.«

Ihre besänftigenden Worte erreichten Svea nicht. Mit einer hastigen Bewegung wischte sie sich über die Augen. »Wenn du zu geizig bist, frage ich eben Papa, ob er mir das Geld gibt.« Mit diesen Worten lief sie aus der Küche.

»Viel Glück!«, rief Tove ihr nach. »Und erinnere ihn bitte daran, dass ich schon seit Tagen auf seinen Rückruf warte.«

Sie bemerkte Jespers unglücklichen Blick. Er sprach nie darüber, aber Tove hatte oft das Gefühl, dass er besonders unter der Trennung seiner Eltern litt. Es machte ihm sehr zu schaffen, dass Krister den Kindern immer wieder gemeinsame Unternehmungen versprach, aber nie etwas daraus wurde. Sie hätte Jesper gerne in die Arme genommen, doch als sie auf ihn zuging, wich er zurück und streckte abwehrend die Hände aus.

»Svea beruhigt sich schon wieder«, sagte sie, obwohl sie im Moment selbst nicht daran glaubte.

»Ist mir doch egal«, brummelte Jesper und wechselte dann das Thema. »Was gibt es heute zum Abendessen?«

Tove sah ihn überrascht an. »Du hattest doch schon Burger und Pommes«, sagte sie.

»Na und?« Jesper hob kurz die Schultern. »Ich habe trotzdem wieder Hunger.«

»Ich auch«, krähte Benny. »Machst du Spaghetti?«

Spaghetti kosteten nicht viel. Tove dachte daran, dass sie kaum noch Geld für Lebensmittel hatte. *Und Svea meint, ich wäre geizig.* Tove biss sich auf die Unterlippe, um nicht in Tränen auszubrechen. Die Kinder sollten nichts von ihren großen Sorgen wissen.

»Also gut, dann gibt es auch noch Spaghetti«, sagte sie betont fröhlich.

»Mit Bolnäse«, verlangte Benny.

»Mit ganz viel Bolognese«, versprach Tove. Darauf kam es jetzt auch nicht mehr an.

Erleichtert registrierte sie, dass auch Jesper wieder grinste. So wie immer, wenn sein kleiner Bruder bestimmte Worte nicht richtig aussprechen konnte. Im Gegensatz zu Svea zog er Benny nie damit auf.

Svea tauchte erst wieder auf, als alle am Tisch saßen. Sie nahm sich einen Teller aus dem Küchenschrank und häufte am Herd eine riesige Portion Spaghetti mit reichlich Soße darauf, bevor sie sich mit schlecht gelaunter Miene ebenfalls an den Tisch setzte.

Jesper schaute ihr eine Weile grinsend beim Essen zu und ignorierte Tove, die ihm mit Zeichensprache zu verstehen gab, dass er seine Schwester jetzt nicht ärgern sollte.

»Machst du jetzt eine Spaghetti-Diät?«

»Halt die Klappe!«, zischte Svea mit vollem Mund.

»Hoffentlich schieben sie dich am Strand von Gran Canaria nicht ins Meer, weil sie dich für einen gestrandeten Wal halten«, stichelte Jesper weiter.

»Der Witz ist soooo alt.« Svea breitete ihre Arme aus. »Außerdem hat sich Gran Canaria sowieso erledigt.« Ihre blauen Augen richteten sich hasserfüllt auf Tove. »Papa kann mir das Geld nicht geben, weil du ihn ständig ausnimmst.«

Tove verschlug es sekundenlang die Sprache. »Wie kommst du darauf, dass ich deinen Vater ausnehme?«, wollte sie wissen.

»Weil er es gesagt hat! Du ziehst ihm das Geld aus der Tasche, und deshalb kann er mir die Reise nach Gran Canaria nicht bezahlen.«

Tove schüttelte fassungslos den Kopf. »Hat er das wirklich so gesagt?«

»Er kann sich überhaupt nichts mehr leisten«, fuhr Svea unbarmherzig fort. Sie stocherte mit der Gabel in ihren Spaghetti herum, dann schob sie den Teller abrupt von sich. »Wahrscheinlich kann er sich nicht mal was Ordentliches zu essen kaufen. Und du bist schuld!«

Benny begann zu weinen. »Muss Papa jetzt verhungern?«, schluchzte er.

Tove verspürte den heftigen Wunsch, ihrem Exmann wehzutun. Sie sprach vor den Kindern nie schlecht über ihn, obwohl er es gewesen war, der aus ihrer Ehe und der Familie ausgebrochen war. Außerdem konnte sie beweisen, dass sie von Krister schon lange kein Geld mehr gesehen hatte. Noch nicht einmal den Unterhalt für die Kinder, der ihr gerichtlich zugesichert worden war.

Offenbar nutzte Krister es gnadenlos aus, dass sie all das für sich behielt, um die Kinder zu schützen. Dass er nun auch noch behauptete, Tove würde ihn ausnehmen, war wirklich die Krönung!

Diesen Mann habe ich einmal geliebt, schoss es ihr durch den Kopf. *Ich habe wirklich geglaubt, dass er und ich miteinander alt werden. In guten wie in schlechten Zeiten.*

Benny schaute sie unglücklich an. Immer noch rollten ihm dicke Tränen über die Pausbäckchen. »Wir haben doch noch ganz viele Spaghetti mit Bolnäse. Können wir die Papa schicken?«

Was für ein verlockender Gedanke. Tove stellte sich Kristers Gesicht vor, wenn er das Paket mit den Resten ihres Abendessens öffnete. Und dazu ein Brief von ihr, in dem sie ihm in aller Deutlichkeit klarmachte, was sie von ihm hielt.

»Du hast echt ein Zwergenhirn!« Sveas Wut richtete sich jetzt gegen ihren kleinen Bruder. »Papa kann doch nichts mit unserem ollen Essen anfangen.«

»Svea, es reicht!« Toves Stimme wurde nicht lauter, aber sehr bestimmt. »Lass deinen Ärger nicht an Benny aus, wenn du eigentlich mich meinst.«

»Am liebsten würde ich zu Papa ziehen«, fauchte Svea sie an. Danach verfiel sie in Schweigen, und Tove ahnte bereits, dass ihre Tochter in den nächsten Tagen kein Wort mehr mit ihr reden würde.

Auch die beiden Jungen sagten jetzt nichts mehr. Benny hatte aufgehört zu weinen, aber ihm war deutlich anzusehen, wie sehr ihm die angespannte Atmosphäre zu schaffen machte.

Jesper zog sich wieder einmal völlig in sich zurück. Er ging gleich nach dem Essen in sein Zimmer, und auch Svea verließ wortlos die Küche.

Nur Benny blieb bei Tove am Tisch sitzen. Unglücklich schaute er sie an. »Können wir bald wieder nach Hause, Mama?«

Tove wurde das Herz schwer. Zu Hause, das war auch für sie noch immer die Wohnung in Södermalm.

Nicht darüber nachdenken!, ermahnte sie sich selbst. *Es ist so schon alles schwer genug.*

Sie legte einen Arm um Bennys Schultern und drückte ihn an sich. »Wir sind jetzt hier zu Hause, Benny. Schau mal, hier ist es doch auch ganz schön. Wir sind nahe an deinem Kindergarten und …«

»Zu Hause war es aber viel schöner«, unterbrach er sie mit weinerlicher Stimme.

»Ja, ich fand es da auch schöner.« Tove schmiegte ihre Wange an sein Köpfchen. »Aber wichtig ist doch nur, dass wir alle zusammen sind und uns lieb haben, findest du nicht?«

Es war Benny anzusehen, dass er ernsthaft darüber nachdachte, bevor er den Kopf schüttelte. »Ich glaube, die Svea hat dich überhaupt nicht mehr lieb.«

»Sie hat es gerade nicht leicht. So wie du und Jesper muss sie sich erst daran gewöhnen, dass jetzt alles anders ist.«

Benny schlang seine Arme um Tove. »Ich hab dich aber trotzdem ganz doll lieb, Mama.«

Die Worte des Kleinen trieben ihr endgültig die Tränen in die Augen. Tove drückte ihn ganz fest an sich. »Ich hab dich auch ganz doll lieb, mein Schatz!«

Später, nachdem sie Benny ins Bett gebracht hatte, wollte Tove noch einmal mit Svea reden. Ihre Tochter hatte sich aber in ihrem Zimmer eingeschlossen und öffnete auch nicht, als Tove anklopfte und ihren Namen rief.

Resigniert gab sie auf und ging sie zu Jesper. Er saß mit einem Zeichenblock auf den Knien auf seinem Bett und hatte Kopfhörer auf. Er bemerkte seine Mutter erst, als sie neben dem Bett stand. Hastig legte er den Block beiseite, und zwar so, dass Tove nicht sehen konnte, was er gerade zeichnete. Dann nahm er die Kopfhörer ab und schaute mit unbewegter Miene zu ihr auf.

Tove wusste wie so häufig nicht, was er dachte oder fühlte. Er hatte sich in ein unsichtbares Schneckenhaus zurückgezogen.

»Geht es dir gut, Jesper?«, fragte sie leise.

»Ja«, war alles, was er daraufhin sagte.

»Vermisst du Papa?«

Jesper zuckte nur mit den Schultern und sagte kein Wort.

»Ich bin immer für dich da, Jesper. Wenn du mit mir reden willst …«

»Mit mir ist alles okay«, unterbrach er sie. »Kann ich jetzt weiter Musik hören?«

»Klar!« Tove zwang sich zu einem Lächeln. »Aber mach nicht mehr so lange.«

Jesper stülpte sich die Kopfhörer wieder über die Ohren, und Tove verließ das Zimmer. An der Tür drehte sie sich noch einmal um, aber Jesper hielt bereits wieder den Zeichenblock auf den Knien und schien völlig in seiner eigenen Welt versunken zu sein.

Tove räumte die Küche auf, spülte das Geschirr und richtete ihr Bett für die Nacht. Sie schlief auf dem umgeklappten Sofa im Wohnzimmer, weil es ihr wichtig war, dass jedes Kind sein eigenes Zimmer hatte.

Gerade als sie sich hinlegen wollte, klingelte ihr Handy. Es war Kerstin.

»Hat Gunnar dich schon angerufen?«

Tove spürte ein flaues Gefühl im Magen, als sie verneinte.

»Er ist ziemlich sauer, weil du heute einfach die Backstube verlassen hast.«

»Ich musste Benny abholen«, rechtfertigte sich Tove. »Woher weißt du das überhaupt?«

»Ich hatte meine Jacke in der Backstube hängen lassen. Als ich sie abholte, war Gunnar gerade von seinem Termin zurück und schäumte vor Wut.«

»Ich hatte längst Feierabend!« Tove bemerkte, dass ihre Stimme ziemlich kleinlaut klang, obwohl sie im Recht war.

Kerstin lachte. »Mir musst du das nicht sagen. An deiner Stelle wäre ich auch gegangen. Ich wollte dich nur vorwarnen.«

Tove bedankte sich. Dass Gunnar sie nicht angerufen hatte, obwohl er wütend auf sie war, beunruhigte sie, weil es so gar nicht zu ihm passte.

Bis weit nach Mitternacht lag sie wach. Zu viele Sorgen quälten sie und ließen sie nicht zur Ruhe kommen. Am schlimmsten war das Wissen, dass sich daran nichts ändern würde. Diese sorgenvollen Zeiten waren längst zu einem Dauerzustand geworden.

Überpünktlich erschien Tove am nächsten Morgen zur Arbeit, nachdem sie Benny in den Kindergarten gebracht hatte.

»Ist Gunnar schon da?«, flüsterte sie, als sie in die Backstube kam und sich hastig den weißen Kittel mit dem Emblem der Bäckereikette anzog.

Kerstin betrachtete sie besorgt. »Du siehst aus, als hättest du die ganze Nacht nicht geschlafen.«

»Ich sehe nicht nur so aus«, sagte Tove. Die Angst vor dem Zusammentreffen mit Gunnar ballte sich in ihrem Magen zu einem schmerzhaften Klumpen zusammen.

»Ich hätte dich gestern nicht anrufen sollen«, sagte Kerstin mit schuldbewusster Miene.

»Ich bin froh, dass du mich vorgewarnt hast«, versicherte Tove. Sie wollte noch etwas hinzufügen, doch in diesem Moment erschien Gunnar. Sein Gesicht war so rot, dass Tove an Ort und Stelle mit einem seiner cholerischen Anfälle rechnete.

Seine Stimme klang jedoch ungewöhnlich beherrscht, als er sie aufforderte: »In mein Büro! Sofort!«

Tove folgte ihrem Chef in den fensterlosen Verschlag, den er hochtrabend als sein Büro bezeichnete. An der Wand stand ein schmaler Aktenschrank, davor der Schreibtisch, der fast den ganzen Raum einnahm. Der freie Platz war eigentlich zu eng für zwei Personen.

Normalerweise nahm Gunnar hinter seinem Schreibtisch Platz, wenn er einen seiner Angestellten zu sich zitierte. Wahrscheinlich gab es ihm ein Gefühl von Macht, wenn seine Mitarbeiter auf der anderen Seite des Schreibtischs stehen bleiben mussten, weil es keine weitere Sitzgelegenheit gab. Tove wünschte sich, er würde sich auch jetzt auf seinen Bürostuhl setzen. Seine körperliche Nähe war ihr unangenehm.

Stattdessen trat Gunnar noch ein Stück näher an sie heran. Sie roch seine säuerlichen Ausdünstungen und widerstand gerade noch der Versuchung, sich die Nase zuzuhalten. Der Geruch verursachte ihr Übelkeit, die durch ihre Nervosität noch verstärkt wurde.

»Es tut mir leid«, sagte sie in dem Versuch, die unangenehme Situation so schnell wie möglich hinter sich zu bringen. »Aber ich konnte gestern nicht länger bleiben. Ich hab dir schon bei der Einstellung gesagt, dass ich drei Kinder habe und meinen Jüngsten nachmittags aus dem Kindergarten abholen muss.«

Sie redete viel zu schnell, verhaspelte sich mehrfach und wunderte sich darüber, dass Gunnar sie nicht unterbrach. Wieso schrie er sie nicht an? Wieso drohte er ihr nicht mit Kündigung?

Weil er die Entscheidung längst getroffen hat, schoss es ihr durch den Kopf. *Weil er mich nur deshalb in sein Büro gerufen hat, um mich zu entlassen. Aber zuerst will er meine Angst richtig auskosten.*

»Ich werde eine andere Lösung finden«, fuhr Tove hastig fort, um ihn umzustimmen, bevor er das Wort *Kündigung* aussprechen konnte.

Gunnars rotes Gesicht verzog sich zu einem seltsamen Lächeln. »Ich bin sicher, dass wir eine Lösung finden, die uns beiden entgegenkommt.«

Er war nicht sauer! Er wollte ihr sogar entgegenkommen!

Tove spürte grenzenlose Erleichterung. Das ganze Schreckensszenario von Arbeitslosigkeit, nachfolgender Obdachlosigkeit und Wegnahme der Kinder fiel wie ein Kartenhaus in sich zusammen. Es hätte nicht viel gefehlt, und sie wäre Gunnar um den Hals gefallen.

»Du bist eine tolle Frau!« Seine Stimme klang heiser. »Du hast mir immer schon gefallen.«

Tove war so verdutzt, dass sie nicht wusste, was sie sagen sollte. Nach der ganzen ausgestandenen Angst war diese Situation jetzt so absurd, dass sie plötzlich lachen musste.

Gunnar schien das als Aufforderung zu verstehen. Seine Hände umfassten ihre Hüfte, griffen fest zu.

Tove hörte schlagartig auf zu lachen. »Spinnst du?«

»Ach komm, du willst das doch auch.« Er drängte sie in eine Ecke des Verschlages. Sein feister Körper presste sich gegen sie. Sein keuchender Atem schlug ihr mit einer Welle üblen Mundgeruchs ins Gesicht, als er sie küssen wollte.

Angewidert drehte Tove den Kopf zur Seite. Sie stemmte sich mit aller Kraft gegen ihren Chef, aber er war bedeutend stärker als sie, und ihre Gegenwehr schien ihn zusätzlich zu reizen.

»Sei doch ein bisschen nett zu mir.« Er lachte heiser.

Was bildete der Kerl sich ein?

Ihre Angst wandelte sich in Wut. Heftig stieß sie ihn von sich und verpasste ihm eine schallende Ohrfeige.

»Mach das nie wieder!«, fauchte sie ihn an.

Gunnar wirkte fassungslos, als er sich die schmerzende Wange rieb. Und dann verengten sich seine Augen zu schmalen Schlitzen. »Verschwinde!«, zischte er. »Du bist entlassen! Fristlos!«

Kapitel 3

»Hast du dich abgeregt?«, fragte Lovis zwei Tage später am Telefon.

Patrik gab einen ebenso wütenden wie undefinierbaren Laut von sich. Seine Wut steigerte sich noch, als Lovis leise lachte.

»Schön, dass wenigstens du dich über deinen eigenen Mist freuen kannst«, brummte Patrik. Im Augenblick gab es nichts, worüber er lachen konnte. Selbst die Arbeit in seiner heißgeliebten Backstube hatte ihn nicht ablenken können. Er hatte versucht, neue Brotrezepte zu entwickeln, aber es war nichts dabei gewesen, was sich für die Produktion in der Großbäckerei eignete. Er hatte keine Ideen mehr.

»In erster Linie freue ich mich darüber, dass du wieder auf Smögen und damit über fünfhundert Kilometer von mir entfernt bist.« Lovis hielt kurz inne, bevor er nachhakte: »Du bist doch auf Smögen?«

»Ja, und das ist dein Glück«, konterte Patrik.

»Irgendwann wirst du mir dankbar sein«, prophezeite Lovis.

»Eher friert die Hölle zu!«, sagte Patrik erbost. »Und das ist übrigens genau der Ort, an den ich dich gerade wünsche.«

»Hätte ich Erik Wallin sofort gesagt, dass du ein überzeugter Junggeselle bist, wäre alles vorbei gewesen«, versuchte Lovis sich zu rechtfertigen. »Mir wird schon was einfallen, bis er nach Schweden kommt. Und wenn er dich erst mal persönlich kennt, wird er bestimmt einen Vertrag mit dir abschließen.«

»Wenn er kommt, will er nicht nur mich, sondern auch meine Familie kennenlernen. Und genau an dem Punkt hat dein Plan ein paar Schwächen«, sagte Patrik überflüssigerweise. »Oder willst du mir eine Familie herbeizaubern?«

Er selbst hatte die Hoffnung auf eine Zusammenarbeit mit Erik Wallin endgültig abgehakt. Aus und vorbei! Schade um die Zeit, die er für die Vorbereitungen vergeudet hatte. Ganz zu schweigen von den Kosten, die Lovis' Flug und Aufenthalt in New York verursacht hatten.

»Bist du noch da?«, hörte er Lovis plötzlich fragen.

»Du wirst Erik Wallin anrufen und ihm die Wahrheit sagen«, verlangte Patrik kategorisch.

»Gib mir bitte ein paar Tage Zeit«, forderte Lovis, »mir fällt bestimmt was ein. Und wenn nicht, kann ich Erik Wallin meine kleine Schwindelei immer noch gestehen.«

»Das ist keine kleine Schwindelei, sondern ein ausgewachsener Betrug«, sagte Patrik knallhart. »Als Rechtsanwalt solltest du den Unterschied eigentlich kennen. Und was willst du dir da noch groß einfallen lassen? Wir können es drehen und wenden wie wir wollen: Ich habe keine Familie.«

»Wenn mir innerhalb der nächsten achtundvierzig Stunden keine andere Lösung einfällt, rufe ich Erik Wallin an und sage ihm die Wahrheit. Versprochen!«

Eigentlich war es Patrik egal, wann Lovis diese unangenehme Aufgabe hinter sich brachte. Hauptsache, er erledigte sie. Und falls Patrik einen anderen potenziellen Investor finden sollte, würde er die Verhandlungen von Anfang an selbst führen. Mochte Lovis auch sein bester Freund und ein guter Anwalt sein, in geschäftlichen Angelegenheiten wollte er sich so schnell nicht mehr auf ihn verlassen.

»Ruf mich erst wieder an, wenn du mit Erik Wallin gesprochen hast!«, forderte Patrik seinen Freund auf. »Und erklär ihm gefälligst, dass ich von deinen Lügen erst nach deiner Rückkehr erfahren habe.«

»Jetzt sei mal nicht so …«, wollte Lovis einwenden, aber Patrik legte einfach auf.

Ein paar Minuten blieb er noch auf seinem Bürostuhl sitzen und schaute aus dem Fenster auf die Nordsee. Die Großbäckerei lag direkt am Meer, nur wenige Meter von seinem Privathaus entfernt. Direkte Nachbarn hatte Patrik nicht. Die nächste Ansiedlung lag gut einen halben Kilometer entfernt.

Er stand auf und ging in die Produktionshalle hinüber. Der Duft von frisch gebackenem Brot war allgegenwärtig. Vieles lief inzwischen automatisiert, aber Patrik hatte nach der Anschaffung der modernen Maschinen keinen Mitarbeiter entlassen. Die Leute vertrauten ihm, er galt als großzügiger und loyaler Arbeitgeber, und das wiederum führte dazu, dass sie gerne für ihn arbeiteten und er sich auf seine Mitarbeiter verlassen konnte.

»Hej, Patrik!« Sein Betriebsleiter Mats kam auf ihn zu. »Wie sieht es aus? Können wir mit dem Tangbrot bald in Großproduktion gehen?«

»Das zieht sich.« Patrik zögerte einen Augenblick, doch dann erzählte er Mats von Lovis' Treffen mit Erik Wallin.

Mats lachte laut auf. »Typisch Lovis!«, sagte er kopfschüttelnd. »Warum hast du auch ihn nach New York geschickt?«

»Weil ich dich hier brauche«, erwiderte Patrik prompt.

Mats war der Dritte in ihrem Freundschaftsbund gewesen, aber im Gegensatz zu Lovis war er auf Smögen geblieben, inzwischen glücklich verheiratet und Vater zweier Töchter. Leider hatte er seitdem kaum noch Zeit für gemeinsame Unternehmungen mit Patrik. Wobei dieser insgeheim den Verdacht hegte, dass das vor allem Mats' Frau Linn zu verhindern wusste.

»Warum bist du nicht selbst nach New York geflogen?«, fragte Mats.

»Weil Lovis Rechtsanwalt ist und ich geglaubt habe, dass er sich mit Vertragssachen besser auskennt.« Patriks Miene verfinsterte sich. »Ich konnte ja nicht damit rechnen, dass er aus mir einen Familienvater macht.«

»Er hat es nur gut gemeint«, nahm Mats den gemeinsamen Freund in Schutz. »Und Erik Wallin muss die Wahrheit ja nie erfahren.«

»O doch«, widersprach Patrik. »Da gibt es nämlich etwas, was du noch nicht weißt. Erik Wallin kommt in zwei Wochen persönlich nach Schweden, um mich und meine Familie kennenzulernen.«

Mats starrte ihn sekundenlang an, dann brach er in lautes Lachen aus und konnte sich kaum beruhigen.

»Ich kann mir ja deine Familie ausleihen«, schlug Patrik vor.

Mats hörte augenblicklich auf zu lachen. »Keine Chance!« Er winkte ab. »Ich habe nicht vergessen, dass du versucht hast, mir Linn auszuspannen.«

»Die Sache war ein bisschen anders«, gab Patrik zurück. »Ich habe Linn vor dir kennengelernt. *Du* hast sie *mir* ausgespannt.«

»Sie kannte deinen Ruf, sie hätte sich nie auf dich eingelassen«, erklärte Mats. Er klopfte Patrik freundschaftlich auf die Schulter. »Lass Lovis nach einem neuen Investor suchen, er hat die Sache schließlich vermasselt. Notfalls verschieben wir die Produktion unseres Tang-Knäckebrots eben um ein bis zwei Jahre.«

Patrik schüttelte betrübt den Kopf. Es ging ihm ja nicht nur um die Produktion und die dafür benötigten Maschinen. Erik Wallin wäre der perfekte Partner gewesen, um *Mårtensson-Bröd* international zu vertreiben. Aber es half nichts, sich darüber länger Gedanken zu machen oder mit Mats darüber zu debattieren.

»Wir sehen uns später«, verabschiedete sich Patrik. Wie aus heiterem Himmel war da endlich die Eingebung, auf die er die letzten beiden Tage vergeblich gewartet hatte. Ein Brot, pikant, saftig, mit goldgelber Kruste.

Mats kannte ihn ziemlich gut und wusste offenbar, was in ihm vorging. »Bis später«, sagte auch er. »Ich freue mich aufs Probieren.«

Patrik backt Brot

1 EL brauner Zucker
15 ml weißer Traubensaft
25 ml weißer Balsamico
1/2 Würfel Hefe
270 ml warmes Wasser
380 g Dinkelmehl
250 g Roggenmehl
1 EL Zuckerrübensirup
2 TL Salz
10 g Sauerteigpulver
150 g Sahnejoghurt

Den Zucker in einem Topf karamellisieren lassen, mit dem Traubensaft ablöschen und unter Rühren so lange köcheln lassen, bis sich der karamellisierte Zucker im Saft aufgelöst hat. Von der Kochstelle nehmen. Balsamico zugeben. Nun die Flüssigkeit bei mittlerer Hitze auf ungefähr ein Drittel einkochen und anschließend abkühlen lassen.

Die Hefe zerbröseln und in dem warmen Wasser auflösen. (Achtung: Wirklich nur warmes und kein heißes Wasser, sonst geht der Teig nicht auf!)

Dinkel- und Roggenmehl in eine Schüssel geben. Alle anderen Zutaten, einschließlich des abgekühlten Balsamico-Karamells, zugeben und den Teig mit einem Tuch abgedeckt an einem warmen Ort mindestens 1,5 Stunden gehen lassen.

Aus dem Teig einen Laib formen, mit Mehl bestäuben und mit der stumpfen Seite eines Messers Kerben in die Oberfläche eindrücken. Im vorgeheizten Ofen bei etwa 230°C ungefähr eine Stunde backen.

Kapitel 4

Seit Stunden saß Tove am Küchenfenster und starrte hinaus. Ihre Gedanken drehten sich im Kreis und schürten ihre Angst vor der Zukunft. Sie war arbeitslos, und damit war das eingetreten, wovor sie sich am meisten gefürchtet hatte.

Arbeitslos! Demnächst obdachlos?

Ihre Sorge galt vor allem den Kindern. Was sollte aus ihnen werden? Würde Krister sich um sie kümmern, wenn Tove selbst dazu nicht mehr in der Lage war?

Sie musste ihn anrufen. Wenn sie ihm die Situation schilderte, wenn sie ihm klarmachte, dass es um das Wohl ihrer gemeinsamen Kinder ging, …

»… dann wird er mir trotzdem nicht helfen«, sagte sie leise zu sich selbst. Er würde sich wieder damit herausreden, dass er eigene Ausgaben hatte und deshalb das Geld für den Unterhalt gerade nicht aufbringen konnte.

Einige Male hatte Tove gedroht, den Anspruch der Kinder gerichtlich durchzusetzen, aber letztendlich erschien ihr diese Maßnahme immer als zu drastisch. Sie hatte Angst, dass sie sich und Krister damit jede Möglichkeit nahm, ihre Probleme im Gespräch zu klären. Und vor allem befürchtete sie, dass das wiederum Auswirkungen auf die Kinder hatte. Sie sahen ihren Vater schon jetzt nur ganz selten. Tove traute es Krister inzwischen durchaus zu, dass er im Fall einer gerichtlichen Auseinandersetzung den Kontakt nicht nur zu ihr, sondern auch zu den Kindern vollständig abbrach.

Aber jetzt hatte sie keine andere Wahl mehr, und es gab nur einen Menschen, an den sie sich wenden konnte.

Lovis klang gestresst, als er sich an seinem privaten Handy meldete, und ihr Anliegen schien ihn kaum zu interessieren. »Lass dir von meiner Sekretärin einen Termin geben«, sagte er kurz angebunden.

Tove lachte bitter auf. »Das habe ich versucht, aber die behauptet, du hättest in den nächsten beiden Wochen keine Zeit.«

»Wenn sie das sagt, ist das sicher richtig«, erwiderte er gereizt.

Tove holte tief Luft und bemühte sich, ruhig zu bleiben. »Wenn du mir nicht hilfst, weiß ich nicht mehr weiter«, sagte sie beherrscht.

Lovis hatte sie bei ihrer Scheidung vertreten. Damals hatte sich so etwas wie eine Freundschaft zwischen ihnen entwickelt, und er hatte ihr angeboten, dass sie sich jederzeit an ihn wenden könne, wenn sie seine Hilfe benötigte. Jetzt war es so weit, aber offensichtlich hatte Lovis diese Zusage vergessen.

»Es tut mir leid!«, hörte sie ihn in diesem Moment sagen. »Ich habe da gerade ein Problem, das mich völlig in Anspruch nimmt. Eine Vertragssache …«

Plötzlich brach er ab. Es blieb still in der Leitung.

»Bist du noch da?«, fragte Tove.

»Tut mir leid, dass ich eben so unfreundlich war«, sagte Lovis und klang auf einmal sehr viel entspannter. »Dabei ist dein Anruf wie ein Wink des Schicksals, und ich kann auf einen Schlag dein und auch mein Problem lösen.«

»Okaaay«, sagte Tove gedehnt und wartete auf eine Erklärung.

»Ich werde Klage gegen deinen Chef und gegen Krister einreichen«, sagte Lovis. »Aber ich weiß, dass dir das kurzfristig nicht hilft.«

»Genau!« Tove war froh, dass er sie endlich verstand. »Ich brauche spätestens Ende des Monats Geld.«

»Ich habe einen Job für dich«, verkündete Lovis.

Tove war im ersten Moment sprachlos vor Überraschung. »Du?«, fragte sie schließlich. »Was soll ich in einer Anwaltskanzlei? Ich bin Bäckerin.«

»Du sollst nicht bei mir arbeiten.« Er lachte leise. »Außerdem ist es nur ein Übergangsjob. Aber damit löse ich nicht nur dein Problem, sondern auch mein eigenes.«

In seiner Stimme lag etwas, das Tove misstrauisch machte. »Was ist das für ein Job?«, wollte sie wissen.

Lovis antwortete mit einer Gegenfrage: »Hast du morgen Zeit?«

»Kannst du mir nicht einfach sagen …«

»Morgen um elf in meinem Büro«, unterbrach er sie, und dann legte er einfach auf.

Am nächsten Morgen grübelte Tove noch immer über Lovis' Worte nach. Was war das für ein Job? Wieso hatte er am Telefon nichts darüber sagen wollen?

Ich mache nichts Illegales, schwor sie sich. *Und auf keinen Fall lasse ich mich zu einem unmoralischen Job überreden.*

Trotzdem zog sie sich an diesem Morgen so sorgfältig an, als hätte sie einen Termin zu einem Vorstellungsgespräch. Die weiße Hose, eines der teuersten Kleidungsstücke, das sie besaß, dazu die schwarz-weiß gestreifte Bluse und den ebenfalls weißen Blazer.

Tove drehte sich vor dem Garderobenspiegel im Flur und war absolut einverstanden mit ihrem Äußeren, bis Svea aus dem Bad kam und ihr Outfit im Vorbeigehen kurz und bündig als »langweilig« abstempelte.

»Vielleicht bekomme ich einen neuen Job«, sagte Tove.

Svea, die ihre Hand bereits auf die Türklinke gelegt hatte, hielt inne und drehte sich um. »Verdienst du dann wieder Geld?«

»Klar!«, sagte Tove.

Um was für einen Job es sich handelte oder wo ihre Mutter demnächst arbeiten würde, schien Svea nicht zu interessieren.

Tove wunderte sich weder darüber noch über Sveas Frage, die zwangsläufig folgte: »Kann ich dann doch nach Gran Canaria?«

Tove grinste. »Wenn ich ein Managergehalt bekomme, können wir darüber reden.«

»Sehr witzig!«, konterte Svea, obwohl sie das offensichtlich überhaupt nicht lustig fand. Sie wandte sich demonstrativ ab und verschwand in ihrem Zimmer. Dann öffnete sie noch einmal die Tür, steckte nur den Kopf in den Flur und sagte bissig: »In der weißen Klamotte siehst du aus wie ein Mehlwurm.« Sveas Kopf verschwand, die Tür knallte zu.

»Ein Mehlwurm. Wie passend für eine Bäckerin«, murmelte Tove vor sich hin, als sie das Haus verließ.

In der vergangenen Nacht hatte es heftig geregnet, aber an diesem Morgen schien die Sonne. Die Fahrt mit der U-Bahn dauerte nur zwanzig Minuten, doch als Tove aus der Station kam, hatte sich der Himmel bereits wieder zugezogen, und als sie die Straße erreichte, in der Lovis' Kanzlei lag, begann es in Strömen zu regnen.

Zum Glück musste Tove jetzt nur noch die Straße überqueren. Doch genau gegenüber der Kanzlei hatte sich eine riesige Pfütze gebildet. Ein roter Sportwagen schoss heran, fuhr mitten durch die Pfütze, und ein Schwall schmutzig braunen Wassers schoss auf Tove zu. Sie schaffte es nicht mehr, rechtzeitig auszuweichen, aber sie konnte im Vorbeifahren einen Blick auf das Gesicht des Fahrers erhaschen.

Der Kerl grinste sie an!

Tove fand das so unglaublich, dass sie ihm hinterherstarrte. Erst als er auf der Straße wendete und direkt vor dem Bürogebäude parkte, das auch ihr Ziel war, lief sie los.

Im Treppenhaus holte sie den unverschämten Kerl ein. Er stand vor einem der Aufzüge und drückte ungeduldig auf den Knopf. Kein Wort der Entschuldigung kam über seine Lippen. Er musterte Tove lediglich von Kopf bis Fuß und drückte erneut auf den Aufzugknopf.

Dieser Typ setzte allem, was sie in den letzten Tagen erlebt hatte, die Krone auf. »Haben Sie eigentlich noch alle Tassen im Schrank?«, fuhr sie ihn wütend an.

Er besaß die Frechheit, auch jetzt wieder zu grinsen.

»Hören Sie auf zu lachen!«, fuhr Tove ihn aufgebracht an. »Ich erwarte …«

Es schien ihn nicht zu interessieren, was sie erwartete. »Keine Zeit«, sagte er nur, ließ sie einfach stehen und eilte zur Treppe.

»Warten Sie gefälligst!«, rief Tove ihm nach.

Er lief weiter, nahm auf dem Weg nach oben zwei Stufen auf einmal und drehte sich nicht einmal mehr um.

»Das gibt eine Anzeige!« Tove hatte endgültig genug. Wenn Lovis erst einmal dabei war, Krister und Gunnar zu verklagen, konnte er sich auch gleich diesen Kerl vornehmen.

Sie ging noch einmal nach draußen und notierte die Autonummer des roten Sportwagens. Dann schaute sie an sich herunter. Es war zu spät, um noch einmal nach Hause zu fahren und sich umzuziehen. Ihr blieb nichts anderes übrig, als so zu Lovis zu gehen.

Die Sekretärin war nicht an ihrem Platz hinter der Anmeldung, als Tove die Kanzlei betrat. Daher ging sie direkt weiter zu Lovis' Büro. Die Tür stand einen Spaltbreit offen. Erst jetzt hörte sie, dass er nicht allein war.

Tove wollte nicht in Lovis' Gespräch mit einem seiner Mandanten platzen, sondern im Wartebereich Platz nehmen. Doch da hörte sie, was sein Besucher gerade sagte.

»Ich war so in Gedanken versunken, dass ich die Frau am Straßenrand nicht gesehen habe. Ja, und dann bin ich durch die Pfütze gefahren.«

Beide Männer lachten.

Tove drückte leicht gegen die Tür. Sie konnte Lovis hinter seinem Schreibtisch sehen. Der andere Mann saß ihm gegenüber, mit dem Rücken zu ihr.

»Du hättest ihr Gesicht sehen sollen«, fuhr Lovis' Besucher immer noch lachend fort. »Nein«, verbesserte er sich, »du hättest sie komplett von Kopf bis Fuß sehen sollen. Sie war klatschnass und stinksauer. Und sie hat mir mit einer Klage gedroht.«

»Dann kann ich mich ja schon mal darauf vorbereiten und …«

Lovis brach ab, als er Tove erblickte, die jetzt ins Zimmer kam. Bei ihrem Anblick wusste er offensichtlich sofort, von wem der Mann auf seinem Besucherstuhl gerade gesprochen hatte.

»Duuu?«, fragte Lovis gedehnt.

Der andere Mann drehte sich jetzt ebenfalls zu ihr um. Langsam stand er auf.

Tove sagte kein Wort, sondern verschränkte nur die Arme vor der Brust.

»Wie gesagt, sie wollte mich verklagen«, sagte der Mann grinsend. »Ich gebe zu, ich habe nicht damit gerechnet, dass sie so schnell hier auftaucht.« Er wandte sich an Tove. »Aber Lovis ist mein Anwalt!«

Tove sagte immer noch kein Wort, was den Mann nicht sonderlich zu beeindrucken schien. Sie hatte jedoch den Eindruck, dass sich Lovis zunehmend unbehaglich fühlte.

»Das ist jetzt aber eine blöde Situation«, sagte er. »Schade, dass ihr euch unter so unglücklichen Umständen kennengelernt habt.«

»Du hast unser Zusammentreffen geplant?«, fragte der Fremde und zeigte ungläubig auf sich und danach auf Tove.

»Patrik, das ist Tove Lindqvist«, stellte Lovis sie einander vor. »Tove, das ist Patrik. Einer meiner besten Freunde. Wir kennen uns schon seit der Schulzeit.«

Patrik und Tove nickten einander knapp zu.

»Also«, fuhr Lovis umständlich fort. »Ich habe mir da was überlegt. Ihr habt beide ein Problem, bei dem ihr euch gegenseitig behilflich sein könnt.«

»Du hast mir einen Job versprochen«, wandte Tove ein. »Nur deshalb bin ich hier.«

»Genau!« Lovis nickte. »Du brauchst einen Job, Patrik braucht eine Familie.«

Tove schüttelte verständnislos den Kopf.

Patrik dagegen schien zu wissen, worauf Lovis hinauswollte. »Das ist nicht dein Ernst!«, brach es aus ihm heraus.

»Tove hat drei Kinder.« Lovis' Stimme klang, als wäre das ein Argument, mit dem er seinen Freund überzeugen könnte. »Und sie ist alleinstehend.«

Patrik warf einen schnellen Blick auf Tove, bevor er sich wieder Lovis zuwandte und den Kopf schüttelte. »Niemals!«, stieß er hervor.

»Warum bin ich hier?«, fuhr Tove dazwischen. »Was ist mit dem Job? Und was hat das alles mit meinen Kindern zu tun?«

»Bitte, Tove, setz dich.« Lovis wies auf den Stuhl, auf dem eben noch Patrik gesessen hatte.

Tove schüttelte den Kopf. »Ich will endlich wissen, was hier gespielt wird.«

Patrik grinste sie an. »Lovis glaubt offenbar, dass du die perfekte Ehefrau für mich bist.«

Tove zog eine Augenbraue hoch. »Da bin ich anderer Meinung«, erklärte sie kühl.

»Wenigstens ein Punkt, in dem wir uns einig sind.«

»Patrik! Tove!« Was immer Lovis sagen wollte, blieb für den Augenblick ungesagt. Er eilte aus dem Büro und kam kurz darauf mit einem weiteren Stuhl zurück, den er ebenfalls vor seinen Schreibtisch stellte.

»Bitte, setzt euch beide«, forderte er sie auf.

Nur widerstrebend nahm Tove Platz, und Patrik war anzusehen, dass er dazu ebenfalls keine Lust hatte. Als Tove mit ihrem Stuhl ein Stück von ihm wegrückte, grinste er sie an. Er war ihr zutiefst zuwider.

Lovis erklärte ihr in aller Ausführlichkeit, in welchem Dilemma Patrik steckte, und gab dabei auch zu, welchen Anteil er an der Geschichte hatte.

»Nein, da mache ich nicht mit.« Tove schüttelte entschieden den Kopf.

»Ich auch nicht«, stimmte Patrik ihr sofort zu und wollte sich erheben.

Lovis hob beschwichtigend beide Hände. »Es ist doch nur für einen Tag. Außerdem kommt Erik Wallin an einem Samstag, da wird bei *Mårtensson-Bröd* nicht gearbeitet und …«

»*Mårtensson-Bröd?*«, unterbrach Tove ihn. Sie sprang auf und wies anklagend auf Patrik. »Du bist Patrik Mårtensson?«

»Schuldig!« Er schlug sich mit einem aufreizenden Grinsen gegen die Brust. Der Stolz in seiner Stimme brachte Tove zusätzlich auf.

»Vergiss es!«, sagte sie zu Lovis. »Er ist schuld, dass ich

nicht mehr weiterweiß. Wegen Großbäckereien wie *Mårtensson-Bröd* musste die Bäckerei schließen, in der ich gearbeitet habe.«

»Dafür wird dich Patrik entschädigen«, sagte Lovis mit einem beschwörenden Blick auf seinen Freund. Er schrieb eine Summe auf einen Zettel und schob ihn über den Schreibtisch, sodass Tove und Patrik sehen konnten, was er geschrieben hatte.

Patrik schien die Summe nicht zu beeindrucken. Tove hingegen stockte der Atem. Das entsprach einem halben Jahresgehalt bei Gunnar. Ein sehr verlockendes Angebot.

»Bei so viel Geld schwinden die moralischen Bedenken ziemlich schnell, nicht wahr?«, sagte Patrik.

Tove sah ihm hochmütig ins Gesicht. »Es gibt nur ein Problem: Wie soll ich deine liebende Ehefrau spielen, wenn ich dich in Wirklichkeit nicht ausstehen kann?«

Patrik musterte sie mit zusammengekniffenen Augen. »Ich kann dich auch nicht leiden, aber das kommt in den besten Familien vor.«

»Wunderbar!«, rief Lovis aus und schaffte es tatsächlich, Begeisterung in seine Stimme zu legen. »Nachdem ihr nun die Fronten geklärt habt, können wir die Einzelheiten besprechen.«

Habe ich wirklich zugestimmt?, fragte sich Tove ein paar Stunden später, als sie wieder zu Hause war.

Sie zog den Zettel aus der Tasche, auf dem Lovis die Summe notiert hatte. Einen Teil des Geldes sollte sie sofort bekommen, damit sie ihre Schulden bezahlen konnte, den Rest gab es, wenn sie mit den Kindern aus Smögen zurückkehrte. Sogar die Reisekosten übernahm Patrik Mårtensson.

Als sie an diesen Mann dachte, wurde ihr wieder ganz anders. Sie hasste *Mårtensson-Bröd* so sehr, und jetzt sorgte sie mit dafür, dass diese Firma weiter expandieren konnte?

Tove verstand sich selbst nicht mehr. Sie beschloss, Lovis sofort anzurufen und ihm zu sagen, dass sie es sich anders überlegt hatte.

Als sie ihr Handy aus der Tasche holte, sah sie, dass sie eine Nachricht von Krister auf der Mailbox hatte. Die ganze Zeit hatte sie auf seinen Rückruf gewartet, aber er musste ausgerechnet dann anrufen, als sie wegen der Besprechung bei Lovis ihr Handy ausgeschaltet hatte.

»Es tut mir leid, dass du deinen Job verloren hast«, hörte sie ihn sagen. »Aber bei mir ist es finanziell auch mal wieder ziemlich knapp. Kopf hoch, du schaffst das schon!«

Tove vergrub ihr Gesicht in den Händen. *Ich kann nicht mehr*, dachte sie. *Ich kann einfach nicht mehr.*

Abrupt stand sie auf. Nein, sie würde jetzt nicht weinen. Sie brauchte etwas Süßes, und sie musste backen. Ganz bestimmt würde sie sich danach besser fühlen.

Grov limpa würde bestimmt helfen. Ein süßes, weiches Weißbrot. Das liebten auch die Kinder, und die Zutaten waren nicht teuer.

Wobei Tove sich darüber keine Gedanken mehr machen musste, wenn sie Patriks Angebot annahm und mit den Kindern nach Smögen fuhr. Und so wie es gerade aussah, hatte sie keine andere Wahl.

Tove backt Grov limpa

1 Würfel Hefe
600 ml lauwarmes Wasser
50 ml Öl
100 ml Zuckerrübensirup
2 TL Salz
400 g Roggenmehl
600 g Weizenmehl

Die Hefe in etwas warmem Wasser auflösen. Das restliche Wasser mit allen anderen Zutaten vermischen. Die aufgelöste Hefe dazugeben.

Den Teig mindestens eine Stunde gehen lassen. Noch einmal durchkneten und zu zwei Brotlaiben formen. In gefettete Brotbackformen geben und eine weitere halbe Stunde gehen lassen.

Die Brote bei 200°C ca. 45 Minuten backen. Auf einem Gitter abkühlen lassen.

Kapitel 5

»Mama, wann sind wir endlich da?«, quengelte Benny zum wiederholten Male.

»Bald!«, erwiderte Tove, wie all die anderen Male zuvor.

»Das behauptest du schon die ganze Zeit«, murrte Svea. Sie saß neben Jesper im Bus, eine Reihe vor Tove und Benny, hatte sich jetzt umgedreht und schaute ihre Mutter vorwurfsvoll an.

»Es stimmt ja auch«, sagte Tove müde.

Die Reise war anstrengend. Seit kurz nach neun heute Morgen waren sie schon unterwegs. Mit dem Zug, mit Bussen, beladen mit ihrem ganzen Gepäck. Drei quengelnde Kinder machten das Ganze nicht besser. Tove hatte bereits jetzt genug – dabei stand ihr das Schlimmste ja noch bevor: die Begegnung mit diesem unsäglichen Patrik Mårtensson.

Und nicht nur eine kurze Begegnung, machte sie sich klar. Sie musste eine ganze Woche mit diesem Menschen zusammenleben.

Es war Lovis' Idee gewesen, dass sie gleich zu Ferienbeginn mit den Kindern nach Smögen fuhr, damit sie sich dort alle ein bisschen einleben konnten, bevor Erik Wallin am Samstag auftauchte.

Jesper und Svea waren inzwischen eingeweiht und wussten, welche Rolle sie zu spielen hatten. Svea hatte natürlich prompt versucht, für sich das Beste aus dieser Situation herauszuholen, und von Tove verlangt, dass sie am Ende der Ferien doch mit ihrer Freundin verreisen konnte.

Es hatte Tove ein hartes Stück Arbeit gekostet, ihrer Tochter klarzumachen, dass sie das Geld von Patrik zur Überbrückung benötigten, bis sie wieder einen Job gefunden und Krister endlich seinen Unterhaltsverpflichtungen nachgekommen war. Dass sich vor allem Lovis um ihren Ex kümmern und ihn ein letztes Mal außergerichtlich auffordern wollte, alle ausstehenden Unterhaltszahlungen auf der Stelle zu zahlen und die zukünftigen Zahlungen fristgerecht zu überweisen, verschwieg Tove. Jede Diskussion über Krister konnte dazu führen, dass sie etwas Unbedachtes sagte, was die Kinder verletzte.

Svea hatte inzwischen einsehen müssen, dass Gran Canaria nicht infrage kam. Tove hatte sie mit einem Shopping-Bonus ködern können, vorausgesetzt, alles lief nach Plan.

Überraschenderweise war es mit Jesper weitaus schwieriger gewesen. Seine Miene hatte sich immer mehr verfinstert, als Tove ihm erklärte, weshalb sie nach Smögen fuhren und was sie dort von ihm erwartete.

»Ich sage zu dem fremden Mann nicht Papa!«, hatte er kategorisch erklärt. »Ich habe einen Papa!«

»Es ist doch nur ein Spiel«, hatte sie geantwortet. »Es geht um einen wichtigen Vertrag für den Mann, bei dem wir in den nächsten Wochen wohnen. Wir bekommen dafür so viel Geld, dass wir uns in den nächsten Monaten keine Sorgen mehr machen müssen.«

»Ich mache mir keine Sorgen!« Wütend hatte Jesper mit dem Fuß aufgestampft.

»Aber ich, Jesper«, hatte Tove leise gesagt. »Ich habe große Sorgen. Ich brauche deine Hilfe.«

Damit erreichte sie ihn, aber völlig überzeugt war er immer noch nicht.

»Ich will zu dem Mann aber nicht Papa sagen. Ich finde das nicht richtig.« Der letzte Satz hatte verzweifelt geklungen. Wahrscheinlich befand Jesper sich in einem ziemlichen Gewissenskonflikt. Er wollte seiner Mutter helfen, hatte aber gleichzeitig das Gefühl, seinen Vater zu verraten, wenn er einen anderen Mann mit *Papa* ansprach.

»Du vermeidest einfach jede Anrede«, hatte Tove ihm vorgeschlagen. »Du und Svea müsst vor allem auf Benny aufpassen, damit er nichts verrät.«

Jesper war schließlich einverstanden gewesen. Benny dagegen wusste noch nichts. Tove wollte ihn erst kurz vor Erik Wallins Eintreffen auf seine Rolle vorbereiten. Sie wusste, dass der Kleine der größte Unsicherheitsfaktor in dem Plan war, den Lovis geschmiedet hatte. Und vom Gelingen dieses Plans hing ihr eigenes Honorar ab, das hatte Patrik Mårtensson zur Auflage gemacht.

»Mama, guck mal!« Bennys begeisterte Stimme riss Tove aus ihren Gedanken. Er kniete auf dem Sitz und presste das Gesicht gegen die Scheibe.

Tove rückte näher an ihn heran und legte einen Arm um ihn, damit er nicht vom Sitz rutschte.

Der Bus passierte gerade die Smögenbron, eine fünfhundert Meter lange Brücke, die Smögen mit dem Festland verband. Die Aussicht auf das Wasser war spektakulär. Weiße Segelboote schienen unter ihnen über die Nordsee zu fliegen. Ein riesiger Passagierdampfer tuckerte gemächlich an der Felsenküste vorbei.

»Jetzt sind wir wirklich gleich da«, sagte Tove. »An der nächsten Haltestelle steigen wir aus.«

Mit jedem Meter, den der Bus zurücklegte, wuchs Toves

Anspannung. Zum Glück schauten die Kinder jetzt so interessiert aus dem Fenster, dass sie davon nichts bemerkten.

Tove und Patrik hatten vereinbart, dass er an der Haltestelle auf sie wartete, wenn sie ankamen. Tove sah sich beim Aussteigen in alle Richtungen um, konnte ihn aber nirgends entdecken. Patrik war nicht da!

Bleib ganz ruhig, ermahnte sie sich selbst. *Er wird dich nicht mit den Kindern und dem Gepäck hier stehen lassen.*

Die anderen Passagiere, die ebenfalls an der Haltestelle ausgestiegen waren, verliefen sich bald. Der Bus fuhr weiter, nur Tove stand mit ihren Kindern immer noch an der Bushaltestelle.

»Na toll!« Svea sah sie wütend an. »Jetzt stehen wir hier blöd rum, und der Typ kommt nicht.«

»Können wir dann wieder nach Hause fahren?«, fragte Jesper mit hoffnungsfroher Miene.

»Ich muss aber erst mal Pipi«, stellte Benny klar. »Und ich hab Hunger. Und Durst. Und ich bin müde.« Er begann zu weinen.

Tove zog ihr Handy aus der Tasche. Weil sie Patriks Nummer nicht hatte, rief sie Lovis an.

»Tove?« Lovis klang überrascht. »Ich dachte, du bist auf Smögen.«

»Ja, da bin ich auch«, erwiderte sie wütend. »Ich stehe mit den Kindern an der Bushaltestelle. Wo bleibt dein dämlicher Freund?«

Ihre Kinder schauten sie amüsiert an, selbst Benny hörte auf zu weinen.

»Mama hat *dämlich* gesagt«, sagte er zu seinen Geschwistern, als hätten die das nicht selbst gehört.

»Vielleicht ist ihm etwas dazwischengekommen«, suchte Lovis nach einer Erklärung. »Oder er hatte unterwegs eine

Panne. Oder …« Er brach ab, wahrscheinlich, weil ihm nichts mehr einfiel.

»Ruf ihn an und mach ihm klar, dass ich mit den Kindern in den nächsten Bus steige und nach Hause fahre, wenn er nicht sofort erscheint!«

»Warum hast du ihn nicht selbst angerufen?«, fragte Lovis.

»Weil ich seine Nummer nicht habe«, presste Tove mühsam beherrscht hervor.

»Ich kann dir die Nummer …«

Tove legte einfach auf.

»Und was machen wir, wenn der Typ überhaupt nicht kommt?« Svea sprach genau das aus, was Tove befürchtete.

Vielleicht hatte Patrik Mårtensson es sich inzwischen anders überlegt. Vielleicht brauchte er gar keine Vorzeigefamilie mehr. Auf jeden Fall hatte Tove geblufft. Sie konnte nicht einfach so in den nächsten Bus steigen und mit den Kindern nach Hause fahren. Sie hatte nicht genug Geld, um für alle Fahrkarten zu kaufen.

Am Himmel waren dunkle Wolken aufgezogen. Hoffentlich begann es jetzt nicht auch noch zu regnen.

Benny lehnte sich gegen Tove. Sein kleines Gesichtchen war blass und müde. Svea schaute mit trotziger Miene an ihrer Mutter vorbei und gab ihr so zu verstehen, dass sie mit der ganzen Situation, für die sie ausschließlich Tove verantwortlich machte, nicht einverstanden war. Nur Jesper war wie üblich nicht anzusehen, was er fühlte oder dachte. Er bemühte sich sogar um ein Lächeln, als sich ihre Blicke trafen.

Tove lächelte zurück, obwohl ihr eher zum Weinen zumute war. Sie war völlig am Ende und gleichzeitig unglaublich wütend. Auf Patrik Mårtensson, weil er sie einfach hier stehen ließ. Auf Lovis, der erst mit ihr diskutieren wollte, anstatt seinen Freund sofort anzurufen. Und vor allem auf Krister und

Gunnar, deren Verhalten erst dazu geführt hatte, dass sie sich auf diese Fahrt nach Smögen eingelassen hatte. Außerdem auf sich selbst, weil …

Ein roter Sportwagen brauste heran und hielt mit quietschenden Bremsen an. Patrik Mårtensson stieg aus dem Wagen. Er öffnete den Mund, aber Tove ließ ihn nicht zu Wort kommen.

»Sie können sich Ihre Entschuldigungen sparen!« Finster starrte sie ihn an.

Patrik grinste frech. »Ich hatte überhaupt nicht die Absicht, mich zu entschuldigen.«

Tove beschloss, seine Bemerkung einfach zu ignorieren. Sie war jetzt in der Verfassung, möglicherweise Dinge zu sagen, die sie in Gegenwart ihrer Kinder lieber nicht sagen wollte.

»Sollen wir da etwa alle reinpassen? Mit dem ganzen Gepäck?« Sie wies auf den roten Sportwagen.

»Ich sitze vorn!« Svea riss die Beifahrertür auf und ließ sich einfach auf den Sitz fallen.

»Das klappt schon irgendwie.« Patrik öffnete den Kofferraum, der weitaus geräumiger war, als er von außen wirkte. Tatsächlich passten die ganzen Gepäckstücke hinein, bis auf zwei Taschen, die Tove auf den Schoß nahm, als sie sich zwischen Jesper und Benny auf den Rücksitz quetschte.

Erst jetzt fiel ihr auf, dass Patrik und sie sich gar nicht begrüßt hatten. Und auch die Kinder hatte sie ihm nicht vorgestellt. Svea holte das selbst nach, als er sich hinter das Lenkrad setzte.

»Hallo, Papa!« Ihre Stimme klang ungewohnt fröhlich. »Ich bin deine Tochter Svea. Freut mich, dich kennenzulernen.«

Patriks Lachen klang echt. »Wie schön, dass du mich gleich richtig ansprichst und damit offensichtlich kapiert hast, worum es geht.«

»Ich bin ja nicht blöd!«, erwiderte Svea mürrisch und klang jetzt wieder so, wie Tove es von ihr gewohnt war.

»Warum sagt Svea Papa zu dem?« Benny schaute fragend zu Tove. »Der ist doch nicht unser Papa.«

»Das erkläre ich dir später«, erwiderte Tove in der Hoffnung, dass Benny seine Frage bis dahin vergaß.

Als sie nach vorn schaute, begegnete sie Patriks Blick im Rückspiegel. Sie glaubte, in seinen Augen so etwas wie Verständnis zu erkennen, doch dann wandte er den Blick schon wieder ab und startete den Wagen.

Zuerst blieb er auf der Storgatan Richtung Südwesten. Als er rechts abbog, klatschten erste Regentropfen auf die Windschutzscheibe. Das angespannte Schweigen im Wagen wurde durch das Surren der Scheibenwischer untermalt.

Benny hatte seinen Kopf an Toves Schulter gelehnt. Obwohl er sich bemühte, nicht einzuschlafen, fielen ihm immer wieder die Augen zu. Als sie das Haus am Ende der Straße erreichten, schlief er tief und fest.

»Das ist euer Zuhause für die nächsten Tage«, sagte Patrik. Der Klang seiner Stimme verriet Tove, wie sehr auch ihm davor graute.

Sie weckte Benny, und während der Kleine noch verschlafen um sich blickte, stiegen Svea und Jesper bereits aus. Durch die offenen Türen strömte der Duft nach Frischgebackenem ins Auto.

»Das riecht lecker«, murmelte Benny. »Ich hab immer noch Hunger.«

Tove stieg auch aus und erkannte, dass der Geruch aus dem lang gestreckten weißen Gebäude kam, das einige Meter von Patriks Haus entfernt lag. Ein falunroter Schriftzug zierte die weiße Holzwand: *Mårtensson-Bröd.*

Das war also das Unternehmen, das sie so hasste!

Patriks Haus selbst war ein roter Holzbau in der Mitte der Bucht. Nur wenige Meter davor erstreckte sich die riesige Wasserfläche, die sich am Horizont mit dem Himmel vereinte.

Patrik schloss die Haustür auf. »Herzlich willkommen«, sagte er mit einem sichtlich erzwungenen Lächeln.

Tove schaute ihn schweigend, aber mit hochgezogenen Augenbrauen an, bevor sie das Haus betrat.

Die geräumige Diele war mit hellen Fliesen ausgelegt. Links neben der Eingangstür führte eine Treppe in die erste Etage. Die Schiebetür daneben stand offen und führte in einen Wohnraum, der so groß war wie Toves gesamte Wohnung in Stockholm.

»Wie viele Leute wohnen hier?«, fragte Jesper.

»Ich lebe allein«, sagte Patrik.

»So viel Platz für einen Mann?« Jesper machte große Augen.

Patrik zog es offensichtlich vor, darauf nicht einzugehen. Weit öffnete er die Terrassentüren an der Längsseite des Wohnraumes. Dahinter lag eine Rasenfläche, die bis zum Ufer reichte. Ein breiter Bootssteg schien über dem Wasser zu schweben.

»Wem gehört das Segelboot?« Jesper wies mit ausgestrecktem Zeigefinger nach vorn.

»Das ist mein Boot.« Patrik lächelte stolz.

»Cool!«, entfuhr es Jesper. »Segelst du mal mit uns?«

Das Lächeln auf Patriks Gesicht erlosch. »Mal sehen«, erwiderte er ausweichend und setzte seinen Rundgang fort.

Vom Wohnzimmer aus ging es direkt ins angrenzende Esszimmer und von dort in die Küche.

Und was für eine Küche!

Tove drehte sich staunend um. Weiß glänzende Schränke, modernste Geräte und eine Kochinsel inmitten des riesigen

Raums. Sie war so aufgestellt, dass Patrik während des Kochens durch die gläserne Wand aufs Wasser schauen konnte.

»Ich koche nicht«, erwiderte er knapp, als Tove eine entsprechende Bemerkung machte. Gleich darauf grinste er. »Aber du kannst dich hier gerne austoben, wenn dir danach ist.«

»Leider habe ich keine andere Wahl. Ich habe drei Kinder, die regelmäßig essen wollen.« Auch wenn Tove es nicht zugab, sie freute sich darauf, in dieser Küche zu kochen. Und zu backen.

Ihr Blick fiel auf den Backofen, der in einem der Wandschränke auf Augenhöhe eingebaut war, und in Gedanken backte sie bereits die herrlichsten Torten und probierte neue Brotsorten aus.

»Das ist Brot aus eigener Herstellung.« Patrik hatte einen Schrank geöffnet, in dem zwei Brotlaibe ruhten. Danach öffnete er den Kühlschrank. »Außerdem habe ich heute Morgen eingekauft. Nehmt euch, was ihr wollt. Ihr habt übrigens die ganze obere Etage für euch. Es gibt vier Schlafzimmer und zwei Bäder.«

»Und wo schläfst du?«, fragte Svea.

»Mein Schlafzimmer und mein Bad sind hier unten. Auch mein Büro, und das ist absolut tabu für euch.«

»Dein Büro interessiert uns nicht«, gab Tove unfreundlich zurück.

»Ich bin dann mal weg.« Patrik wandte sich zum Gehen. »Warte nicht auf mich«, sagte er zu Tove. »Es wird spät.«

Warte nicht auf mich! Wie oft hatte sie diesen Satz von Krister gehört?

Es war Tove völlig egal, wohin Patrik fuhr und wann er nach Hause kam. Es waren diese Worte, die Erinnerungen in ihr weckten und selbst jetzt noch diesen dumpfen Druck in der Herzgegend verursachten.

Angriffslustig reckte sie das Kinn in die Höhe. »Es käme mir nie in den Sinn, auf dich zu warten.«

Patriks Mund verzog sich zu einem ironischen Lächeln. »Dann ist es ja gut!«

Er wandte sich ab, und kurz darauf hörte sie, wie die Haustür hinter ihm zufiel.

Die Zimmer in der oberen Etage waren sehr hübsch eingerichtet. Flauschige Teppiche bedeckten die hellen Holzböden. Alle Zimmer besaßen große Wandschränke, und durch die Fenster war das Meer zu sehen.

Tove überließ es den Kindern, sich ihre Zimmer selbst auszusuchen. Danach aßen sie zu Abend.

Es war seltsam, sich in diesem fremden Haus zu bewegen. Tove sah sich nach dem Essen noch einmal in allen Räumen um, nur Patriks Büro und dessen Schlafzimmer betrat sie nicht. Oben hörte sie Jesper und Benny. Die beiden riefen sich etwas zu, und auch wenn Tove die Worte nicht verstehen konnte, hörte es sich doch so an, als wären die beiden ganz zufrieden. Svea hatte sich in ihr Zimmer zurückgezogen, um ihre Sachen auszupacken.

Tove nutzte diesen Moment, den sie ganz für sich hatte. Sie ging hinaus auf die Terrasse und von dort über den Rasen zum Bootssteg. Das Segelboot dümpelte auf den Wellen.

Es hatte aufgehört zu regnen. Der graue Himmel ließ die Felsen auf der anderen Seite der Bucht in sandfarbenen Tönen aufleuchten. Sie waren von dunklen Rillen durchzogen, und an einigen Stellen breiteten sich dichte Moosflechten aus. Kiefern wuchsen aus winzigen Spalten und auf der freien Fläche zwischen zwei riesigen Steinen.

Es war unglaublich still. Nur das Rauschen der Wellen war zu hören, das sanfte Plätschern, wenn das Wasser aufs Ufer traf.

Tove spürte mit einem Mal, wie sie innerlich ruhig wurde. Sie hätte ewig hier stehen und aufs Wasser schauen können.

Plötzlich stand Svea neben ihr und legte ihren Kopf auf Toves Schulter. »Eigentlich ist es ganz schön hier«, sagte sie zu Toves Überraschung.

»Ja.« Tove legte einen Arm um Svea. So nahe hatte sie sich ihrer Tochter schon lange nicht mehr gefühlt.

»Ich bin trotzdem sauer auf dich, weil ich nicht nach Gran Canaria darf«, sagte Svea irgendwann, doch ihre Stimme klang ungewohnt friedlich.

»Das verstehe ich«, sagte Tove.

Und dann standen sie einfach da, aneinandergeschmiegt und schweigend, eingehüllt vom Zauber der Landschaft.

Kapitel 6

»Es käme mir nie in den Sinn, auf dich zu warten«, äffte Patrik Tove nach. Wütend trat er ein bisschen fester aufs Gaspedal. »Das werden harte Zeiten!«, prophezeite er düster.

Anneli lachte. »Warum hast du sie überhaupt bei dir aufgenommen, wenn sie dir so auf die Nerven geht?«

»Ja, weil ...«

Patrik zögerte, weil ihm spontan keine Antwort einfiel und er einer flüchtigen Bekanntschaft nicht erzählen wollte, dass die Nervensäge in seinem Haus seine Ehefrau spielen sollte.

»Sie ist eine entfernte Verwandte«, behauptete er schließlich. »Es geht ihr gerade nicht so gut, weil ihr Mann sie verlassen hat. Deshalb habe ich sie bei mir aufgenommen.«

»Wie großzügig von dir!« Anneli streckte die Hand aus, und ihre langen Fingernägel strichen über seinen Nacken.

Ein wohliges Gefühl breitete sich in Patrik aus. Er warf ihr einen kurzen Seitenblick zu. Sie sah verführerisch aus in dem kurzen Lederrock. Darüber trug sie ein enges, bauchfreies Top. Am liebsten hätte er umgedreht, um sofort mit ihr nach Hause zu fahren.

»Was machen wir heute Abend?«, wollte sie wissen.

»Essen gehen, danach in einen Club. Und wenn du willst, fahren wir anschließend zu mir.«

Anneli zog ihre Hand zurück. »Und was ist mit deiner entfernten Verwandten?«

Patrik zuckte mit den Schultern. »Was soll mit ihr sein?«

Solange Erik Wallin noch nicht in Schweden war, gab es für ihn keinen Grund, sein gewohntes Leben nicht einfach fortzuführen, und es war ihm völlig egal, ob Tove sich daran störte oder nicht.

Wieder schaute er kurz zu Anneli hinüber. Er kannte sie erst seit ein paar Tagen, und er würde ihren Namen garantiert in dem Moment vergessen, in dem sie die Insel verließ. Aber jetzt war er verrückt nach ihr.

»Okay«, stimmte sie leichthin zu.

Patrik lachte zufrieden. Ein wundervoller Abend und eine leidenschaftliche Nacht lagen vor ihm. Mehr konnte er sich für den Augenblick nicht wünschen.

Als er am nächsten Morgen aufwachte, lag Anneli nicht mehr neben ihm.

Patrik machte es nichts aus. Eigentlich war es ihm sogar lieber, wenn seine nächtlichen Gespielinnen das Haus verließen, bevor er aufwachte. Auf eine verkrampfte Begegnung am Morgen danach konnte er gut verzichten. Außerdem war er ein Morgenmuffel und trank seinen Kaffee lieber allein.

Dass daraus an diesem Morgen nichts wurde, musste er feststellen, als er in die Küche kam. Wie angewurzelt blieb er an der Tür stehen und starrte auf die Szene, die sich ihm bot.

Die beiden Jungen waren bereits auf. Sie saßen am Tisch vor ihren gefüllten Müslischalen. Beide bemerkten ihn nicht, weil sie mit offenem Mund Anneli anstarrten, die nichts weiter trug als ihr Top vom vergangenen Tag und einen Minislip. Sie stand vor einem der Küchenschränke und streckte sich nach der Kaffeedose.

Patrik hatte diesen Anblick selbst noch nicht ganz verdaut, als Tove neben ihm auftauchte. Ihre Augen wurden groß, doch im Gegensatz zu ihm und den beiden Jungen schien ihr der Anblick überhaupt nicht zu gefallen. Sie wandte sich ihm zu. Patrik begegnete ihrem wütenden Blick mit einem schwachen Grinsen.

»Was ist hier los?«, fragte sie in schneidendem Tonfall.

Erst jetzt schauten die Jungen und auch Anneli zur Tür.

»Anneli macht uns Frühstück«, krähte Benny vergnügt. »Und sie ist fast nakisch!«

»Das sehe ich.« Wieder warf Tove Patrik einen erbitterten Blick zu.

Mit einer entschuldigenden Geste sagte er schnell: »Ich kann nichts dafür.«

»Kann er wirklich nicht«, bestätigte Anneli und lächelte Tove arglos an. »Eigentlich wollte ich nur Kaffee kochen, aber dann sind die beiden Jungs aufgetaucht und hatten Hunger.«

»Und wie!«, bekräftigte Jesper. Dabei ließ er Anneli nicht einen Moment aus den Augen.

Der Junge hat einen guten Geschmack, stellte Patrik in Gedanken anerkennend fest.

»Ich bin übrigens Anneli«, stellte Anneli sich überflüssigerweise vor. »Und du musst Tove sein. Patrik hat mir schon eine Menge von dir erzählt.«

»Ach ja?«, sagte Tove gefährlich ruhig.

Patrik hielt es für angebracht, ein bisschen Abstand zwischen ihr und sich selbst zu schaffen. Er ging in die Küche und holte die Kaffeedose aus dem Schrank, nach der Anneli sich eben vergeblich gereckt hatte.

»Du musst Patrik wirklich sehr dankbar sein«, sagte Anneli.

»Muss ich das?« Toves Stimme klang immer noch ruhig, aber Patrik hatte das Gefühl, dass sie innerlich kochte.

»Ja, natürlich«, meinte Anneli. »Es ist doch äußerst großzügig, dass er dich in seinem Haus aufnimmt, nachdem dein Mann dich und die Kinder sitzen gelassen hat.«

»Das hat er dir erzählt?« Obwohl sie mit Anneli sprach, schaute Tove jetzt wieder Patrik an. Ihr Blick verhieß nichts Gutes.

Patrik wünschte sich, Anneli würde endlich den Mund halten. Sie war zwar bildschön, ihre Figur geradezu spektakulär, und sie war ein ausgesprochen freundliches Mädchen. Aber leider war sie auch ziemlich einfältig und, wie er jetzt feststellen musste, auch extrem unsensibel. Sie schien als Einzige nicht zu spüren, wie sich die Spannung im Raum verdichtete.

Sogar die Jungen spürten offenbar die dicke Luft. »Komm, wir gehen raus!«, schlug Jesper seinem Bruder vor, und Benny folgte ihm sofort durch die Terrassentür nach draußen.

Tove lächelte, aber Patrik fand, dass sie alles andere als freundlich aussah.

»Was hat er denn sonst noch über mich erzählt?«, wollte Tove wissen. Ihr Lächeln schien jetzt selbst Anneli zu verunsichern.

Vielleicht ist sie doch nicht so unsensibel, dachte Patrik.

Unsicher sah Anneli zwischen ihm und Tove hin und her. »Habe ich etwas Falsches gesagt?«

»Nein, es ist alles in Ordnung«, versicherte Patrik hastig.

Genau in diesem Moment kam Svea in die Küche. Sie trug nicht viel mehr als Anneli, nur dass ihr Shirt etwas länger war und ihren Po bedeckte.

Sie gähnte laut und ging zum Kühlschrank. Als sie an Patrik vorbeikam, grinste sie schwach. »Hej, Papa!«

Sie nahm die Milch aus dem Kühlschrank, trank direkt aus der Flasche und stellte sie wieder zurück. Dann schlurfte sie aus der Küche, und kurz darauf waren ihre Schritte auf der Treppe zu hören.

»Papa?« Anneli starrte ihn an.

Patrik wusste nicht, was er sagen sollte. Es kam nicht oft vor, dass es ihm die Sprache verschlug.

Mit ausgestrecktem Finger wies Anneli zur Küchentür, obwohl Svea nicht mehr zu sehen war. »Das war deine Tochter?«

Erstaunlicherweise schien Tove auf einmal nicht mehr wütend zu sein. »Hat er dir nicht gesagt, dass er eine Tochter hat?«, fragte sie, noch immer lächelnd.

Anneli schüttelte den Kopf. »Er hat mir nur gesagt, dass er entfernte Verwandte zu Besuch hat.«

Oh, wie Patrik dieses scheinheilige Grinsen hasste! Eigentlich hätte er ahnen müssen, dass Tove noch eins draufsetzte.

»Dann hat er dir wahrscheinlich auch nicht gesagt, dass ich seine Frau bin!«

Patrik war stinksauer, und er versuchte erst gar nicht, das zu verbergen.

»Warum?«, fragte er, nachdem Anneli das Haus verlassen und ihm in Toves Beisein erklärt hatte, dass er sie nie wieder anrufen solle.

Als hätte er das je vorgehabt!

Tove schaute ihn hochmütig an. »Weil ich es geschmacklos finde, dass du so eine Tussi hierherbringst und sie dann auch noch halbnackt vor meinen Söhnen herumturnt.«

»Sie ist jung und schön, sie kann es sich leisten, halbnackt herumzuturnen«, erwiderte Patrik süffisant.

»Ja, sie ist jung und schön«, bestätigte Tove. Abschätzend betrachtete sie ihn von Kopf bis Fuß. »Und ich frage mich, was sie ausgerechnet von dir will. Du könntest ihr Vater sein.«

Das saß! Vor allem, weil es stimmte, auch wenn er dann in sehr jungen Jahren Vater geworden wäre.

Patrik hatte sich darüber nie Gedanken gemacht. Er liebte sein Junggesellenleben und hatte auch nicht vor, daran etwas zu ändern. Er fühlte sich zu jung für ein Leben mit Ehefrau und Kindern. Jedenfalls hatte er sich bisher zu jung dafür gefühlt, aber nach Toves Bemerkung fühlte er sich plötzlich uralt.

Er verschränkte die Arme vor der Brust und schaute sie mit zusammengezogenen Brauen an. »Ich bin kaum älter als du.«

»Das habe ich auch nicht behauptet«, gab Tove prompt zurück. »Aber ich habe auch kein Problem damit, dass ich Mitte dreißig bin.«

»Ich auch nicht«, behauptete er und verschwieg wohlweislich, dass er schon fast vierzig war.

Tove sagte nichts mehr, aber ihr überlegenes Lächeln machte Patrik rasend. Er hatte noch nie eine Frau wie sie kennengelernt.

Nun gut, gestand er sich selbst ein, das lag möglicherweise daran, dass er Frauen wie Anneli bevorzugte. Jung, schön und möglichst naiv. Auf intellektuelle Fähigkeiten legte er keinen Wert. Intelligente Frauen fand er eher kompliziert, und Toves Verhalten bestätigte ihn in seiner Meinung.

Er wollte es ihr heimzahlen, wollte ihr etwas an den Kopf werfen, was sie traf. Und dann fiel ihm doch nichts Besseres ein, als die dämliche Frage: »Kann es sein, dass du einfach nur eifersüchtig auf Frauen wie Anneli bist?«

Tove wirkte zuerst entgeistert, dann legte sie den Kopf in den Nacken und brach in lautes Gelächter aus. Sie ließ ihn einfach stehen, aber er hörte sie noch lachen, als sie nach oben ging. Und das war niederschmetternder als jede Bemerkung.

Gegen Mittag rief Lovis an. »Erik Wallin und seine Tochter Sara sind gestern in Stockholm eingetroffen«, sagte er. »Wie besprochen kommen sie am Samstag nach Smögen.«

Patrik wusste nicht, ob er sich darüber freuen sollte. Er würde sich erst richtig freuen können, wenn er es hinter sich gebracht hätte. Nicht nur das Treffen mit Erik Wallin, sondern vor allem Toves Aufenthalt bei ihm.

Er zählte laut die Tage ab. »Morgen ist Mittwoch, dann noch Donnerstag, Freitag, Samstag und Sonntag. Fünf Tage, bis ich diese unmögliche Frau mitsamt ihren Gören nach Hause schicken kann.«

»Muss ich daraus schließen, dass du dich immer noch nicht mit Tove verstehst?« Lovis klang amüsiert.

»Wundert dich das?«, fragte Patrik mürrisch.

»Eigentlich schon«, gab Lovis zurück. »Wenn du sie richtig kennenlernen würdest …«

»Darauf lege ich keinen Wert«, fiel Patrik seinem Freund ins Wort. »Und zum Glück bleibt zum Kennenlernen auch nicht mehr viel Zeit. In fünf Tagen bin ich sie los!« Er stieß einen tiefen, erleichterten Seufzer aus …

… und hatte plötzlich das Gefühl, nicht mehr allein zu sein. Langsam drehte er sich um und sah Svea und Jesper, die in der offenen Tür standen und offensichtlich jedes Wort gehört hatten.

»Ich rufe dich zurück«, sagte er ins Handy. »Ich muss hier erst was klären.«

»Brauchst du nicht«, erwiderte Lovis. »Ich bin spätestens Freitag bei dir, und dann können wir alles durchsprechen.«

Patrik legte auf und wunderte sich selbst darüber, dass er den beiden Kindern gegenüber Gewissensbisse hatte. »Was immer ihr da gerade gehört habt, es hat nichts mit euch zu tun«, versicherte er.

»Ist uns doch egal, was du gesagt hast.« Svea machte eine wegwerfende Handbewegung.

»Wir sind auch froh, wenn wir dich nicht mehr sehen müssen«, bekannte Jesper freimütig.

»Aha! Und warum belauscht ihr mich dann?«, fragte Patrik.

»Wir haben dich nicht belauscht, wir haben nur darauf gewartet, dass du endlich aufhörst zu telefonieren.« Svea musterte ihn mit einem Blick, der ihn sehr an Tove erinnerte.

»Okaaay«, sagte er gedehnt und fragte sich, was jetzt wohl kommen würde. Lange musste er nicht warten.

»Es geht um deinen Deal mit Mama«, begann Jesper.

»Ja?« war alles, was Patrik daraufhin sagte. Sein Argwohn wuchs.

Svea stemmte die Hände in die Hüften und sah ihn herausfordernd an. »Wir wollen wissen, was für uns dabei herausspringt«, ergänzte sie.

Patrik starrte sie sekundenlang an, bevor er laut auflachte. »Ihr glaubt doch nicht ernsthaft, dass ich da nachverhandeln werde. Es bleibt bei der Summe, die ich mit eurer Mutter ausgemacht habe.«

Er sah, wie sich Jesper und Svea einen schnellen Blick zuwarfen. Offensichtlich war Svea die Wortführerin. Ihr Blick war herausfordernd und erinnerte ihn auch jetzt wieder an Tove.

»Das ist eine Abmachung zwischen Mama und dir«, stellte sie klar. »Damit haben wir nichts zu tun. Aber wir spielen nicht umsonst deine Kinder.«

Patrik schüttelte entschieden den Kopf. »Ich zahle keine Krone mehr, als mit eurer Mutter vereinbart ist.«

Svea grinste. »Damit gehst du aber ein sehr großes Risiko ein.«

»Willst du mir etwa drohen?«, fragte Patrik ungläubig.

Svea ging auf seine Frage nicht ein. »Wäre es nicht dumm, wenn sich einer von uns verplappert? Oder wenn Benny etwas sagt, was gar nicht gut für dich wäre?«

Patriks Blick wanderte zwischen Svea und Jesper hin und her. Wenigstens der Junge besaß so viel Anstand, verlegen den Kopf zu senken.

»Ihr wollt mich also erpressen«, stellte Patrik fest.

Wieder wechselten die Geschwister einen schnellen Blick, sagten diesmal aber kein Wort.

»Was wollt ihr?«, presste Patrik hervor. Nur mit Mühe konnte er seinen Ärger verbergen.

»Ich will nur ein paar Trikots für meine Fußballmannschaft«, sagte Jesper hastig. »Von mir aus kann da auch der Name deiner Firma draufstehen.«

Dieser bescheidene Wunsch besänftigte Patrik ein wenig. »Und du?« Fragend schaute er Svea an.

»Ich will mit meiner Freundin nach Gran Canaria. Ich habe genau ausgerechnet, wie viel ich dafür brauche.«

Patrik schluckte, als sie ihm die Summe nannte. Das war nun alles andere als bescheiden. »Ich frage mich, was eure Mutter sagt, wenn sie von eurem Bestechungsversuch erfährt«, sagte er langsam.

Svea lachte frech. »Sie wäre stinksauer«, prophezeite sie. »Aber wir auch. Und ich glaube, ich kann mich nicht gut konzentrieren, wenn ich mich so ärgern muss.«

Patrik schwieg eine ganze Weile, bis er schließlich nickte. »Also gut«, gab er nach. »Ihr habt gewonnen. Aber ihr sollt wissen, dass ich euer Verhalten ziemlich schäbig finde.«

»Ich glaube kaum, dass du der Richtige bist, um uns Moralpredigten zu halten«, erwiderte Svea.

»Das sind richtige kleine Gangster!«, beschwerte Patrik sich später bei Lovis. Er hatte ihm den Vorfall mit Svea und Jesper geschildert. »Na gut«, schränkte er ein. »Der Junge nicht so, und sein Wunsch ist auch ziemlich bescheiden. Aber die kriminelle Energie des Mädchens finde ich erschreckend.«

Patrik war empört, als er seinen Freund ins Telefon lachen hörte.

»Ich finde das überhaupt nicht lustig«, beschwerte er sich.

»Ich schon!« Lovis lachte noch lauter. »Und die beiden sind nicht kriminell, sondern äußerst geschäftstüchtig.«

»Und das aus dem Mund eines Mannes, der das Recht vertritt«, brummte Patrik.

Kapitel 7

»Wer kommt mit zum Einkaufen?«, fragte Tove.

Die beiden Großen schüttelten nur den Kopf, Benny hingegen stimmte sofort zu.

Patrik, der gerade die Küche betrat, hatte die Frage ebenfalls gehört. »Es ist doch alles da.« Er wies auf den Kühlschrank.

»Scheidest du dich von Patrik, Mama?«, fragte Benny.

Betretenes Schweigen breitete sich in der Küche aus. Selbst Benny spürte das wohl. Mit unglücklicher Miene versuchte er seine Frage zu erklären: »Als Papa sich von Mama scheiden lassen wollte, hat sie auch nur noch für uns gekocht.«

Jesper stand auf und verließ die Küche. Alles, was mit seinem Vater und der Scheidung zu tun hatte, schien bei ihm eine Art Fluchtreflex auszulösen.

»Oh Mann, du bist sogar für einen Zwerg ziemlich blöd!«, sagte Svea genervt. »Man kann sich nur scheiden lassen, wenn man verheiratet ist.«

Bevor Tove ihn aufhalten konnte, stürmte Benny auf seine Schwester zu und schlug mit seinen kleinen Fäusten auf sie ein. »Ich bin kein blöder Zwerg!«, schrie er dabei immer wieder.

Svea wehrte ihn lachend ab. »Und du bist doch ein blöder Zwerg. Ein ganz blöder Zwerg!«

»Svea! Benny!«, ging Tove aufgebracht dazwischen. Es war ihr peinlich, dass Patrik ihre Kinder so erleben musste. »Du hörst sofort auf, deinen Bruder zu ärgern!«, fuhr sie Svea an und wandte sich gleich darauf dem Kleinen zu: »Und ich will nie wieder sehen, dass du deine Schwester schlägst!«

»Aber sie hat gesagt, dass ich ein doofer Zwerg bin.«

»Ein *blöder* Zwerg«, korrigierte Svea, was zu einem neuerlichen Wutausbruch bei Benny führte.

Er hob die Fäuste, schien sich aber gleich darauf an die Ermahnung seiner Mutter zu erinnern und ließ sie wieder sinken. Dafür brach er in Tränen aus.

»Ich will nicht, dass sie das sagt.«

»Das will ich auch nicht!« Verärgert schaute Tove ihre Tochter an.

»Können wir uns nicht von Svea scheiden lassen?«, fragte Benny. Hoffnungsvoll sah er zu seiner Mutter auf.

»Die könnt ihr höchstens zur Adoption freigeben«, murmelte Patrik.

Sveas Kopf flog herum, wütend funkelte sie ihn an. »Vorsicht!«, sagte sie sehr leise und sehr drohend.

Patrik hob beide Hände und ließ sie wieder fallen, er sagte aber nichts mehr. Trotzdem hatte Tove das Gefühl, dass er und Svea etwas vor ihr verbargen.

Wir hätten nie hierherkommen dürfen, dachte sie.

»Ich will nach Hause«, sagte Benny, als hätte er ihre Gedanken gelesen.

Zu Toves großer Überraschung lenkte Svea plötzlich ein. »Ich finde es eigentlich ganz cool hier. Und du bist auch kein blöder Zwerg. Tut mir leid, Benny.«

Tove war fassungslos, und sie sah, dass selbst Bennys Mund vor Überraschung weit offen stand. Svea hatte sich noch nie bei ihm entschuldigt.

Wenig später machten sich Tove und Benny auf den Weg ins Dorf. Lustlos trottete der Kleine hinter ihr her. Sie blieb stehen, bis er sie erreicht hatte.

»Was ist los mit dir?«, fragte sie.

»Ich will nach Hause«, sagte Benny. »Ich will wieder in den Kindergarten.«

»Der hat zu, es sind doch Ferien. Schau mal, wie schön es hier ist!« Tove streckte den Arm aus. »Da ist das Meer. Darauf hast du dich doch so gefreut.«

Der Junge kickte einen Stein weg, der vor seinen Füßen lag. »Das Meer ist langweilig«, murrte er. »Hier sind keine Kinder zum Spielen.«

»Deine Geschwister sind hier«, sagte Tove sanft.

»Jesper ist immer nur in seinem Zimmer, und Svea ärgert mich.« Fragend schaute er Tove an. »Was ist eine Apotion?«

Tove verstand nicht sofort, was er meinte.

»Patrik hat gesagt, wir können uns von Svea nicht scheiden lassen, sie aber zur Apotion freigeben, oder wie das heißt.«

Tove erinnerte sich. »Du meinst eine Adoption?«

Benny nickte eifrig.

»Das geht nicht.« Tove erklärte dem Jungen, was eine Adoption bedeutete, und er schien es ziemlich gut zu verstehen.

»Dann können wir Svea nicht apotieren lassen.«

»Adoptieren«, verbesserte Tove.

»Ist doch egal«, sagte Benny mit bekümmerter Miene. »Die werden wir nicht los, die will sowieso keiner.«

»Willst du deine Schwester wirklich loswerden?«, hakte Tove erschrocken nach.

Benny zuckte mit den Schultern, sagte aber nichts. Wahrscheinlich, so vermutete Tove, weil ihr die Antwort nicht gefallen würde.

»Sie ist doch deine Schwester«, fuhr Tove fort. »Die können wir doch nicht einfach weggeben. Außerdem hat sie sich heute sogar bei dir entschuldigt.«

Benny blieb stehen und schaute zu ihr hoch. »Ja«, sagte er leise, »und das finde ich richtig gruselig.«

Ich auch, dachte Tove. Die Svea, die sie eben erlebt hatte, war nicht das Mädchen, das sie von zu Hause kannte.

»Es tut mir leid, Benny«, sagte sie und strich ihm über den Kopf, »aber wir müssen noch ein paar Tage hierbleiben. Mir fällt bestimmt was ein, damit du dich bis zur Heimfahrt nicht mehr so langweilst.«

»Na gut«, murmelte Benny, wirkte aber nicht wirklich überzeugt.

Es war eine zauberhafte Ansiedlung, die Tove kurz darauf mit Benny erreichte. Der kopfsteingepflasterte Weg zog sich eine Anhöhe hinauf. Rechts und links standen bunt gestrichene Häuser. Es gab ein kleines Lebensmittelgeschäft, aber auch viele Souvenirläden.

An einem dieser Läden war ein großes Schild angebracht. *Neueröffnung*, las Tove. Neugierig trat sie näher. Die Tür stand weit offen, und eine ältere Frau drapierte hübsche Schmuckstücke um Porzellanfiguren und Geschenkartikel herum.

»Mama, guck mal!« Benny stürmte an ihr vorbei in den Laden und nahm eine kleine Holzlokomotive in die Hand. Sie schien ziemlich alt zu sein. Der blaue Lack war teilweise abgeblättert. Die Räder und die Kanten waren rot abgesetzt. »Kaufst du mir die?«, bat Benny. Seine Augen flehten Tove an.

»Das tut mir leid, Kleiner«, sagte die ältere Frau. Liebevoll strich sie Benny über den Kopf. »Die kann ich nicht verkaufen. Das ist Dekoration.«

»Schade«, sagte Benny enttäuscht. Er hielt die Lokomotive noch immer in der Hand und streichelte sie.

»Lokomotiven kommen bei ihm gleich nach Feuerwehrautos.« Tove lächelte die Frau an.

»Bei meinem Sohn war es umgekehrt.« Ein wehmütiges Lächeln umspielte den Mund der Frau. »Er liebte Lokomotiven, aber gleich danach kamen für ihn Feuerwehrautos.«

Das klang so, als hätte sie ihren Sohn verloren. Toves Herz quoll über vor Mitgefühl. Es gab für eine Mutter nichts Schlimmeres, als ihr Kind zu verlieren.

Da die Frau nichts mehr sagte, stellte Tove auch keine Fragen. Stattdessen schaute sie sich die Schmuckstücke an. Bunte Perlenketten, Blütenarmbänder und Ethnoanhänger.

»Alles, was ihr hier seht, habe ich selbst gemacht«, sagte die Frau stolz. »Ich bin erst seit zwei Monaten wieder in Schweden. Vorher habe ich auf Mallorca gelebt und da meinen Schmuck verkauft.«

Tove beschloss, eines der Blütenarmbänder für Svea zu kaufen. Sie erzählte der Ladenbesitzerin, dass ihre Tochter in zwei Monaten Geburtstag hatte.

»Und wann habe ich Geburtstag?«, wollte Benny wissen. Ganz fest drückte er die alte Holzlokomotive an sich.

»Du hattest doch vor ein paar Wochen erst Geburtstag«, antwortete Tove.

»Kann ich nicht trotzdem jetzt schon wieder Geburtstag haben?«, fragte Benny.

Nicht nur Tove, auch die Ladenbesitzerin musste darüber lachen.

»Wenn du in meinem Alter bist, wirst du froh darüber sein, dass du nur einmal im Jahr Geburtstag hast«, sagte die Frau. Interessiert sah sie Tove an. »Wohnt ihr hier in der Nähe?«

»Zu Fuß war es eine ganz schöne Strecke.« Tove lachte und erklärte ihr, wo sie zurzeit wohnten.

»Aber das ist ja direkt neben *Mårtensson-Bröd!*«, rief die Frau erstaunt aus.

»Ja, genau da wohnen wir. Patrik Mårtensson leitet die Firma. Kennt ihr euch?«

»Es ist schon so lange her, dass ich von hier weggegangen bin«, lautete die seltsame Antwort der Frau. Dann beugte sie sich zu Benny hinunter. »Wie heißt du, Kleiner?«

»Benny.«

»Weißt du was, Benny, ich schenke dir die Lokomotive nachträglich zu deinem Geburtstag.«

Bennys Gesichtchen strahlte. »Ganz in echt?«

Die Frau lachte wieder und richtete sich auf. »Ganz in echt«, versicherte sie.

»Das kann ich nicht annehmen«, sagte Tove. »Ich freue mich, dass Benny die Lokomotive haben darf, aber ich würde sie gerne bezahlen.«

Die Frau winkte ab. »Geschenkt ist geschenkt. Aber ich würde mich freuen, wenn ihr mich mal wieder besucht. Ich kenne nicht mehr so viele Leute auf Smögen.«

»Das machen wir ganz bestimmt«, versprach Tove. »Ich heiße übrigens Tove.«

»Stina.«

Die beiden Frauen reichten sich die Hand, und Tove hatte das Gefühl, eine Freundin gefunden zu haben.

Als Tove mit Benny und zwei vollgepackten Einkaufstüten zurückkam, stand Jesper an der offenen Terrassentür und schaute zum Bootssteg hinunter.

»Warum gehst du nicht raus und siehst dir das Boot aus der Nähe an?«, schlug Tove vor.

»Patrik ist auf dem Boot, zusammen mit einer Frau.«

Tove trat neben Jesper und sah erst jetzt die Frau im knappen Bikini, die sich an Patrik schmiegte.

»Haben die beiden jetzt Sex?«, fragte Jesper sichtlich interessiert.

»Ganz bestimmt nicht!«, zischte Tove.

»Sechs was?«, wollte Benny wissen.

»Gar nichts haben sie«, wich Tove seiner Frage aus.

Jesper warf grinsend ein: »Ich kann ihm doch …«

»Nein!«, sagte Tove heftig. Sie hob warnend den Zeigefinger. »Wage es nicht.«

Jesper lachte, und Tove blieb sekundenlang unschlüssig stehen. Doch dann sah sie, dass das Boot bereits verdächtig schaukelte. Aufgebracht eilte sie hinunter zum Bootssteg.

Patrik und seine Begleiterin waren so sehr miteinander beschäftigt, dass sie Tove nicht bemerkten, als sie vom Steg aus auf das Boot stieg. Die Frau lag auf dem Deck, Patrik halb auf ihr. Er küsste sie, während seine Hände ihren – wie Tove zugeben musste – perfekten Körper erkundeten.

Tove räusperte sich, doch auch das hörten die beiden nicht. Sie drehte sich kurz um und sah ihre beiden Söhne an der Terrassentür stehen. Sie konnte nur hoffen, dass Jesper nicht wirklich damit begonnen hatte, seinen kleinen Bruder aufzuklären.

Als das Liebespiel heftiger wurde, hustete Tove laut.

Das Paar auf den Bootsplanken fuhr auseinander. Patrik sprang auf, wirkte weder schuldbewusst noch verlegen. In seinen Augen spiegelte sich die Wut, die es Tove selbst gerade schwer machte, nicht vollends die Beherrschung zu verlieren.

»Spinnst du!«, fuhr er sie an. »Hast du schon mal was von Privatsphäre gehört?«

Tove wies mit der Hand auf die beiden Jungen an der Terrassentür. »Verstehst du das unter Privatsphäre?«

»Oh!« war alles, was Patrik daraufhin sagte.

Inzwischen hatte sich auch die junge Frau erhoben und zog ihr Bikinioberteil zurecht, das bei Patriks Erkundungstour verrutscht war.

»Ist das alles, was du dazu zu sagen hast?« Tove war bewusst, dass sie sich anhörte, als würde sie eines ihrer Kinder maßregeln.

»Was soll ich denn sonst dazu sagen?« Patrik zuckte ungerührt mit den Schultern. »Vom Haus aus haben die Jungs bestimmt nicht viel gesehen.«

»Jesper steht kurz vor der Pubertät. Er ist neugierig. Ist es dir nicht in den Sinn gekommen, dass er näher kommen könnte, um euch zu beobachten?«

»Da hätte er eine Menge lernen können«, erwiderte Patrik selbstgefällig.

»Du eingebildetes, selbstverliebtes …« Tove brach ab, bevor sie das Schimpfwort herausbrachte, das sie ihren Kindern streng verboten hatte.

»Patrik, wer ist diese Frau?« Patriks junge Freundin schaute ihn mit ihren babyblauen, stark geschminkten Augen an.

Tove lächelte süffisant und ließ Patrik nicht zu Wort kommen. »Ich bin seine Frau.«

Das hatte schon einmal funktioniert, aber diesmal war ihre Bemerkung noch effektiver. Das blonde Wesen starrte Patrik einen Moment lang ungläubig an, und dann versetzte es ihm eine schallende Ohrfeige.

Dafür könnte ich sie glatt umarmen, schoss es Tove durch den Kopf. *Oder ihr etwas Gutes backen*, fügte sie hinzu, als die junge Frau ihr Kleidchen über den superschlanken Körper streifte.

»Ich hasse dich!«, fauchte die Frau Patrik an, bevor sie das schwankende Segelboot verließ, etwas ungeschickt auf den Bootssteg kletterte und verschwand.

»Spielverderberin!«, brummte Patrik ungehalten.

Tove grinste vergnügt, ihre Wut war vollständig verraucht. »Immer wieder gern«, versicherte sie.

Zwei Tage waren Tove und Patrik sich aus dem Weg gegangen, soweit das möglich war. Doch an diesem Morgen kam er in die Küche und setzte sich zu ihr und den Kindern an den Frühstückstisch.

»Morgen ist es so weit«, sagte er.

Tove nickte schweigend, auch Svea und Jesper sagten kein Wort, weil sie ja wussten, worum es ging. Nur Benny hatte keine Ahnung.

»Was ist dann?«, wollte er wissen.

»Nichts, was Zwerge wie du verstehen«, zog Svea ihn sofort auf.

»Ich bin kein Zwerg!«, schrie Benny empört.

»Svea, lass ihn!«, wies Tove ihre Tochter zurecht.

»Ja, lass das!«, sagte Patrik streng.

Tove schaute ihn an. Seine Einmischung überraschte und verärgerte sie gleichzeitig. »Ich kann meine Kinder allein erziehen.«

»Den Eindruck hatte ich in den letzten Tagen nicht wirklich.« Er sah sie mit gerunzelter Stirn an.

»Halt dich da raus«, erwiderte Tove mit gefährlich ruhiger Stimme. »Das sind meine Kinder.«

»Laut unserem Arrangement sind es ab morgen unsere gemeinsamen Kinder.«

»Was ist ein Arangchemo?«, wollte Benny wissen.

»Das ist eine Vereinbarung, die deine Mutter und ich getroffen haben«, erklärte Patrik dem Jungen.

»Halt die Klappe!«, sagte Tove so aufgebracht, dass die Kinder sie erschrocken anblickten.

»Uns bleibt nur noch ein Tag Zeit«, erwiderte Patrik. »Benny muss endlich wissen, welche Rolle er zu spielen hat.«

»Ich sage es ihm selbst.«

»Du hattest Zeit genug.« Patrik wandte sich wieder Benny zu. »Du bist doch schon ein großer Junge?«

Benny nickte eifrig. Es war ihm anzusehen, dass ihm Patriks Bemerkung schmeichelte.

»Und wir alle hier brauchen deine Hilfe. Glaubst du, dass du das schaffst?«

Wieder nickte der Kleine, obwohl er nicht wusste, worum es ging.

»Also, Benny, hör gut zu. Das, was du machen musst, ist nicht besonders schwer. Morgen kommt ein fremder Mann hierher. Sein Name ist Erik Wallin.«

Der Junge hing an Patriks Lippen, nickte hin und wieder und kam sich offensichtlich sehr wichtig vor, weil Patrik mit ihm sprach wie mit einem Erwachsenen.

»Wenn Erik Wallin hier ist, müsst ihr alle so tun, als wäre ich euer Papa. Also, der von Svea, Jesper und von dir. Hast du das verstanden?«

»Aber du kannst nicht mein Papa sein«, widersprach Benny sofort. »Ich habe schon einen Papa, und der heißt Krister.«

»Ich bin ja auch nicht wirklich dein Papa. Du sollst nur so tun als ob. Verstehst du das?«

Benny nickte und sagte gleichzeitig: »Nein!«

»Es ist nur ein Spiel«, erklärte Tove. »Du musst nur so tun, als wäre Patrik dein Papa.«

»Warum?«, fragte der Kleine prompt.

»Weil …«

Tove brach ab, weil sie nicht wusste, wie sie ihrem Sohn klarmachen sollte, dass es sich um eine geschäftliche Abmachung zwischen ihr und Patrik handelte und dass sie das Geld, das sie dafür bekam, dringend benötigte. Geld war für Benny noch ein ziemlich abstrakter Begriff. Er wusste zwar, dass man es brauchte, um sich etwas zu kaufen, aber er verstand nicht, dass es nicht einfach da war, wenn es gebraucht wurde.

»Mama kriegt Geld, wenn wir mitspielen«, sagte Svea.

Wie Tove vermutet hatte, konnte Benny mit dieser Erklärung nicht viel anfangen. Er sah mit hilfloser Miene in die Runde.

»Ich finde das Spiel auch ziemlich doof«, warf Jesper ein. »Aber Mama braucht das Geld.«

Tove nickte, als Benny sie fragend anschaute.

»Aber wenn du Geld brauchst, kannst du das doch aus dem Geldautomat holen.« Benny war sichtlich stolz, dass er das wusste. »Du steckst da nur eine Karte rein, und dann kriegst du so viel Geld, wie du willst.«

»Du blö…«, begann Svea, doch dann schrie sie unvermittelt auf und bedachte Patrik, der neben ihr saß, mit einem vernichtenden Blick. Sie sagte kein Wort mehr, sondern rieb sich verstohlen die Wade.

»Benny, so einfach ist das nicht«, sagte Tove. »Ich kann nur Geld am Automaten holen, wenn ich genug auf meinem Konto habe. Das Konto ist bei meiner Bank, und …«

»Hör zu, Benny«, fiel Patrik ihr einfach ins Wort. »Was wünschst du dir am meisten auf der Welt?«

Benny musste nicht lange nachdenken. »Ein Feuerwehrauto mit Fernbedienung.«

»Wenn du so gut mitspielst, dass der fremde Mann bei seiner Abreise wirklich glaubt, dass ich dein Papa bin, dann kaufe ich dir das größte und schönste Feuerwehrauto, das es gibt.«

»Mit Fernbedienung?«, vergewisserte sich Benny.

Patrik nickte. »Mit Fernbedienung«, versprach er.

»Alles klar … Papa!« Benny grinste.

»So macht man das«, wandte Patrik sich an Tove und stand auf.

»Nein, so macht man das nicht«, widersprach sie heftig. »Du kannst doch meinen Sohn nicht bestechen, damit er macht, was du willst.«

»Auf einen mehr oder weniger kommt es jetzt auch nicht mehr an.« Mit diesen Worten verließ Patrik die Küche.

Fragend sah Tove ihre Kinder der Reihe nach an. »Was meint er damit?«

»Keine Ahnung«, erwiderten Svea und Jesper unisono und so schnell, dass Tove misstrauisch wurde.

»Hat er euch auch bestochen?«, hakte sie nach.

Sie sah, wie sich Jesper und Svea einen schnellen Blick zuwarfen. Jesper schaute daraufhin auf seinen Teller, beschäftigte sich intensiv mit seinem Müsli und überließ es seiner Schwester, zu antworten.

Svea schien jedes ihrer Worte sorgfältig zu überdenken, bevor sie es aussprach: »Nein, ich kann mit Sicherheit sagen, dass Patrik uns nicht bestochen hat.«

Kapitel 8

»Du hast deine Mutter also belogen«, stellte Patrik fest, als Svea ihm von Toves Verhör beim Frühstück erzählte.

»Nein, habe ich nicht«, widersprach Svea. »Du hast uns nicht bestochen, so wie du es bei Benny gemacht hast.«

»Da hast du recht.« Patrik nickte bestätigend. »Ihr habt mich erpresst, du und dein Bruder.«

»Wir haben dir ein Geschäft vorgeschlagen«, stellte Svea richtig. »Zu unserem, aber auch zu deinem Vorteil.«

Patrik zog die Augenbrauen zusammen. »Interessante Definition. Vielleicht solltest du dich mal mit Lovis darüber unterhalten, was ein Geschäft von einer Erpressung unterscheidet.«

»Mach ich.« Svea lachte ihn frech an. »Und danach kann Lovis dir erklären, dass es so etwas wie Betrug ist, eine falsche Familie zu präsentieren, um einen Vertrag abschließen zu können.«

»Kluges Kind!«, lobte Patrik mit widerwilliger Bewunderung. »Wobei das allein Lovis' Idee war. Aber warum führen wir dieses Gespräch überhaupt?«

»Ich finde es ein bisschen unfair, dass Jesper und ich dich … äh … überreden mussten«, an dieser Stelle grinste Svea, »damit wir von deinem Betrug auch etwas haben. Benny hast du selbst ein Geschenk angeboten.«

»Was willst du, Svea?« Patrik hatte keine Lust, sich mit der kleinen Nervensäge noch länger abzugeben.

»Ich wollte dir die Gelegenheit geben, mir auch etwas anzubieten. Du darfst mich auch gerne bestechen.«

»Du bekommst die Reise nach Gran Canaria!« Er machte keinen Hehl aus seinem Ärger und trat einen Schritt auf sie zu.

Svea wich nicht zurück, sondern erwiderte herausfordernd seinen Blick. »Ich brauche dringend einen neuen Bikini für Gran Canaria«, sagte sie. »Und ein paar schöne Kleider. Vielleicht auch eine neue Jeans.«

Patrik fühlte sich plötzlich müde und ausgelaugt. Es war ein Fehler gewesen, sich auf diese Sache einzulassen. Anstatt Lovis' Lüge richtigzustellen, oder vielmehr von Lovis zu verlangen, dass er sie selbst eingestand, verstrickte er sich immer mehr darin. Er hätte sich besser auf die Suche nach einem anderen Investor gemacht.

»Ich muss arbeiten, Svea. Mach bitte die Tür von außen zu, wenn du gehst.«

»Ich könnte Mama natürlich auch sagen …«

»Okay.« Patrik nickte.

»Oder Erik Wallin, wenn er kommt …«

»Von mir aus soll er die Wahrheit erfahren.« Patrik hob resignierend die Hände. »Ich hätte es erst gar nicht so weit kommen lassen dürfen.«

Mit einem Mal wirkte Svea erschrocken. »Willst du etwa alles auffliegen lassen?«

Er nickte. »Es wäre bestimmt das Beste für uns al…«

»Quatsch!«, fiel sie ihm ins Wort. »Es ist für uns alle das Beste, wenn wir das so durchziehen, wie wir es abgesprochen haben. Vergiss, was ich gesagt habe! Ich brauche keine neuen Klamotten.«

Patrik lächelte müde. »Du hast doch nur Angst um deine Reise nach Gran Canaria.«

»Ja«, gab Svea unumwunden zu. »Aber abgesehen davon finde ich dich nicht mehr ganz so doof wie am Anfang. Ich spiele mit, du kannst dich auf mich verlassen. Und ich sorge dafür, dass Benny sich nicht verplappert.« Sie drehte sich um und wollte gehen.

»Svea!«

Das Mädchen schaute ihn über die Schulter fragend an.

»Jetzt gerade finde ich dich auch nicht mehr ganz so doof wie am Anfang«, sagte Patrik.

Sie grinste ihn an, dann ging sie.

Am Abend traf Lovis ein. Er war nervöser als Patrik und sehr erschrocken, als er erfuhr, dass dieser mit dem Gedanken gespielt hatte, alles auffliegen zu lassen.

»Du musst jetzt die Nerven behalten«, beschwor er Patrik und fegte im gleichen Moment mit einer ausholenden Bewegung den Becher mit den Stiften vom Schreibtisch. Als er sich danach bückte, kippte er mit dem Stuhl um, auf dem er saß.

Patrik schaute schweigend zu, wie Lovis sich aufrappelte, die Stifte einsammelte und den Becher zurück auf den Schreibtisch stellte, danach den Stuhl aufhob und sich wieder setzte. Er fuhr mit beiden Händen über seine Hose, nestelte an den Manschetten seines Hemdes herum, strich sich erneut über die Hose und schob anschließend den Becher mit den Stiften ein wenig nach rechts, dann wieder nach links, bis Patrik es nicht mehr aushielt.

»Bist du jetzt endlich fertig?«, herrschte er ihn an.

Lovis zog die Hände zurück und legte sie in seinen Schoß, dann begann er wieder das Spiel mit seinen Manschetten.

Patrik schloss die Augen und ließ sie geschlossen, bis Lovis sagte: »Sorry, dann bin wohl eher ich es, der die Nerven behalten muss.«

»Das wäre sehr freundlich von dir«, erwiderte Patrik sarkastisch und öffnete die Augen.

»Morgen um diese Zeit ist Erik Wallin schon hier«, sagte Lovis. »Zusammen mit seiner Tochter.«

»Wer macht dich eigentlich so nervös?«, fragte Patrik amüsiert. »Erik Wallin oder dessen Tochter?«

»Sara ist zauberhaft …« Lovis hatte die Worte kaum ausgesprochen, da zuckte er erschrocken zusammen. »Lass bloß die Finger von ihr!«, beschwor er Patrik. »Kein Flirt mit ihr, kein romantisches Dinner auf deinem Segelboot. Vergiss nicht, dass du eine Frau und drei Kinder hast!«

»Ich hatte es gerade so schön vergessen.« Patrik seufzte leise, dann lachte er. »Keine Sorge, Sara Wallin ist absolut tabu für mich!«

»Eigentlich muss ich mir da auch keine Sorgen machen.« Lovis schien mehr zu sich selbst als zu ihm zu sprechen. »Sara entspricht sowieso nicht deinem Beuteschema.«

An genau diese Worte musste Patrik exakt vierundzwanzig Stunden später denken, als das reizvollste Geschöpf aus dem Taxi stieg, das er je gesehen hatte. Sara Wallin war zierlich, hatte langes dunkles Haar und wundervolle strahlende Augen. Sie war zauberhaft, und es fiel Patrik schwer, sie nicht unverwandt anzustarren.

Auf der anderen Seite stieg ein großer, recht korpulenter Mann aus dem Wagen. Mit ausgestreckten Händen kam er auf Patrik und Lovis zu.

Dieses erste Treffen fand in Patriks Großbäckerei statt, damit Erik Wallin sich gleich ein wenig umsehen konnte. Lovis stellte Patrik den Wallins vor.

»Ich freue mich, hier zu sein.« Saras Lächeln war zuckersüß.

Lovis lachte und legte einen Arm um ihre Schulter. Patrik ärgerte es ein bisschen, dass die beiden offensichtlich schon sehr vertraut miteinander waren.

»Du sprichst ja sehr gut Schwedisch, dafür, dass du in Amerika aufgewachsen bist«, lobte er.

»Darauf haben meine Frau und ich großen Wert gelegt.« Ein Schatten zog über Erik Wallins Gesicht, als er seine Frau erwähnte.

Patrik erinnerte sich an das, was er über die Wallins wusste. Erik war vor vielen Jahren nach New York ausgewandert. Seine Tochter Sara war dort zur Welt gekommen und aufgewachsen. Seine Frau hatte er ziemlich früh verloren und danach nie wieder geheiratet.

»Es ist ein eigentümliches Gefühl, meine Heimat wiederzusehen.« Erik ließ seinen Blick bis zum Wasser schweifen. »Ich bin übrigens in Fjällbacka aufgewachsen.«

Diese Information war Patrik neu, und wenn er Lovis' Blick richtig deutete, hatte der davon auch keine Ahnung gehabt.

»Das ist ja nur wenige Kilometer von hier«, stellte Lovis überflüssigerweise fest.

»Das ist einer der Gründe, weshalb dieses Investment mein Interesse geweckt hat. Wenn wir uns einig werden, habe ich in New York etwas, was mich mit meiner Heimat verbindet.«

Also hatte er hier keine Familie mehr?

Patrik fand, dass diese Frage zu persönlich war, um sie laut auszusprechen. Allerdings beschäftigte auch Erik offenbar das Thema Familie, wenn es dabei auch eher um Patriks Familie ging.

»Lovis hat mir erzählt, dass du verheiratet bist und auch Kinder hast.«

Das war genau das Thema, vor dem Patrik sich gefürchtet hatte. Er hatte die Wahl: Es war die wahrscheinlich letzte Möglichkeit, ehrlich zu sein. Ansonsten blieb ihm nur, Lovis' einmal begonnene Lüge fortzusetzen.

Er brachte keinen Ton heraus und bemerkte, dass die Wallins ihn bereits befremdet musterten.

»Patrik hat eine reizende Frau, Tove, und drei zauberhafte Kinder«, sagte Lovis hastig, als ahne er, was in seinem Freund vorging. »Zwei Jungen und ein Mädchen.«

Auf Eriks Gesicht zeigte sich wieder ein Lächeln. »Wie alt sind die drei?«, wollte er wissen.

Verflixt, das war eine Frage, auf die Patrik sich nicht vorbereitet hatte!

»Ja … äh …«, stammelte er, »da ist einmal Svea, sie ist … äh …«

»Fünfzehn«, warf Lovis hastig ein.

»Ja, genau.« Patrik nickte erleichtert, aber er war noch nicht fertig. »Und Jesper ist … äh …« Hilfesuchend schaute er Lovis an.

»Jesper ist zwölf«, sagte Lovis. »Und Benny, der Kleine, ist gerade fünf geworden.«

»Du weißt nicht, wie alt deine Kinder sind?« Sara schaute Patrik mit ihren schönen Augen verwundert an. Auch Erik wirkte erneut befremdet.

Patrik verwünschte sich selbst und vor allem Lovis. Er hätte die Wahrheit sagen sollen, als er vor ein paar Minuten die Gelegenheit dazu gehabt hatte. Erik Wallin war extra hierhergekommen. Vielleicht hätte er trotz allem die Gelegenheit genutzt, sich die Großbäckerei anzusehen. Und vielleicht hätte er sich zu einem Vertrag mit Patrik überreden lassen, obwohl er keine Familie vorweisen konnte.

Wieder war es Lovis, der Saras Frage beantwortete. »Sag

Tove bitte nichts davon«, bat er. »Sie ärgert sich verständlicherweise immer, wenn Patrik alle Daten vergisst. Angefangen vom Hochzeitstag bis hin zu den Geburtstagen der Kinder.«

»Da bin ich aber froh, dass du das Datum unserer Ankunft nicht vergessen hast«, scherzte Erik. Patrik glaubte dennoch einen Anflug von Misstrauen in seinen Augen zu erkennen.

»Ich würde jetzt gerne deine Firma sehen, und danach möchte ich deine Familie kennenlernen.« Während er sprach, ging Erik bereits auf den Eingang der Großbäckerei zu. Seine Tochter hielt sich an seiner Seite.

»Erstaunlich, wie gut du lügen kannst«, raunte Patrik.

»Ich bin Anwalt«, gab Lovis ebenso leise zurück.

Kapitel 9

Tove war froh, dass sie für die Gäste nicht kochen musste. Es war Lovis' Idee gewesen, ihnen Patriks Brot anzubieten und Erik Wallin so auf den erhofften Vertragsabschluss einzustimmen. Dazu gab es frische Butter und verschiedene Sorten Käse, die den Geschmack des Brotes unterstreichen sollten.

»Hm, lecker!«, Benny streckte die Hand nach den Käsewürfeln aus, die Tove dekorativ auf einer Platte angerichtet hatte. Sie war mit Trauben, Äpfeln und Nüssen dekoriert. »Finger weg!«, rief Tove so laut, dass Benny erschrocken die Hand zurückzog.

»Ich hab aber Hunger«, jammerte er.

Tove schaute ihn streng an. »Wir warten alle, bis die Gäste kommen.«

»Wann kommen die Gäste denn endlich? Ich habe auch Hunger«, murrte Jesper.

Bevor Tove darauf antworten konnte, herrschte Svea den Kleinen an: »Pass bloß auf, was du sagst, Zwerg! Wehe, du versaust das Ganze!«

»Mama, sie hat wieder Zwerg gesagt!« Anklagend wies Benny auf seine Schwester.

Tove seufzte leise. Sie hatte das Gefühl, dass sich ihre eigene Nervosität auf die Kinder übertrug. Vom heutigen Tag hing so viel für sie ab. Natürlich auch für Patrik, aber Tove erlaubte sich den Luxus, ganz egoistisch nur an sich und ihre Kinder zu denken.

»Svea, hör endlich auf, deinen Bruder ständig zu ärgern«, sagte sie ruhig.

»Ich habe einfach Angst, dass der Zwe… äh … Benny etwas Falsches sagt«, verteidigte sich Svea.

»Ich sag nix Falsches!« Benny stampfte mit dem Fuß auf, dann wandte er sich verunsichert an seine Mutter. »Und was ist, wenn ich doch was Falsches sage?«

»Eigentlich ist das ganz einfach.« Jesper schien der Einzige im Raum zu sein, der nicht nervös war. Ruhig erteilte er seinem kleinen Bruder Anweisungen. »Du rennst einfach auf Patrik zu, wenn er ins Zimmer kommt, rufst laut *Papa*, so als ob du dich freust, ihn zu sehen. Ansonsten hältst du den Mund.« Jesper demonstrierte kurz, wie er das meinte, indem er die Lippen fest zusammenpresste. »Hast du gesehen?«, fuhr er dann fort. »Du sagst kein Wort, dann kannst du auch nichts Falsches sagen.«

»Und dann krieg ich mein Feuerwehrauto!« Benny strahlte über das ganze Gesicht.

»Oh Mann!«, seufzte Svea. »Hoffentlich geht das gut. Alles hängt nur von dem Zwerg ab. Wenn der es vergeigt …« Sie brach ab, als hätte sie schon zu viel gesagt. Dann verbesserte sie sich schnell: »Ich meine natürlich Benny, nicht Zwerg.«

Tove betrachtete ihre Tochter aufmerksam. »Was genau hängt denn für dich davon ab, Svea?«

Svea schien nach einer Antwort zu suchen. »Das Geld, das du von Patrik bekommst«, sagte sie mit unbehaglicher Miene. »Das brauchen wir doch alle.«

»Ich sehe dir an, dass das nicht alles ist.« Tove war fest entschlossen, nicht lockerzulassen, bis Svea die Wahrheit sagte.

»Ich weiß nicht, was du meinst.« Svea wich ihrem Blick aus.

»Ich bin deine Mutter, ich habe einen sechsten Sinn dafür entwickelt, wenn meine Kinder nicht ehrlich zu mir sind. Ich erwarte, dass du mir jetzt die Wahrheit sagst.«

Svea schaute zu Jesper. Kurz nur, aber es reichte, um Tove zu verraten, dass Jesper genau wusste, worum es ging.

»Ich warte.« Langsam ging sie auf Svea zu.

Ihre Tochter wirkte zunehmend verunsichert und öffnete schon den Mund, um etwas zu sagen …

»Sie kommen!«, rief Jesper laut.

Tove spürte, wie sich ihr Pulsschlag beschleunigte. Es war das gleiche Gefühl wie vor einer Abschlussprüfung in der Schule. Auch die Kinder wirkten angespannt.

Die Haustür wurde geöffnet, Stimmen waren zu hören, und dann betraten Patrik und Lovis mit einem sehr großen, beleibten Mann und einer hübschen jungen Frau den Flur. Erik und Sara Wallin!

Tove und ihre Kinder standen nebeneinander und lächelten die Besucher an. Benny löste sich aus der Reihe, lief auf Patrik zu und umschlang seine Beine mit beiden Armen.

»Papa! Papa!«

Patrik war einen Augenblick wie versteinert, schien nicht zu wissen, was er jetzt machen sollte. Schließlich tätschelte er unbeholfen Bennys Kopf.

Benny umklammerte ihn weiterhin und schien ihn nicht mehr loslassen zu wollen.

»Wie süß!« rief Sara. Sie ging neben Benny in die Hocke. »Wie heißt du denn, Kleiner?«

Benny presste die Lippen fest aufeinander, so wie Jesper es ihm vorgemacht hatte.

»Er heißt Benny«, sagte Tove.

»Und wie alt bist du, Benny?«, fragte Sara weiter.

Benny presste die Lippen noch fester aufeinander.

»Er spricht nicht mit dir.« Erik Wallin lachte und versuchte selbst sein Glück. »Hej, Zwerg, sagst du mir, wie alt du bist?«

»Ich bin kein Zwerg!«, schrie Benny.

Patrik konnte ihn gerade noch daran hindern, mit geballten Fäusten auf Erik zuzustürmen.

»Du meine Güte, der hat aber Temperament. Seid ihr sicher, dass das ein richtiger Schwede ist?«, fragte Erik schmunzelnd.

»Da bin ich mir ganz sicher«, erwiderte Tove. »Seine Schwester nennt ihn ständig *Zwerg*, deshalb reagiert er darauf so wütend.« Sie schaute ihren Sohn durchdringend an. »Vergiss nicht, was wir besprochen haben.«

Benny nickte.

»Tut mir leid, Benny«, entschuldigte sich Erik Wallin. »Ich wollte dich nicht ärgern. Okay?«

Benny nickte erneut.

»Sagst du mir denn jetzt, wie alt du bist?«

Benny presste die Lippen fest aufeinander und schüttelte den Kopf.

»Benny!«, sagte Patrik vorwurfsvoll. »Sei nicht so unhöflich.«

»Er ist fünf«, sagte Tove, »und Fremden gegenüber ein bisschen schüchtern.«

Das war eine glatte Lüge, aber Patrik und die Wallins konnten ja nicht wissen, dass Benny nur Jespers Rat befolgte. Tove wusste nicht, was sie sonst hätte sagen sollen, und sie ertappte sich dabei, dass sie ebenso wie Benny die Lippen fest aufeinanderpresste.

Sie begegnete Lovis' Blick. Er schien zu ahnen, wie es in ihr aussah, und schüttelte warnend den Kopf. Dann sagte er laut: »Habt ihr Hunger? Soviel ich weiß, hat Tove eine Kleinigkeit für uns vorbereitet. Hier entlang bitte.«

Lovis führte Erik und Sara ins Esszimmer, während Patrik noch einen Augenblick bei Tove und den Kindern im Flur stehen blieb.

»Müssen wir beim Essen dabei sein?« Jesper zog eine unwillige Grimasse.

»Ja«, zischte Patrik. Ärgerlich schaute er Tove an. »Wieso hast du deine Kinder nicht besser im Griff?«

Tove grinste hämisch. »Im Augenblick sind es auch deine Kinder«, erwiderte sie leise.

»Müsst ihr euch ausgerechnet jetzt streiten?«, ging Svea dazwischen. »Reißt euch doch ein paar Stunden zusammen, damit Patrik seinen Vertrag bekommt.« Sie wandte sich an Tove. »Und du dein Geld.«

»Wie selbstlos von dir«, sagte Tove spöttisch.

Svea wich ihrem Blick aus und folgte Lovis und den Wallins wortlos ins Esszimmer.

»Nur ein paar Stunden«, beschwor Patrik Tove. »Schaffst du das?«

»Schaffst *du* das?«, gab sie ironisch zurück, ließ ihn einfach stehen und ging ebenfalls ins Esszimmer.

Erik Wallin stand vor dem gedeckten Tisch. »Das sieht aber lecker aus.«

»Alles Brot von *Mårtensson*«, sagte Patrik, der gerade hereinkam, stolz.

»Ich würde gerne das berühmte Knäckebrot mit Seetang probieren.« Eriks Blick flog über den Tisch.

Tove zeigte auf die Knäckebrotscheiben, die sie in der Mitte des Tisches platziert hatte.

Erik klopfte Benny auf die Schulter. Offenbar hatte es ihm der Kleine besonders angetan. »Ich wette, das ist dein Lieblingsbrot.«

Benny presste die Lippen fest aufeinander.

Erik lachte laut auf. »Na gut, du willst nicht mit mir reden. Aber nicken kannst du doch. Also, ist das dein Lieblingsbrot?« Er hielt eine der Knäckebrotscheiben hoch.

Benny schüttelte den Kopf.

»Du magst das nicht?«

Benny zuckte mit den Schultern.

Erik brach ein Stück Brot ab und steckte es sich in den Mund. Er kaute lange darauf herum. Ihm war nicht anzusehen, ob es ihm schmeckte.

Tove ertappte sich dabei, dass sie vor Spannung den Atem anhielt.

Erik brach ein weiteres Stück ab und reichte es seiner Tochter, die es jetzt auch probierte.

»Das schmeckt … interessant«, sagte Sara. »Irgendwie anders. Was isst man denn dazu?«

»Es passt hervorragend zu Käse«, sagte Patrik.

»Das schmeckt am besten mit Schokocreme«, platzte Benny heraus. »Ich esse das jeden Morgen.«

Erik Wallin hatte sich gerade noch ein Stück Seetangknäcke in den Mund gesteckt. Als Benny sich plötzlich zu Wort meldete, verschluckte er sich fast daran.

»Toll, dass du jetzt mit uns sprichst«, sagte er. »Habt ihr hier irgendwo Schokocreme?«

»Ich hol dir welche.« Benny flitzte in die Küche.

Kurz darauf kam er mit einem Glas Schokocreme zurück und reichte es Erik Wallin. Mit offenem Mund beobachtete der Kleine, wie Erik sich die Schokocreme auf das Tangknäckebrot strich.

Erik biss hinein, dann schloss er genussvoll die Augen. »Diese Mischung aus salzig und süß«, schwärmte er, nachdem er den Bissen heruntergeschluckt hatte. »Das ist einfach perfekt!«

»Finde ich auch.« Benny wandte sich an Tove. »Können

wir Papa so ein Knäcke schicken, mit ganz viel Schokocreme? Dann muss er keinen Hunger haben.«

Betretenes Schweigen setzte ein. Tove hatte keine Ahnung, was sie jetzt sagen sollte. Sie fing Patriks hilflosen Blick auf.

»Du willst deinem Papa Brot schicken?«, hakte Erik da auch schon nach.

Benny blickte plötzlich erschrocken drein. »Kriege ich jetzt kein Feuerwehrauto mehr?«, fragte er weinerlich.

Tove sah, dass Jesper den Kleinen beschwörend anschaute und dabei die Lippen ganz fest zusammenpresste.

Benny verstand und presste nun ebenfalls die Lippen aufeinander.

»Benny hat immer Angst, dass Papa verhungert, wenn er auf Geschäftsreise ist und Mama nicht für ihn kocht«, rettete ausgerechnet Svea die Situation. »Aber wir müssen Papa kein Knäcke und keine Schokocreme schicken, Benny. Er kann sich das von hier mitnehmen.«

Noch nie zuvor hatte Svea so freundlich mit ihrem kleinen Bruder gesprochen. Kein Wunder, dass Benny sie erschrocken anstarrte und jetzt erst recht kein Wort mehr sagte.

»Stimmt das?«, fragte Sara den Kleinen. »Hast du wirklich Angst, dass dein Papa verhungert?«

Benny nickte mit zusammengepressten Lippen.

Tove beschloss, ihren Kleinen zu erlösen. »Benny, gehst du bitte nach oben und putzt dir die Zähne? Ich komme gleich nach und lese dir noch eine Geschichte vor.«

Benny sprang vom Stuhl und flitzte aus dem Zimmer.

Kurz darauf verabschiedeten sich auch die Wallins. »Es war ein wundervoller Abend. Ihr seid eine ganz reizende Familie. Vielen Dank!«, sagte Erik zu Tove, danach wandte er sich an Patrik. »Ich würde sehr gern mit dir zusammenarbeiten. Du hörst in den nächsten Tagen von mir.«

Benny lag im Bett, die beiden Großen hatten sich ebenfalls in ihre Zimmer zurückgezogen.

Als Tove nach unten kam, saßen Lovis und Patrik nebeneinander auf dem Sofa. Jeder von ihnen hielt eine Bierflasche in der Hand, beide hatten sie die Beine auf den Tisch gelegt.

»Also wirklich!« Tove schüttelte missbilligend den Kopf.

Patrik grinste. »Wir sind nicht mehr verheiratet.« Er seufzte behaglich. »Soll ich dir zur Feier des Tages auch ein Bier holen?«

»Was feiern wir denn? Deinen Vertrag oder unsere Trennung?« Tove fiel es leicht, sein Grinsen zu erwidern. In vierundzwanzig Stunden wäre sie wieder in Stockholm. Es war vorbei!

»Beides!« Patrik nahm die Füße vom Tisch und stand auf. »Ich bekenne offen und ehrlich, dass ich froh bin, dich und deinen Anhang loszuwerden.«

»Ich habe mich noch nie so gerne von einem Mann getrennt«, gab Tove prompt zurück.

»Darauf müssen wir anstoßen!« Patrik wies auf einen Sessel. »Setz dich, ich hole dir ein Bier.«

»Wir reizend du sein kannst, wenn du kein Ehemann, sondern nur ein normaler Gastgeber bist.«

Patrik stellte sich ganz dicht vor sie. Seine Augen funkelten. »Wenn wir beide ganz allein wären, würde ich dir zeigen, wie reizend ich sein kann.«

Zuerst war Tove verblüfft, dann brach sie in lautes Lachen aus. »Danke, kein Bedarf! Ich bin keines deiner naiven Mäuschen, die sich durch einen Sportwagen oder ein Segelboot beeindrucken lassen. Du bist einer Frau wie mir nicht gewachsen, mein Lieber!«

Patriks Miene blieb unbewegt, aber er schaute sie so lange und durchdringend an, dass Tove auf eine gehässige Antwort gefasst war. Doch nach einer Weile drehte er sich einfach nur um und verließ den Raum.

»Ich hole dein Bier«, sagte er leise.

Lovis hatte die ganze Zeit schweigend auf dem Sofa gesessen, hin und wieder einen Schluck aus seiner Bierflasche getrunken, während er Tove und Patrik beobachtete.

»Du kannst es wohl kaum abwarten, hier wegzukommen«, sagte er.

»Lieber heute als morgen«, gestand Tove.

Sie sah sich um und spürte plötzlich doch so etwas wie Wehmut. Patriks Haus war traumhaft, jedes der Kinder hatte ein eigenes Zimmer, und sie selbst hatte es auch genossen, mal wieder in einem Bett anstatt auf einer Couch zu schlafen. Ganz besonders fehlen würde ihr die Aussicht. Die Liebe zum Meer hatte Benny zweifellos von ihr geerbt.

Aber zu jedem Paradies gehörte die unvermeidliche Schlange, und die kam jetzt mit einer Flasche Bier zurück.

Patrik drückte ihr die Flasche in die Hand und setzte sich wieder neben Lovis. Er stieß seinen Freund leicht an.

»Das war eine bescheuert geniale Idee von dir, Erik Wallin zu belügen«, sagte er.

»Ich weiß.« Lovis hob prostend seine Bierflasche. »Trinken wir auf den Vertrag zwischen *Mårtensson-Bröd* und *Wallin-Investment*. Jetzt kannst du dein Seetangknäckebrot endlich in großen Mengen produzieren und in ganz Schweden vertreiben.«

In diesem Moment klingelte Lovis' Handy. Er zog es aus der Hosentasche und meldete sich. Seine eben noch lächelnde Miene wirkte plötzlich angespannt, auch wenn er selbst kaum ein Wort sagte, sondern nur dem Anrufer lauschte. Er nahm die Beine vom Tisch, stellte seine Bierflasche ab und stand auf.

»Ja«, sagte er, während er nervös hin und her lief. »Ich

verstehe.« Dann lauschte er wieder dem Anrufer und machte Zeichen in Patriks Richtung, die der aber nicht zu verstehen schien.

Endlich beendete Lovis das Telefonat. Sein Blick wanderte zwischen Tove und Patrik hin und her. »Ich habe eine gute und eine schlechte Nachricht«, begann er. Er hielt sich erst gar nicht mit der Frage auf, welche Nachricht sie zuerst hören wollten. »Erik Wallin wird nicht nur in *Mårtensson-Bröd* investieren, er will es in die Staaten exportieren.«

Patrik starrte Lovis nur an.

»Das ist doch toll!«, rief Tove aus. »Oder nicht?«, fragte sie, als keiner der Männer etwas sagte.

»Ich würde mich ja gerne freuen«, sagte Patrik langsam. »Aber ich habe das Gefühl, dass die Sache einen ganz gewaltigen Haken hat.«

»Erik hat seine Liebe zu seiner alten Heimat wiederentdeckt, und er will dich und deine Familie besser kennenlernen.« Lovis räusperte sich, bevor er die Bombe platzen ließ. »Er hat für sich und seine Tochter ein Ferienhaus hier auf Smögen gemietet. Er wird also vorerst bleiben.«

»Wie lange?« Patriks Stimme klang heiser.

»Drei Wochen«, sagte Lovis leise und wandte sich an Tove. »Ihr könnt noch nicht zurück nach Stockholm.«

Kapitel 10

»Ich brauche frische Luft!«, stieß Patrik hervor. Er verließ das Haus über die Terrasse und eilte hinunter zum Bootssteg.

Vor allem wollte er allein sein, um die Nachricht zu verdauen, dass er morgen nicht sein gewohntes Leben wieder aufnehmen konnte.

Drei endlos lange Wochen!

»Das halte ich nicht aus«, sagte er zu sich selbst. Er kletterte auf sein Boot, blieb an der Reling stehen und starrte grübelnd ins Wasser.

Selbst wenn er es gewollt hätte, wäre es unmöglich, dass Tove, die Kinder und er wochenlang die glückliche Familie spielten. Das war eine ganz andere Nummer als dieser eine Abend heute. Patrik verspürte Panik, als er versuchte, sich das vorzustellen. Er war auf Smögen kein Unbekannter. Möglicherweise unterhielt sich Erik Wallin genau jetzt mit einem der Einheimischen und erfuhr, wie sehr er und Lovis ihn angelogen hatten.

Soll Lovis doch den ganzen Mist in Ordnung bringen!, dachte Patrik erbittert. Gleichzeitig wusste er, dass nichts mehr in Ordnung gebracht werden konnte. Er würde Erik Wallin so oder so als Geschäftspartner verlieren.

Patrik atmete tief durch und versuchte, sich mit dem Gedanken abzufinden. Er besaß doch alles, was er wollte.

Die Produkte von *Mårtensson-Bröd* verkauften sich gut in Schweden, er musste sie nicht unbedingt exportieren. Und er brauchte auch keine neuen Sorten, auch wenn es ihm Freude bereitete, mit neuen Zutaten zu experimentieren. Er konnte in Zukunft einfach andere Dinge mit seiner Freizeit anstellen. Dinge, die ihm ebenfalls Freude bereiteten. Wann war er zum Beispiel das letzte Mal mit dem Segelboot hinausgefahren?

Patrik konnte sich kaum daran erinnern. In den letzten Jahren hatte das Boot vor allem dazu gedient, mit jungen Urlauberinnen ein paar schöne Stunden an Deck zu verbringen. Die Frauen fanden es romantisch, er hatte seinen Spaß …

Ich bin keines deiner naiven Mäuschen, die sich durch einen Sportwagen oder ein Segelboot beeindrucken lassen.

Wieso musste er ausgerechnet jetzt an Toves Worte denken? Patrik versuchte, ihre Stimme aus dem Kopf zu bekommen, aber es gelang ihm nicht.

Du bist einer Frau wie mir nicht gewachsen, mein Lieber!

Er war einfach nicht interessiert an Frauen wie ihr, das war alles. Wahrscheinlich war es genau das, was sie ärgerte. Patrik versuchte sich vorzustellen, wie Tove auf eine solche Antwort reagiert hätte, und sah sie vor sich, wie sie den Kopf in den Nacken legte und ihn lauthals auslachte.

Er hatte genug! Dieser ganze Schlamassel konnte nur auf eine Katastrophe hinauslaufen. Das musste sogar Lovis wissen, auch wenn er immer noch versuchte, alles zu beschönigen.

Patrik löste das Tau des Bootes, hisste das Segel und nahm Kurs aufs offene Meer. Das weiße Boot durchpflügte das Wasser, vorbei an den Klippen der Bucht. Patrik spürte den Wind im Gesicht, die salzige Luft auf den Lippen, und seine Anspannung löste sich.

Kreischende Möwen begleiteten das Segelboot ein Stück,

bevor sie umkehrten und Richtung Insel zurückflogen. Nur noch er, der Wind und das Meer. Patrik lachte befreit auf, …

… bis er die Gestalt sah, die aus der Kajüte kletterte.

Um ein Haar hätte er das Ruder losgelassen. Er blickte Jesper wütend an. »Was um aller Welt machst du hier?«

»Ich wollte noch einmal auf das Boot, bevor wir morgen abreisen«, sagte Jesper eingeschüchtert. »Bist du jetzt sauer auf mich?«

»Du gehst sofort wieder in die Kajüte und holst dir eine Schwimmweste!«, befahl Patrik und erklärte dem Jungen, wo er sie finden konnte.

»Aber ich kann schwimmen.«

Patrik zog finster die Brauen zusammen. »Sofort!«, verlangte er noch einmal so nachdrücklich, dass Jesper tatsächlich kehrtmachte.

Als er zurückkam, hatte der Junge eine der Schwimmwesten angelegt. »Ich wusste doch nicht, dass du ausgerechnet heute mit dem Boot rausfährst«, versuchte er sich zu rechtfertigen.

Patrik nickte knapp. Er war enttäuscht, weil ihm dieser Segeltörn verdorben worden war. Er wäre lieber allein gewesen.

Jesper setzte sich auf das Deck. Er sagte kein Wort mehr und schaute immer wieder scheu zu Patrik auf.

Plötzlich hatte Patrik einen anderen Jungen vor Augen. Einen, der darunter litt, dass seine Mutter ihn im Stich gelassen hatte, und dessen Vater so sehr mit sich selbst beschäftigt war, dass er seinen Sohn nicht wahrnahm.

Patrik wollte es nicht zulassen, aber er war machtlos gegen das Mitleid, das in ihm aufwallte.

»Willst du mal übernehmen?« Er wies auf das Ruder.

Jesper sprang auf, seine Augen leuchteten. »Darf ich?«

Patrik nickte und zeigte dem Jungen, wie er das Ruder halten musste. Er blieb hinter ihm stehen, sodass er notfalls direkt eingreifen konnte.

»Warst du schon öfter auf dem Boot?«, fragte er.

»Jeden Tag«, gestand Jesper. »Ich mag das Schaukeln auf den Wellen.« Er drehte sich um und schaute strahlend zu Patrik auf. »Und ich habe mir die ganze Zeit gewünscht, dass ich einmal mitfahren darf.«

»Warum hast du nichts gesagt?« Patrik war überrascht, wie sehr ihn die Freude des Jungen rührte.

Jesper zuckte mit den Schultern. »Ich hätte nicht gedacht, dass du mich mitnimmst. Wir stören dich doch nur.«

Hatte er sich das so deutlich anmerken lassen?

»Ich verspreche dir, dass ich noch einmal mit dir rausfahre«, sagte Patrik.

»Das geht nicht, wir fahren doch morgen wieder nach Hause.« Jesper wirkte niedergeschlagen.

Patrik war erstaunt. »Würdest du lieber hierbleiben? Bisher hatte ich den Eindruck, dass ihr alle so schnell wie möglich zurück nach Stockholm wollt.«

»Wenn du mich noch mal auf dem Boot mitnimmst, möchte ich lieber hierbleiben.«

»Dann kannst du dich freuen. Es sieht ganz so aus, als müsst ihr noch ein paar Tage bleiben.«

Jesper fuhr herum. »Echt? Warum?«

Patrik griff schnell ins Ruder. »Erik Wallin bleibt noch eine Weile auf Smögen«, sagte er wahrheitsgemäß.

»Also muss ich weiter dein Sohn sein?«

»Tut mir leid!«

»Ich spiele ja mit«, sagte Jesper. Er lächelte verschmitzt. »So schlecht ist es nicht, einen Vater mit einem Segelboot zu haben.«

»Was unternimmst du denn mit deinem richtigen Vater?«

Die Frage hätte er wohl besser nicht gestellt. Jespers Miene verschloss sich augenblicklich. Er wandte den Kopf ab und schaute nach vorn. Es dauerte eine ganze Weile, bis er antwortete.

»Nichts.«

Patrik wechselte sofort das Thema. »Du stellst dich sehr geschickt an«, lobte er. »Jetzt zeige ich dir, wie wir wenden und wieder nach Hause fahren.«

»Wo warst du denn?« Tove flog auf ihren Sohn zu, fasste ihn bei den Schultern und schüttelte ihn. »Hast du eine Ahnung, welche Sorgen ich mir gemacht habe?«

»Reg dich nicht auf, er war bei mir.« Patrik stellte sich neben den Jungen und spürte einen Anflug von Beschützerinstinkt. Er kam aber gar nicht dazu, sich großartig über sich selbst zu wundern, weil Toves ganze Wut sich jetzt auf ihn konzentrierte.

»Spinnst du?«, fauchte sie ihn an. »Kannst du dir vorstellen, was in mir vorgegangen ist, als ich eben nach meinen Kindern geschaut habe und feststellen musste, dass Jesper weg ist?« Tove gab sich die Antwort gleich selbst. »Nein, natürlich weißt du das nicht! Jemand, der so oberflächlich und gedankenlos ist wie du, kann sich das nicht vorstellen.«

Jesper schaute seine Mutter schuldbewusst an. »Mama, ich …«

»Du gehst sofort ins Bett!«, unterbrach Tove ihn und wies mit dem Finger zur Treppe.

»Ich bin aber nicht müde«, wandte Jesper kleinlaut ein.

»Umso besser, dann kannst du jetzt deine Sachen packen. Wir fahren morgen nach Hause.« Während sie das sagte, schaute sie Patrik an.

Er fuhr sich mit beiden Händen durchs Haar. Im Gegensatz

zu Jesper war er schrecklich müde. Dann nickte er. »Ja, das wird sicher das Beste sein.«

»Spinnt ihr?« Lovis, der aus dem angrenzenden Wohnraum kam, hatte offenbar jedes Wort gehört. »Du kannst jetzt nicht abreisen«, sagte er aufgebracht zu Tove.

»Lass sie!« Patrik winkte ab. »Die ganze bescheuerte Idee war von vornherein zum Scheitern verurteilt.« Er drehte sich um und verließ das Haus.

Einfach nur weg von allem. Mit dem Segelboot hatte das nicht ganz so geklappt, wie er es sich vorgestellt hatte. Aber vielleicht half ein ordentlicher Drink – und dazu eine nette weibliche Begleitung …

Kapitel 11

»Das hast du ja toll hingekriegt«, sagte Lovis sauer, nachdem Patrik das Haus verlassen hatte. »Wir haben doch eben erst besprochen, dass du mit den Kindern hierbleibst und ich ein höheres Honorar für dich aushandele. Patrik hätte sich bestimmt darauf eingelassen.«

»Da wusste ich ja auch noch nicht, dass er Jesper entführt hat!« Tove bemerkte selbst, wie albern das klang.

»Du hast erst kurz vor der Rückkehr der beiden bemerkt, dass Jesper nicht da ist!« Lovis schüttelte verständnislos den Kopf. »Und was redest du da überhaupt für einen Blödsinn? Warum sollte Patrik deinen Sohn entführen?«

»Er war mit ihm unterwegs, ohne mir vorher Bescheid zu sagen. Das reicht doch wohl.« Toves ganzer Ärger konzentrierte sich jetzt auf Lovis. »Und was fällt dir überhaupt ein, mir Vorhaltungen zu machen? Du bist doch an allem schuld. Mit deiner dämlichen Lügerei hat alles angefangen.«

»Ohne das alles«, Lovis machte eine ausholende Handbewegung, »wärst du finanziell am Ende. Du solltest mir also eher dankbar sein, als mich so anzufahren.«

»Ich wäre dir dankbar, wenn du deine Arbeit als Anwalt richtig gemacht und Krister dazu gebracht hättest, mir endlich den ausstehenden Unterhalt zu bezahlen. Dann hätte ich mich auch nicht an dieser betrügerischen Aktion beteiligen müssen. Du und dein Freund Patrik, ihr passt wirklich wunderbar zusammen!« Tove drehte sich um und eilte die Treppe hinauf. Sie hatte genug für heute.

Nein, nicht nur für heute, dachte sie aufgewühlt. Heute war nur der Höhepunkt einer Reihe von schlimmen Tagen gewesen. Da durfte sie wohl mal die Nerven verlieren.

Oben blieb sie stehen und atmete tief durch, bevor sie an Jespers Zimmertür klopfte.

»Komm rein!«, hörte sie ihn rufen und öffnete die Tür.

»Ist alles in Ordnung?«, fragte sie.

»Ja«, sagte er und nickte. Gleich darauf schüttelte er den Kopf. »Nein. Ich fand das blöd, was du zu Patrik gesagt hast.«

»Ich habe mir Sorgen gemacht.« Ihre Ausrede klang lahm.

Jespers Augen blitzten auf. »Du warst sauer auf Patrik, und deshalb wolltest du ihm eins reinwürgen«, sagte er unverblümt. »Dabei konnte er überhaupt nichts dafür. Er wusste nämlich nicht, dass ich auf dem Boot bin. Ich hatte mich da versteckt und bin erst rausgekommen, als Patrik losgefahren war.«

Das waren Informationen, die Tove erst einmal verarbeiten musste. Vor allem eines interessierte sie: »Warum hast du dich auf dem Boot versteckt?«

»Weil ich es da schön finde«, sagte Jesper. »Ich mag es, wie das Boot schaukelt. Ich finde es toll, auf dem Wasser zu sein. Und ich bin dort ganz allein und kann in Ruhe nachdenken. Das heißt«, schränkte er ein, »diesmal war ich nicht allein, weil ja dann Patrik kam. Und weil ich Angst hatte, dass er sauer wird, habe ich mich versteckt.«

»Und er hat dich gefunden?«, fragte Tove, obwohl es noch eine ganze Reihe anderer Fragen gab, die sie gerne gestellt hätte. Warum suchte ihr Sohn die Einsamkeit? Und worüber musste er nachdenken?

Jesper schüttelte den Kopf. »Ich bin von allein aus meinem Versteck gekommen. Zuerst war Patrik wirklich sauer, und er hat mir befohlen, dass ich sofort eine Schwimmweste anziehen soll.« Jesper lächelte. »Aber dann war es richtig cool mit ihm. Er hat mich sogar ans Ruder gelassen. Und er hat mir versprochen, dass er wieder mit mir rausfährt.« Seine Miene verdüsterte sich. »Und jetzt hast du alles verdorben!«

»Es tut mir leid«, entschuldigte sich Tove.

»Sag das Patrik«, erwiderte Jesper.

Tove seufzte tief, dann nickte sie. »Ja, ich muss mich wohl auch bei ihm entschuldigen.«

»Fahren wir morgen wirklich nach Hause?«, fragte Jesper leise.

»Würdest du lieber bleiben?«, stellte Tove eine Gegenfrage.

Jesper nickte eifrig. »Mir gefällt es hier. Und Patrik hat mir versprochen, mir das Segeln beizu…« Er brach ab, schaute bedrückt zu Boden. »Aber das erlaubst du ja sowieso nicht«, murmelte er.

»Warum sollte ich dir das verbieten?«, fragte Tove überrascht.

»Du wirst sagen, dass du dir Sorgen machst, aber in Wirklichkeit verbietest du es mir, weil du Patrik nicht leiden kannst.«

Tove trat zu ihrem Sohn und schloss ihn in die Arme. Sie ignorierte seine leichte Gegenwehr. »Ich weiß noch nicht, ob wir bleiben, Jesper«, sagte sie liebevoll. »Ich muss eine Nacht darüber schlafen. Aber wenn wir bleiben, darfst du mit Patrik segeln gehen.«

Jesper hob den Kopf, er strahlte vor Freude. »Wirklich?«

»Wirklich!« Tove nickte und strich ihrem Sohn übers Haar. »Obwohl ich mir schreckliche Sorgen machen werde«, fügte sie hinzu.

Jesper lachte. »Patrik passt schon auf mich auf. Ich trage ja eine Rettungsweste, falls ich über Bord gehen sollte, und schwimmen kann ich auch.«

»Die Aussicht, dass du über Bord gehen könntest, beruhigt mich nicht unbedingt«, erwiderte Tove trocken. »Und noch habe ich nicht entschieden, ob wir hierbleiben.«

Jesper nickte, aber der Glanz in seinen Augen verriet, dass er eine Heimfahrt nicht mehr in Betracht zog.

Tove war sich da keineswegs so sicher. Es gab einige Gründe, die dagegensprachen, noch länger auf Smögen zu bleiben. Das wichtigste Argument war, dass sie Patrik nicht leiden konnte, in diesem Punkt hatte Jesper absolut recht. Außerdem glaubte sie nicht daran, dass sie ihr Spiel wochenlang durchziehen konnten, ohne dass die Wahrheit aufflog. Es würde Tove sehr schwerfallen, ihre Lüge aufrechtzuerhalten, nachdem sie Erik Wallin kennengelernt hatte. Im Gegensatz zu Patrik war Erik ihr nämlich sehr sympathisch, und es widerstrebte ihr, diesem Mann etwas vorzumachen.

War das nicht sogar Betrug?

Über diese Frage grübelte Tove immer noch nach, als sie sich für die Nacht zurechtmachte und ins Bett ging. Weil sie nicht einschlafen konnte, stand sie noch einmal auf und öffnete das Fenster.

Frische Seeluft strömte ins Zimmer. Tove lehnte sich gegen den Fensterrahmen. Der Himmel war übersät mit hellen Sternen, der Vollmond spiegelte sich im Wasser. Sie konnte das leise Plätschern der Wellen hören, schmeckte das Salz auf den Lippen.

Jesper hatte recht, es war schön hier.

In dieser stillen Stunde ertappte Tove sich selbst bei dem Wunsch, noch länger auf Smögen zu bleiben.

Kapitel 12

»Ich habe dich noch nie hier gesehen. Machst du Urlaub auf Smögen?« Es war nicht der originellste Anmachspruch, aber immer wieder gut genug, um mit einer abenteuerhungrigen Touristin ins Gespräch zu kommen.

Das blonde Wunderwesen mit den Supermaßen bedachte ihn mit einem kühlen Blick, sagte aber kein Wort.

Die krieg ich rum, dachte Patrik. Eine Herausforderung war genau das, was er jetzt brauchte, um auf andere Gedanken zu kommen.

»Was möchtest du trinken?«, fragte er und lächelte die Blondine an.

Auch diesmal sagte sie kein Wort, sondern hob nur ihr halbvolles Wasserglas, um ihm zu zeigen, dass sie versorgt war.

»Wasser?« Er verzog das Gesicht. »Eine Frau wie du sollte Champagner trinken oder besser noch …«

»… in Champagner baden?«, beendete sie seinen Satz.

Ja, genau das hatte er sagen wollen. Patrik war nicht sicher, ob er sich darüber freuen sollte, dass sie jetzt mit ihm sprach. Da schwang etwas in ihrer Stimme mit, das ihn stutzig machte. Er wartete, aber es kam nichts mehr. Sie nippte an ihrem Wasserglas und schaute zu den drei Frauen auf der Tanzfläche. Es war zu früh, um diese Zeit war im Club noch nicht viel los.

»Sind das deine Freundinnen?«, fragte Patrik. Vielleicht taute sie ja doch noch auf.

Allerdings war er nicht sicher, ob sie ihm überhaupt noch zuhörte, bis sie nach einer ganzen Weile den Kopf schüttelte. »Nein«, sagte sie und fügte nach einer kurzen Pause hinzu: »Ich bin allein hier.«

»Allein im Club oder allein auf Smögen?« Patrik registrierte zufrieden, dass sie langsam gesprächiger wurde.

Sie sah ihn durchdringend an. »Fragst du immer so viel?«

Er lächelte dieses ganz besondere Lächeln, von dem er wusste, dass es seine Wirkung auf Frauen selten verfehlte. »Nur wenn mich jemand wirklich interessiert!«

Sie zog eine Augenbraue hoch. »Du findest mich also interessant?«

Er rückte ein Stück näher. »Interessant, aufregend, faszinierend«, raunte er. »Ich will alles über dich wissen.«

Allmählich wurde es im Club voller, die Musik lauter.

»Wir könnten mit meinem Segelboot rausfahren«, schlug Patrik vor. »Stell dir uns beide auf dem Boot vor. Über uns der Sternenhimmel, das Boot schaukelt leise auf den Wellen. Ich verwöhne dich mit Champagner, und du erzählst mir alles über dich.«

»Das klingt gut!« Sie lächelte zum ersten Mal.

Gewonnen!, triumphierte Patrik insgeheim. Wenn ihn eine Frau so anlächelte, setzte sie ihm erfahrungsgemäß nicht mehr viel Widerstand entgegen.

Sie rutschte ganz nah an ihn heran. »Aber ich würde noch lieber schwimmen gehen.« Ihr Finger strich aufreizend langsam über seine Brust. »Nur du und ich und der Mond. Ich kenne da eine Bucht, ziemlich versteckt. Hast du Lust?«

Ob er Lust hatte? Was für eine Frage!

Patrik rutschte von seinem Barhocker. »Fahren wir los!«

Er ließ sie vorgehen und genoss den Anblick ihres Rückens. Das Minikleid schmiegte sich eng an ihren Körper, ihre Beine waren lang und schlank, und Patriks Vorfreude auf die nächsten Stunden ließ ihn tatsächlich seine Sorgen vergessen. Und seinen Ärger … und Tove.

Aber warum sollte ich auch ausgerechnet jetzt an Tove denken?, fragte er sich selbst, obwohl er gerade genau das tat.

Draußen fiel ihm auf, dass seine Begleitung geradewegs auf seinen roten Sportwagen zusteuerte. »Woher weißt du, dass das mein Wagen ist?«

Sie wies lächelnd auf den alten Volvo, der wenige Meter entfernt parkte. »Weil das Auto nun wirklich nicht zu dir passt.«

Patrik lächelte geschmeichelt und öffnete ihr die Beifahrertür. Als er selbst hinter dem Lenkrad saß und den Motor gestartet hatte, wandte er sich ihr zu. »Und wohin soll ich jetzt fahren?«

Sie wies ihm den Weg quer über die Insel Richtung Meer, bis zu einer Bucht, die ungefähr fünf Kilometer von seinem Haus entfernt war.

»Du kennst dich hier ziemlich gut aus«, wunderte er sich, als er aus dem Wagen stieg.

»Ich bin ja schon ein paar Tage da«, erwiderte sie. Sie kam auf ihn zu, schmiegte sich an ihn und schlang ihre Hände um seinen Hals. »Gefalle ich dir?«, hauchte sie ihm ins Ohr.

Was für eine Frage! In diesem Augenblick war er verrückt nach ihr. Morgen, das wusste er bereits jetzt, würde er sich nicht einmal mehr an ihren Namen erinnern …

Bei diesem Gedanken runzelte er die Stirn. »Wie heißt du eigentlich?«

Die Antwort kam nach kurzem Zögern: »Livia.« Sie fragte ihn nicht nach seinem Namen, sondern presste ihre Lippen auf seinen Mund.

Er umfasste sie mit beiden Armen, als er ihren Kuss erwiderte. Was für eine Frau! Eben noch spröde und abweisend, jetzt voller Leidenschaft.

Sie drehte den Kopf zur Seite und lachte leise. »Nicht so schnell, mein Lieber! Ich will schwimmen gehen.«

Er wollte eigentlich etwas ganz anderes, trotzdem folgte er ihr, als sie zum Strand lief. Unterwegs zog sie ihr Minikleid über den Kopf und ließ es achtlos auf den Boden fallen. Jetzt trug sie nichts mehr außer einem winzigen Slip. Kurz wandte sie den Kopf.

»Fang mich, wenn du kannst!«, rief sie und lief ins Wasser.

Patrik rannte los, entledigte sich im Laufen seiner Kleidung. Das Wasser spritzte, als er ihr ins Meer folgte. Er ließ sich fallen, tauchte unter und schwamm in ihre Richtung.

Prustend tauchte er wieder auf. Er schüttelte sich und wischte sich über die Augen. Livia war nicht mehr zu sehen.

Suchend schaute er sich um, aber da war nichts als die dunkle Fläche der Nordsee. War ihr etwas passiert?

Panik stieg in ihm auf, bis er das Starten eines Automotors hörte. Zweifellos war es sein Auto. Der Motor röhrte auf, als das Gaspedal durchgetreten wurde.

Es schien ewig zu dauern, bis er schwimmend und prustend den Strand erreichte. Dort erlebte er die nächste unangenehme Überraschung: Seine Hose, sein Shirt, seine Schuhe – seine komplette Kleidung war verschwunden.

Patrik rannte zur Straße und stieß einen wütenden Laut aus, obwohl es ihn nicht wirklich überraschte, dass sein roter Sportwagen weg war. Livia hatte ihn hereingelegt, und ihm blieb nichts anderes übrig, als zu Fuß nach Hause zu gehen. Nass und splitternackt!

Die warme Sommerluft trocknete ihn ziemlich schnell, als er über die Landstraße lief. Hin und wieder blieb er stehen und verzog das Gesicht, wenn sich spitze Steinchen in seine Fußsohlen bohrten.

Außer Atem und mit wunden Füßen bog Patrik schließlich um die letzte Kurve. An der Abzweigung zu seinem Haus sah er rechts am Straßenrand den roten Sportwagen stehen. Er beschleunigte seinen Schritt, stieß einen lauten Schmerzensschrei aus, als er auf einen besonders spitzen Stein trat, und humpelte hastig weiter.

Von Livia war weit und breit nichts zu sehen, aber sie hatte ihm eine Nachricht hinterlassen. Den Zettel hatte sie auf die Antenne gespießt.

Weißt du eigentlich, dass ich mich letzten Sommer richtig in dich verliebt habe? Ich habe mich von dir verführen lassen, ich habe eine ganze Nacht mit dir verbracht, aber du selbstgefälliger Idiot kannst dich nicht einmal an mich erinnern. Geschieht dir ganz recht, was dir heute passiert ist! Deine Klamotten liegen übrigens im Auto.

Ja, Patrik konnte sie sehen, aber Livia hatte den Wagen abgeschlossen. Der Schlüssel war nirgendwo zu sehen.

Er knüllte den Zettel zusammen und ließ ihn achtlos zu Boden fallen. Auf den restlichen Metern zum Haus dachte er darüber nach, wo und wann er Livia – die mit Sicherheit ganz anders hieß – kennengelernt hatte, aber es fiel ihm nicht ein. Es waren in den vergangenen Jahren einfach zu viele Frauen gewesen.

Vielleicht ist es wirklich an der Zeit, die Richtige zu finden und eine Familie zu gründen, dachte er.

Er musste über sich selbst grinsen, als er versuchte, sich das vorzustellen. Kinder, für die er Verantwortung übernehmen musste. Eine einzige Frau für das ganze Leben. Ein Leben, in dem er nichts mehr allein entscheiden konnte und sich für jeden Alleingang rechtfertigen musste.

Patrik schüttelte den Kopf. So etwas war unvorstellbar für ihn.

Allerdings war das im Moment sein geringstes Problem. Er hatte keine Ahnung, wie er ins Haus kommen sollte. Wenn er anklopfte und eines der Kinder ihn so sah …

Patrik konnte sich lebhaft vorstellen, wie Tove darauf reagieren würde. Er drückte gegen die Türen und Fenster im Erdgeschoss. Alle waren verschlossen.

Während er noch überlegte, wie er ins Haus kommen konnte, wanderte sein Blick nach oben, und er entdeckte das offene Fenster zu Toves Zimmer.

Kapitel 13

Ein Geräusch weckte Tove. Zuerst wusste sie nicht, woher es kam, bis sie den Schatten am offenen Fenster sah. Erschrocken fuhr sie hoch, ihre Hand tastete automatisch nach dem Schalter der Nachttischlampe.

Patrik, der splitternackt und leicht vornübergebeugt zur Tür schlich, blieb abrupt stehen, als das Licht anging. Er überkreuzte die Beine, stand immer noch in leicht gebeugter Haltung da und versuchte seine Blöße mit beiden Händen zu bedecken.

Tove presste eine Hand vor den Mund, konnte sich ein Kichern aber nicht verkneifen.

»Sorry«, murmelte Patrik, ohne sich zu bewegen. »Meine Kleidung und mein Schlüssel wurden gestohlen. Dein Fenster stand offen, und ich wusste nicht, wie ich sonst ins Haus kommen soll.«

Wahrscheinlich sollte sie jetzt Mitleid mit ihm haben, aber in Tove braute sich etwas zusammen, und je mehr sie versuchte, dieses Gefühl zu unterdrücken, umso stärker wurde es. Sie prustete los. Patriks beleidigter Gesichtsausdruck machte alles noch schlimmer. Sie lachte und lachte, bis ihr die Tränen kamen, und überhörte deshalb wohl das Klopfen.

Lovis öffnete die Tür einen Spaltbreit und steckte den Kopf

ins Zimmer. Er öffnete den Mund, aber was immer er sagen oder fragen wollte, kam ihm nicht über die Lippen. Er wirkte einigermaßen fassungslos, als er abwechselnd Patrik und Tove anschaute.

Für Tove war das zu viel, sie wurde von einem weiteren Lachanfall geschüttelt, bis plötzlich auch Benny seinen Kopf durch den Spalt ins Zimmer streckte.

Tove hörte augenblicklich auf zu lachen.

»Was macht ihr hier?«, fragte Benny. »Warum lacht Mama so laut? Und warum ist Patrik ganz nackig?«

»Ich hatte den Hausschlüssel in meiner Hose, und die wurde mir gestohlen«, erklärte Patrik noch einmal. »Und weil ich nicht wusste, wie ich sonst ins Haus kommen soll, bin ich durch das offene Fenster geklettert.«

Lovis runzelte die Stirn. »Das hier ist die erste Etage«, wandte er ein.

»Was du nicht sagst!« Es war Patrik anzusehen, dass er allmählich die Geduld verlor. »Ich wusste aber, wo ich eine Leiter finde.«

Lovis' Gesicht verzog sich zu einem breiten Grinsen. »Ich fasse mal zusammen«, begann er und zählte die einzelnen Punkte mit den Fingern ab. »Dir wurde deine Hose geklaut?«

Patrik nickte.

»In der Hose befand sich dein Hausschlüssel«, fuhr Lovis fort.

»Und der Autoschlüssel. Mein Auto wurde auch geklaut, aber das ist jetzt wieder da. Meine Hose ist übrigens auch wieder da, aber sie liegt im Auto, und das ist abgeschlossen.«

»Es wird immer verworrener«, stellte Lovis fest.

»Und ich weiß nicht, ob ich Einzelheiten erfahren will«, sagte Tove und warf einen vielsagenden Blick auf ihren Sohn.

Benny indes fand die ganze Geschichte offensichtlich sehr spannend und wollte auf jeden Fall mehr wissen. »Wer hat dein Auto geklaut?«

Patrik schien im ersten Moment nicht zu wissen, was er darauf antworten sollte. »Sie heißt Livia«, gab er schließlich Auskunft.

»Du weißt, wer das war?«, rief Lovis erstaunt aus, dann schlug er sich mit der flachen Hand gegen die Stirn. »Hätte ich mir eigentlich denken müssen, dass es um eine deiner Frauengeschichten geht.«

»Warum hat Livia dein Auto und deine Hose geklaut?«, wollte Benny wissen.

»Benny, geh zurück ins Bett«, ermahnte Tove ihn sanft.

Benny ignorierte sie, sein Blick hing wie gebannt an Patriks Lippen.

»Du solltest auf deine Mutter hören«, sagte Patrik zu dem Jungen. »Ich jedenfalls gehe jetzt ins Bett.«

Seine Nacktheit schien ihm plötzlich völlig egal zu sein. Er richtete sich auf und stolzierte hocherhobenen Hauptes aus dem Zimmer.

Lovis zog sich ebenfalls zurück, und Tove brachte Benny ins Bett, obwohl der damit überhaupt nicht einverstanden war und sie mit Fragen nach der ominösen Livia und Patriks verschwundener und wieder aufgetauchter Hose bestürmte.

Sie war froh, als endlich Ruhe einkehrte und sie selbst wieder im Bett lag. In Gedanken ließ sie die letzte Stunde noch einmal Revue passieren und musste erneut lachen. Sie presste ihr Gesicht ins Kopfkissen, um niemanden zu wecken – und irgendwann schlief sie ein.

Wahrscheinlich lag es an den Ereignissen der vergangenen Nacht, dass Tove an diesem Morgen verschlief und bedeutend später als sonst nach unten ging.

Benny hingegen schien topfit zu sein. Er saß zusammen mit seinen Geschwistern am Küchentisch und schwelgte in seinen Erinnerungen an die vergangene Nacht. Bisher war es allerdings auch noch nie vorgekommen, dass ihm die ungeteilte Aufmerksamkeit seiner Geschwister gewiss war.

»Patrik war ganz nackt in Mamas Zimmer«, verkündete er.

Tove blieb lauschend im Flur stehen.

»Das glaube ich nicht«, sagte Svea. »Du hast das bestimmt geträumt.«

»Ich habe das gesehen«, beharrte Benny. »Patrik hatte nix an, und Mama lag im Bett.«

Danach blieb es sekundenlang still in der Küche, bis Svea schließlich sagte: »Ich bin gespannt, was Mama und Patrik dazu sagen.«

Tove hatte zwei Möglichkeiten: Sie konnte in die Küche gehen, sich ihren Kindern stellen und nach Erklärungen suchen, die sie nicht hatte. Oder sie ging zurück in ihr Zimmer, ruhte sich noch ein wenig aus und überließ es Patrik, die Fragen der Kinder zu beantworten.

Die zweite Möglichkeit war weitaus verlockender, und so drehte sie sich um, schlich leise die Treppe hinauf und zurück in ihr Zimmer.

Als es kurz darauf an der Tür klopfte, legte sie sich hastig ins Bett, zog sich die Decke bis ans Kinn und stellte sich schlafend.

»Ich weiß, dass du wach bist«, hörte sie Lovis sagen. »Ich habe dich vor ein paar Sekunden auf der Treppe gesehen.«

Tove setzte sich auf. Abwartend sah sie Lovis an, der ihr Zimmer betrat und die Tür hinter sich zuzog.

»Was hast du vor?«, fragte er. »Reist du heute mit den Kindern ab?«

Tove schüttelte den Kopf, hob dann hilflos die Schultern. »Ich habe nicht mehr darüber nachgedacht«, behauptete sie. Unwillkürlich dachte sie an den vergangenen Abend, als sie am Fenster gestanden und sich gewünscht hatte, noch länger auf Smögen zu bleiben.

»Du bleibst also?« Lovis lächelte, als hätte er ihre Gedanken erraten.

Tove sagte nichts, aber sie lächelte ebenfalls, und das schien ihm als Antwort zu genügen.

»Und wie geht es jetzt weiter?«, fragte Tove eine Stunde später.

Sie saß zusammen mit Lovis und Patrik auf der Terrasse. Svea war unterwegs, weil sie die nähere Umgebung erkunden wollte, und hatte es strikt abgelehnt, ihre beiden Brüder mitzunehmen. Die beiden Jungen spielten auf der Wiese hinter der Terrasse.

Patrik zuckte nur mit den Schultern, schaute sie dabei kaum an. »Ich habe keine Ahnung«, murmelte er.

Tove vermutete, dass ihm sein Auftritt in der vergangenen Nacht immer noch peinlich war, und das erinnerte sie daran, dass sie selbst noch etwas klären musste.

Sie räusperte sich. »Es tut mir leid wegen gestern. Jesper hat mir gesagt, dass du nichts von seiner Anwesenheit auf dem Boot wusstest.«

Patrik schaute auf und verzog den Mund zu einem Lächeln. »Mir tut es auch leid«, sagte er. »Also, dass ich dich mitten in der Nacht so erschreckt habe.«

Tove konnte nicht anders, ihr Mund verzog sich zu einem Grinsen. »So erschrocken war ich eigentlich nicht.« Sie sah ihn wieder vor sich, wie er leicht gebeugt dastand, die Beine über Kreuz, während er sein Gemächt mit beiden Händen bedeckte. Selbst bei der Erinnerung daran musste sie wieder lachen. »Den Anblick werde ich nie vergessen«, versicherte sie.

Patrik brachte ein säuerliches Lächeln zustande.

»Er ist eher Begeisterung gewohnt«, kommentierte Lovis. »Du bist wahrscheinlich die erste Frau, die ihn auslacht.«

Tove dachte an ihren Lachanfall. »Dann haben ihn gestern gleich zwei Frauen enttäuscht«, erwiderte sie amüsiert.

»Schön, dass ihr beide euch so darüber freut. Können wir uns jetzt wieder dem eigentlichen Problem zuwenden?«, warf Patrik ein.

»Wir ignorieren das Problem einfach, solange es geht«, schlug Lovis vor. »Wir müssen nur darauf achten, dass Erik Wallin deine angebliche Familie nicht vor deinen Mitarbeitern oder deinen Bekannten und Nachbarn erwähnt.«

»Wie stellst du dir das vor? Soll ständig jemand hinter ihm herlaufen, um ihn zu bewachen?« Patrik sah seinen Freund grimmig an. »Eigentlich wäre das deine Aufgabe. Du hast uns den ganzen Ärger mit deiner Lüge eingebrockt.«

Lovis hob abwehrend beide Hände. »Ich muss morgen zurück nach Stockholm.«

»Die Ratten verlassen das sinkende Schiff«, erwiderte Patrik sarkastisch.

»Diese Ratte«, bei diesen Worten wies Lovis auf sich selbst, »hat Gerichtstermine, und sie hat keine Lust mehr, sich ständig deine Vorhaltungen anzuhören. Wenn die Sache mit Erik Wallin klappt, hast du allen Grund, mir dankbar zu sein. Und wenn nicht …«, Lovis hob beide Hände und ließ sie wieder fallen, »… dann sind wir genau an dem Punkt, an dem wir auch wären, wenn ich Erik Wallin gleich die Wahrheit gesagt hätte. Wir können also nur gewinnen.«

Tove saß auf ihrem Terrassenstuhl und verfolgte die Diskussion wortlos, bis Patrik sich direkt an sie wandte. »Was sagst du eigentlich dazu?«

»Ich sage überhaupt nichts dazu!« Sie verschränkte die Hände hinter dem Kopf, schloss die Augen und genoss die Sonnenstrahlen auf ihrem Gesicht. Sie war fest entschlossen, die Zeit bis zu ihrer Abreise von jetzt an nur noch als bezahlten Urlaub zu betrachten.

Kapitel 14

Patrik wusste nicht so recht, ob er sich freuen, selbst bedauern, ärgern oder einfach nur über sich lachen sollte. In was für eine vertrackte Situation hatte er sich da gebracht?

Halt!, verbesserte er sich in Gedanken. Es war immer noch Lovis, dem er das alles zu verdanken hatte, auch wenn dieser das nicht mehr hören wollte. Und zugegebenermaßen war es auch Lovis, dem er den Investor verdankte, wenn die ganze Sache gut ausgehen sollte.

Aber ich werde ewig ein schlechtes Gewissen haben, wenn Erik Wallin die Verträge unterschreibt, dachte Patrik. Mochte Erik auch ungewöhnliche Ansichten vertreten, so war er doch ein sehr netter älterer Herr und verdiente es nicht, dermaßen hintergangen zu werden.

Ich will das alles nicht! Patrik fuhr sich mit beiden Händen durchs Haar. Er hätte sich niemals auf Lovis' Vorschlag einlassen dürfen. Aber nun war er zu sehr in diese Sache verstrickt und konnte nicht mehr zurück. Schlimmer, davon war er überzeugt, konnte es kaum noch kommen.

»Heute möchte ich mir noch einmal deine Firma ansehen und mich mit den Produkten vertraut machen, die ihr herstellt«, verkündete Erik Wallin eine Stunde später. Er war überraschend mit Sara an Patriks Haustür aufgetaucht.

»Was für eine schöne Idee!«, log Patrik und schaute Tove unsicher an. Lovis war eben erst abgereist, und er musste jetzt allein zusehen, wie er mit seinem Besuch zurechtkam.

»Ja, das finde ich auch«, stimmte Tove ihm zu. Sie lächelte, und es war ihr nicht anzusehen, was sie wirklich dachte.

»Ich hoffe, wir kommen nicht ungelegen.« Sara schaute Tove an, als sie das sagte. »Mir wäre es lieber gewesen, wenn Papa sich vorher angemeldet hätte.«

»Das ist schon okay«, versicherte Tove und lächelte dabei immer noch. »Kann ich euch etwas anbieten? Einen Kaffee?«

»Später vielleicht.« Erik wandte sich an Patrik. »Wenn es dir nichts ausmacht, möchte ich gerne noch einmal in deine Firma.«

Doch, es machte ihm eine ganze Menge aus. Vor allem hatte Patrik Angst, dass Erik mit seinen Mitarbeitern sprach und so die Wahrheit erfuhr.

»Mama!« Bennys Stimme war zu hören. Er lief durch die offene Terrassentür ins Wohnzimmer und von dort aus in den Flur. Als er die Gäste erblickte, blieb er abrupt stehen, in seinem Gesichtchen arbeitete es, und offensichtlich erinnerte er sich daran, wie er sich im Beisein der Wallins zu verhalten hatte.

»Papa!«, rief er jetzt laut aus. Dann rannte er auf Patrik zu und schlang beide Arme um seine Beine.

»Na, Kleiner!« Erik Wallin beugte sich zu Benny hinunter. »Ich habe deinen Namen vergessen. Verrätst du mir heute, wie du heißt?«

Benny presste die Lippen fest aufeinander.

Erik lachte laut auf. »Ich weiß doch, dass du Benny heißt. Ich wollte nur einmal sehen, ob du heute mit mir sprichst.«

Benny schüttelte den Kopf.

»Aber warum nicht? Letztes Mal hast du doch auch mit

mir gesprochen. Oder brauchst du Schokoladencreme, um zu reden?«

Benny grinste, dann schüttelte er wieder den Kopf.

»Sagst du mir wenigstens, warum du nicht mit mir sprichst?«

Benny dachte eine ganze Weile nach. Als er schließlich antwortete, presste er die Lippen immer noch fest zusammen und bewegte beim Sprechen nur die Mundwinkel. »Dmit isch nisch Falschs sag«, war undeutlich zu hören.

Erik Wallin schien es dennoch zu verstehen. »Was könntest du denn Falsches sagen?«, wollte er wissen.

Wieder bewegten sich nur die Mundwinkel des Jungen. »Dsch mein Papa nisch der Pa...«

»Benny!«, stieß Tove hervor. Ihr Gesicht war hochrot. »Du musst ...« Sie schien verzweifelt nach Worten zu suchen und schloss schließlich mit: »... deine Medizin nehmen.« Sie trat auf Patrik und Benny zu, griff nach der Hand des Jungen und zog ihn hinter sich her.

»Wlsche Medzin?«, war zu hören, als Tove mit dem Jungen in der Küche verschwand. Immerhin hielt er sich immer noch brav an die Anweisung, die Lippen fest zusammenzupressen.

»Ist der Junge krank?«, fragte Erik besorgt.

»Äh ...« Patriks Gedanken drehten sich im Kreis. Ihm fiel so schnell keine Antwort ein, auch wenn Sara und Erik ihn jetzt erstaunt anschauten.

»Du weißt nicht, was deinem Sohn fehlt?« Saras Stimme klang feindselig.

Patrik wurde das Gefühl nicht los, dass sie sich über ihn geärgert hatte. Bisher war sie seinem Blick ausgewichen, aber jetzt schaute sie ihn direkt an. Ein unfreundlicher Glanz lag in ihren Augen.

Ahnte sie etwas? Oder schlimmer noch, kannte sie inzwischen die Wahrheit?

Nein, das konnte nicht sein, denn dann wüsste auch ihr Vater längst Bescheid.

Patrik atmete tief durch. »Eine Mittelohrentzündung«, behauptete er und wunderte sich selbst darüber, wie leicht ihm die Lügen plötzlich über die Lippen kamen. »Benny neigt dazu, und wir müssen aufpassen, dass das nicht chronisch wird.«

Es war schon ziemlich lange her, dass er gehört hatte, wie zwei Mütter sich über dieses Thema unterhielten. Die beiden hatten auf einem Ausflugsdampfer hinter ihm gesessen und waren ihm schrecklich auf die Nerven gegangen.

»Eine Mittelohrentzündung ist ziemlich schmerzhaft«, sagte Sara.

»Keine Ahnung.« Patrik zuckte mit den Schultern, dann fiel ihm auf, dass das für den Vater eines leidenden Sohnes ziemlich gleichgültig klang. »Ja«, sagte er rasch und nickte bestätigend. »Der arme Junge leidet sehr.«

»Benny macht eigentlich überhaupt keinen leidenden Eindruck.« Sara musterte ihn so prüfend, dass Patrik erneut verunsichert war.

Etwas hatte sich seit gestern verändert, aber er wollte sie in Erik Wallins Beisein nicht nach dem Grund fragen. Ob sie doch etwas herausgefunden hatte? Aber warum hatte sie es dann nicht ihrem Vater erzählt? Vielleicht ergab sich ja später eine Gelegenheit, unter vier Augen mit ihr zu reden.

»Es geht ihm auch schon besser«, versuchte er zu erklären. »Weil Tove streng darauf achtet, dass er regelmäßig seine Medizin einnimmt.«

»Der arme Kleine!« Im Gegensatz zu seiner Tochter wirkte Erik arglos und war offensichtlich voller Mitleid. »Ich hoffe, er ist bald wieder ganz gesund.«

Patrik nickte nur noch. Was für ein Theater um ein Kind, das nicht seines war, und eine Krankheit, die es nicht hatte.

Es war Sara, die das Thema wechselte, aber das Gespräch wurde dadurch nicht angenehmer. »Ist das nicht dein Sportwagen, der da oben an der Straße steht?«

»Jaaa«, erwiderte Patrik gedehnt. »Ich habe den Schlüssel … äh … verloren.«

»Du bist fast bis nach Hause gefahren und hast dann den Schlüssel verloren? Wie geht das denn?« Sara ließ ihn keine Sekunde aus den Augen.

Erik sagte zwar nichts, aber es war ihm anzusehen, dass ihn das Verhalten seiner Tochter irritierte.

Zum Glück kam Tove jetzt zurück. Patrik hatte sich noch nie so gefreut, sie zu sehen. Er trat auf sie zu, legte einen Arm um ihre Schulter und spürte, wie sie sich versteifte. Diese Berührung war ihr offenbar sehr unangenehm. Patrik konnte nur hoffen, dass Erik und Sara das nicht bemerkten.

»Hat der Kleine seine Medizin genommen?« Er spielte weiter den besorgten Familienvater.

»Ja.« Tove nickte, und Patrik spürte, wie sie ihre Schulter leicht bewegte, als wolle sie seinen Arm abschütteln. Er griff fester zu. »Benny hatte eine Halsentzündung«, erklärte sie. »Sie ist fast ausgeheilt, aber er soll seine Medizin noch ein paar Tage nehmen.«

Stille setzte ein. Sara und Erik wechselten einen verwunderten Blick.

»Patrik sagte eben, Benny hätte eine Mittelohrentzündung.« Sara sah zwischen Tove und ihm hin und her.

»Typisch Patrik!« Toves Lachen klang unecht. »Da hat er mal wieder nicht richtig zugehört.«

»Tut mir leid, Liebling.« Patrik vergrub seine Finger in ihrem Arm und spürte, wie sie zusammenzuckte. Kein Ton kam über ihre Lippen, aber der kurze Blick, den sie ihm zuwarf, verriet deutlich, was in ihr vorging.

»Mein Vater wusste immer genau, woran ich als Kind erkrankt war«, warf Sara ein.

»Weil es nur uns beide gab.« Erik lächelte wehmütig. »Vielleicht wäre ich auch weniger aufmerksam gewesen, wenn deine Mutter noch bei uns gewesen wäre und sich um dich gekümmert hätte.« Er wandte sich an Patrik. »Gehen wir jetzt in deine Bäckerei?«

Die Führung verlief ohne Zwischenfälle. Jedes Mal, wenn Erik sich mit einem der Mitarbeiter unterhielt, brach Patrik der Angstschweiß aus. Glücklicherweise interessierte sich Erik aber nur für die Produkte und für die Abläufe in der Firma.

Sara stellte keine Fragen, sie sagte überhaupt nichts mehr. Doch immer, wenn ihr Blick Patriks traf, erkannte er die Abneigung in ihren Augen, die zweifellos ihm galt.

Als Erik völlig fasziniert an der Verpackungsstraße stand, auf der das fertig gebackene Brot in Beutel geschoben und etikettiert wurde, beschloss Patrik, Sara direkt anzusprechen. Sie stand ein wenig abseits und langweilte sich sichtlich. Patrik stellte sich neben sie.

»Habe ich dich irgendwie verärgert?«, fragte er.

»Seit wann bist du eigentlich mit Tove verheiratet?«, stellte sie eine Gegenfrage.

Sie weiß es, sie weiß es, sie weiß es. Dieser Satz drehte eine Dauerschleife in seinem Kopf, und es fiel ihm schwer, eine passende Antwort auf ihre Frage zu finden. Wie alt war Svea noch mal? Vierzehn, fünfzehn?

»Seit sechzehn Jahren«, behauptete er einfach.

»Eine lange Zeit.« Sara schaute ihm direkt ins Gesicht. »Und ihr habt drei Kinder. Ganz ehrlich, Kerle wie du machen mich krank!«, stieß sie wütend hervor.

»Was genau wirfst du mir eigentlich vor?« Patrik war sich

nicht sicher, ob er die Antwort wirklich hören wollte. Er war sich inzwischen ganz sicher, dass Sara die Wahrheit irgendwie herausgefunden hatte.

»Tove ist so zauberhaft.« Sie schüttelte mit erbitterter Miene den Kopf. »Du hast eine Frau wie sie nicht verdient. Und vor allem hat sie es nicht verdient, von dir betrogen zu werden.«

»Ich verstehe nicht ...«

»Deswegen wollte ich eben wissen, ob der Sportwagen dir gehört. Du solltest die Briefchen deiner Affären nicht einfach so in die Gegend werfen.« Sie zog ein Papierknäuel aus ihrer Jeanstasche und faltete es sorgfältig auseinander.

Patrik erkannte auf einen Blick, dass es sich um Livias Brief handelte. Das war alles? Sie hatte also nicht herausgefunden, dass er und Tove nicht verheiratet waren?

Er war so erleichtert, dass er laut auflachte. »Das ist alles ganz anders, als es scheint«, begann er, und dann wurde ihm klar, dass es trotzdem keine Erklärung gab, die er Sara liefern konnte.

»Ist das nicht die ewige Ausrede aller untreuen Ehemänner?«, fragte sie. »Die arme Tove! Sie tut mir unendlich leid. Wie kannst du nur?« Sie schüttelte voller Abscheu den Kopf.

»Ich kann das alles erklären«, sagte er, obwohl er vor wenigen Sekunden erst festgestellt hatte, dass er genau das nicht konnte.

»Du musst mir nichts erklären«, erwiderte sie hart. »Sondern ausschließlich Tove. Wenn ich nicht wüsste, wie sehr es sie verletzt, würde ich ihr diesen Brief zeigen. Und ich würde meinem Vater raten, mit einem Menschen wie dir keine Geschäfte abzuschließen.«

»Tove weiß Bescheid.« Etwas Besseres fiel ihm nicht ein. »Und ich habe sie nicht betrogen.«

Saras Augen wurden groß. »Das glaube ich dir nicht.«

Das verdanke ich alles dir, schickte Patrik einen wenig freundlichen Gedanken in Lovis' Richtung. *Sobald wir uns wiedersehen, drehe ich dir den Hals um.*

»Warum kommst du nicht einfach heute Abend vorbei?«, schlug er vor. »Dann kannst du Tove selbst fragen.«

Sie kniff die Augen zusammen, musterte ihn prüfend. »Du meinst das ernst?«, fragte sie nach einer Weile.

Patrik nickte.

»Du, ich mache das wirklich«, warnte sie ihn und zeigte damit, dass sie ihm immer noch kein Wort glaubte und davon ausging, dass er einen Rückzieher machte.

»Ich erwarte dich gegen zwanzig Uhr«, sagte Patrik daraufhin. Er räusperte sich und fügte dann hinzu: »Es wäre aber nett, wenn du das für dich behältst.«

Deutlicher wurde er nicht, aber Sara hatte ihn auch so verstanden. »Du willst nicht, dass mein Vater etwas erfährt.«

»Das wäre sehr nett«, murmelte Patrik.

Patrik hatte keine Ahnung, wie er sich aus dieser Situation wieder rauswinden sollte. Er war froh, als Erik und Sara sich endlich verabschiedeten. Die beiden hatten für den Rest des Tages noch einige Ausflugsziele auf dem Programm.

Kurz hatte Patrik mit dem Gedanken gespielt, beiden die ganze Wahrheit zu gestehen – und dann waren ihm die Worte doch wieder nicht über die Lippen gekommen. Er hatte den Moment verpasst, und jetzt musste er sich überlegen, was er Sara heute Abend sagen sollte. Wie er ihr diesen ominösen Brief erklären konnte. Er hoffte sehr darauf, dass Tove eine Idee hatte. Er rief sie von seinem Büro aus an und schilderte ihr die Situation.

»Warum hast du sie nicht in dem Glauben gelassen, dass

du mich betrügst?« Toves Stimme klang verärgert. »Ich habe keine Ahnung, welche Erklärung wir ihr geben können. Und vor allem habe ich keine Lust, mich in weitere Lügen zu verstricken. Sieh zu, wie du das regelst!« Sie schwieg eine ganze Weile, dann fügte sie leise hinzu: »Oder sag ihr einfach die Wahrheit.«

Seufzend beendete Patrik das Gespräch. Er musste nachdenken, aber er konnte keinen klaren Gedanken fassen. Alles hatte mit einer kleinen Lüge begonnen – und jetzt stand sein ganzes Leben kopf.

Es gab nur eine Möglichkeit, seine Gedanken zu ordnen. So verrückt es auch war: Ausgerechnet jetzt tauchte in seinem Kopf eine Idee für ein neues Brot auf.

Patrik überlegte nicht lange, sondern machte sich auf den Weg in die Versuchsbackstube seiner Großbäckerei.

Patrik backt Kräuterbrot

Für den Vorteig:
200 g Weizenmehl
5 g Hefe
5 g Salz
140 ml lauwarmes Wasser

Für den gesamten Teig:
Vorteig (siehe oben)
370 g Sauerteig
500 g Weizenmehl
100 g Roggenmehl
120 g Quark
20 g Hefe
20 g Salz
350 ml lauwarmes Wasser
30 g Schnittlauch oder Petersilie (grob gehackt)
30 g Frühlingszwiebel (geschnitten)

Aus den Zutaten einen Teig kneten, eine Stunde bei Raumtemperatur stehen lassen, danach 24 Stunden zugedeckt im Kühlschrank aufbewahren.

Alle Zutaten außer den Kräutern und der Zwiebel zu einem Teig verkneten. Zum Schluss die frischen Kräuter und Frühlingszwiebeln hinzugeben. Anschließend den Teig eine halbe Stunde zugedeckt ruhen lassen.

Einen Brotlaib formen und den Teig nochmals eine Stunde gehen lassen. Kerben in die Oberfläche einschneiden.

Den Backofen auf 210°C vorheizen und ein tiefes, mit Wasser gefülltes Bratenblech auf die unterste Schiene stellen. Den Brotlaib in eine Backform geben und in den Ofen schieben. Nach 10 Minuten die Temperatur auf 180°C senken und das Brot etwa eine Stunde backen.

Kapitel 15

Tove ärgerte sich maßlos über Patriks Anruf. Wieso zog er sie immer wieder in neue Lügengeschichten mit hinein?

»Ich mache da nicht mit«, sagte sie leise zu sich selbst.

»Was machst du nicht mit?« Svea kam in die Küche, nahm die Milchflasche aus dem Kühlschrank, schraubte sie auf und setzte sie an die Lippen. Schnell ließ sie die Flasche wieder sinken, als sie dem Blick ihrer Mutter begegnete.

»Schon gut«, sagte sie und holte ein Glas aus dem Küchenschrank. »Also«, hakte sie nach, während sie es mit Milch füllte, »was machst du nicht mit?«

Tove schaute ihre Tochter durchdringend an. »Haben wir nicht alle unsere Geheimnisse?«

Svea senkte den Blick. Sie drehte sich um und stellte die Milchflasche zurück in den Kühlschrank.

»Hast du mir etwas zu sagen, Svea?«

»Ja.« Mit einem strahlenden Lächeln drehte Svea sich zu ihrer Mutter um. »Ich möchte heute Abend weggehen.«

Das war nicht die Antwort, mit der Tove gerechnet hatte. Sie dachte immer noch darüber nach, dass Svea und Patrik offensichtlich etwas vor ihr verbargen. Es musste doch möglich sein, ihrer Tochter die Wahrheit zu entlocken.

»Ich habe ein paar Leute kennengelernt, und wir wollen heute Abend ein bisschen feiern.«

»Was sind das für Leute? Wie alt? Und wo wollt ihr feiern?«

Svea verdrehte die Augen und seufzte entnervt. »Mama!«

»Genau, ich bin deine Mutter. Und ich bin für dich verantwortlich.«

»Jetzt komm mal runter!«, regte sich Svea auf. »Das sind Jungen und Mädchen in meinem Alter, und alle machen hier mit ihren Eltern Urlaub.«

»Na gut«, gab Tove zögernd nach. »Kein Alkohol, und Punkt zehn bist du wieder zu Hause.«

»Um zehn?« Svea sah ihre Mutter ungläubig an. »Ich bin doch kein Baby mehr. Wie peinlich ist das denn, wenn ich als Einzige um zehn nach Hause muss?«

Tove zuckte mit den Schultern. »Ich finde das überhaupt nicht peinlich. Das sind meine Bedingungen.«

»Bis eins«, begann Svea zu verhandeln.

Tove schüttelte den Kopf.

»Bitte, Mama!« Sveas blaue Augen füllten sich mit Tränen.

Obwohl Tove wusste, dass ihre Tochter auf Knopfdruck weinen konnte, wurde sie schwach. »Na gut«, gab sie nach. »Bis elf, aber das ist mein letztes Wort.«

Sie einigten sich schließlich auf zwölf Uhr. Svea fiel ihrer Mutter um den Hals und bedankte sich überschwänglich.

»Aber du bist pünktlich zu Hause«, befahl Tove noch einmal eindringlich. »Ich bleibe auf und warte auf dich.« Sie wusste genau, dass sie sowieso nicht schlafen konnte, bevor ihre Tochter zu Hause war.

»Versprochen!« Svea flitzte aus der Küche und zog dabei bereits ihr Handy aus der Jeans. »Hallo, Elsa, alles klar. Ich darf bis Mitternacht. Du auch? Das ist ja klasse. Hoffentlich kommt Emil auch. Der ist so süß …«

Dann war Svea außer Hörweite.

Tove lächelte. Emil. So hieß also der Grund für Sveas ausgesprochen gute Laune. So ausgeglichen hatte Tove ihre Tochter schon lange nicht mehr erlebt.

Die Kinder schienen sich mittlerweile alle wohlzufühlen auf Smögen. Nur sie selbst steckte immer mehr in der Klemme.

Patrik soll seine Probleme gefälligst selbst lösen, dachte sie erbost. *Schließlich hat er diese Frau abgeschleppt, die ihm dann auch noch Hose und Auto geklaut hat.*

Sie begann leise zu lachen, als sie sich vorstellte, wie Patrik voller erotischer Vorfreude ins Wasser gegangen war und dann feststellen musste, dass Livia ihn ausgetrickst hatte. Sie hätte zu gern sein Gesicht gesehen.

»Schön, dass du dich so freust!« Patrik kam in die Küche. In den Händen hielt er einen duftenden Brotlaib. »Weißt du jetzt, was wir Sara sagen sollen?«

»Das, mein Lieber, ist ganz allein dein Problem«, erklärte Tove von oben herab.

Er nahm ein Messer aus der Schublade, legte das Brot auf den Tisch und teilte es in der Mitte. Er schnitt eine dicke Scheibe vom mittleren Teil ab, brach sie durch und reichte Tove eine Hälfte.

Das Brot war noch warm und duftete so verführerisch, dass Tove hineinbiss.

»Himmlisch!« Sie verdrehte genussvoll die Augen. »Wann hast du das gebacken?«

»Gerade eben, nach der Sache mit Sara. Ich backe immer, wenn mich etwas beschäftigt und ich nachdenken muss.«

Tove verschluckte sich beinahe vor Überraschung. »Ich auch!« Es erstaunte sie, dass es tatsächlich eine Gemeinsamkeit zwischen ihr und Patrik gab. »Ich habe keine Ahnung, wie wir Sara die Sache mit Livia erklären können«, sagte sie, jetzt deutlich milder gestimmt. »Oder willst du ihr sagen, dass wir sozusagen eine offene Ehe führen?«

»Ich habe darüber nachgedacht.« Patrik nickte. »Aber wenn sie das ihrem Vater erzählt …« Er brach ab und schüttelte den Kopf. »Erik Wallin mit seiner altmodischen Einstellung würde das nie akzeptieren. Ich bin sicher, dass er dann noch eher mit einem eingefleischten Junggesellen Geschäfte abschließen würde.«

»Und was ist mit dir?« Tove wunderte sich selbst darüber, dass sie ausgerechnet Patrik eine solche Frage stellte. »Könntest du dir eine offene Ehe vorstellen?«

Patrik lachte laut auf. »Ich kann mir für mich überhaupt keine Ehe vorstellen. Ich liebe meine Leben so, wie es ist.« Plötzlich schien er doch nachdenklich zu werden. »Ich glaube«, sagte er schließlich, »wenn ich eine Frau jemals so lieben würde, dass ich mir ein gemeinsames Leben mit ihr vorstellen könnte, dann wollte ich sie nicht mit anderen Männern teilen.«

»Aber sie müsste hinnehmen, dass sie dich mit anderen Frauen teilen muss?«, hakte Tove nach. Irrte sie sich, oder schwang da ein Hauch Bitterkeit in ihrer Stimme mit?

Es schien so zu sein, denn Patrik schaute sie verwundert an. »Ich weiß es nicht«, gab er ehrlich zu. »Wie ich schon sagte, kann ich mir eine Ehe oder eine feste Beziehung nicht vorstellen. Ich glaube einfach nicht daran, dass so etwas funktioniert.«

»Du glaubst nicht an die Liebe?«, fragte Tove leise.

»Glaubst du denn noch daran?«, antwortete Patrik mit einer Gegenfrage. »Du bist allein mit drei Kindern, der Vater scheint sich nicht zu kümmern. Glaubst du wirklich noch an die große Liebe, die ein ganzes Leben lang hält?«

Tove wusste nicht, was sie sagen sollte. Sie wollte nicht verneinen, aber nach allem, was Krister ihr angetan hatte, konnte sie Patriks Frage auch nicht vorbehaltlos bejahen.

»Was ist eigentlich mit dem Vater der Kinder?« Es war das erste Mal, dass Patrik ihr so persönliche Fragen stellte.

Toves Mundwinkel verzogen sich zu einem abfälligen Grinsen. »Er hat sich ein rotes Cabrio zugelegt, mit dem er vollbusige Blondinen erobert.«

»Aha!« Patrik grinste ebenfalls. Ihm war deutlich anzusehen, dass er Toves Anspielung auf sein eigenes Verhalten verstanden hatte. »Ich bin frei und ungebunden. Ich darf das.«

»Du siehst ja jetzt, was du davon hast«, kam Tove auf das eigentliche Problem zurück.

»Ja.« Patrik seufzte tief. »Was sagen wir Sara?«

»Was sagst DU Sara?«, berichtigte Tove ihn sofort.

»Ich habe keine Ahnung.« Patrik schnitt eine weitere Scheibe Brot ab, brach ein Stück davon ab und steckte es sich in den Mund.

Tove lachte. »Du kannst ja noch ein bisschen backen«, schlug sie vor. »Vielleicht fallen dir dann die passenden Worte ein.«

Er verzog das Gesicht. »Lass es mich wissen, wenn du eine wirklich konstruktive Idee hast.«

Obwohl Tove nicht länger über Patriks Problem nachdenken wollte, entwarf sie den ganzen Nachmittag über mögliche Erklärungen. Nur, um sie dann wieder zu verwerfen, weil sie zu unglaubwürdig klangen.

Eine Hoffnung blieb ihr noch: Vielleicht tauchte Sara überhaupt nicht auf. Es war so gar nicht typisch schwedisch, sich in die Angelegenheiten anderer einzumischen. Andererseits war Sara in New York aufgewachsen, und ihre Mutter war Amerikanerin gewesen.

Toves Hoffnung erfüllte sich nicht. Sara kam pünktlich um

acht und stellte gleich die entscheidende Frage: »Hat Patrik dir gesagt, weshalb ich hier bin?«

Tove nickte. »Du willst mich über seinen angeblichen Seitensprung aufklären.«

»Eigentlich bin ich aus purer Neugierde gekommen.« Sara lächelte verlegen. »Es geht mich ja überhaupt nichts an, aber die Vorstellung, dass er dich betrügt, fand ich unerträglich.«

»Komm doch erst mal rein!« Tove spielte die freundliche Gastgeberin und versuchte gleichzeitig, Zeit zu gewinnen.

»Hej, Patrik!«, sagte Sara.

Erst jetzt bemerkte Tove, dass er hinter ihr stand. Er nickte nur knapp, sein Blick war ernst.

»Mein Vater weiß nicht, dass ich hier bin«, sagte Sara. »Er würde sich schrecklich aufregen, wenn er wüsste, dass ich mich in eure Angelegenheiten einmische.«

Patrik sagte nichts dazu. Er wandte sich um und ging zur Terrasse, wo bereits eine Flasche Wein und drei Gläser auf dem Tisch standen. Dazu das Brot, das er heute gebacken hatte, mit frischer Butter.

»Danke, für mich nicht«, lehnte Sara ab, als Patrik ihr Weinglas füllen wollte. »Ich … ich weiß gar nicht so richtig, was ich sagen soll. Eigentlich hätte ich überhaupt nicht hierherkommen sollen.« Sie erhob sich und wandte sich zum Gehen.

»Tove und ich sind nicht miteinander verheiratet«, sagte Patrik in diesem Moment.

Sara ließ sich vor Schreck wieder auf ihren Stuhl fallen.

Tove starrte Patrik entgeistert an. Damit hatte sie nicht gerechnet.

Patrik fuhr sich mit beiden Händen durchs Haar. Nachdem er einmal mit der Wahrheit herausgeplatzt war, schien er nicht zu wissen, was er jetzt noch sagen sollte.

»Ihr lebt sozusagen in wilder Ehe zusammen?« Sara begann zu lachen. »Gut, dass Papa das nicht weiß. Er ist ein bisschen altmodisch.«

Tove schwieg zu allem und wartete einfach nur ab.

»Tove und ich haben überhaupt keine Beziehung miteinander.« Offensichtlich hatte sich Patrik zur Wahrheit entschlossen. »Und die Kinder sind auch nicht meine Kinder. Um ehrlich zu sein, habe ich Tove erst vor Kurzem kennengelernt. Und die Kinder habe ich an dem Tag zum ersten Mal gesehen, als sie mit ihnen aus Stockholm hierherkam.«

»Jetzt verstehe ich überhaupt nichts mehr.« Sara schüttelte verwirrt den Kopf und sah zwischen Patrik und Tove hin und her.

»Patrik hat uns als Familie gemietet«, brach nun auch Tove ihr Schweigen. »Uns verbindet nicht mehr als eine rein geschäftliche Beziehung.«

»Und warum …« Sara brach ab und schlug sich mit der Hand leicht gegen die Stirn. »Ich verstehe!«, rief sie aus. »Wegen Papas altmodischer Vorstellung, dass nur Familienväter zuverlässige Geschäftspartner sein können.« Wieder wanderte ihr Blick zwischen Tove und Patrik hin und her.

Aus und vorbei! Es war alles aus und vorbei! Eine weitere Expansion von *Mårtensson-Bröd* war damit vorerst ausgeschlossen.

Eigentlich hätte Tove sich darüber freuen müssen, aber zu ihrer Überraschung empfand sie stattdessen Mitleid mit Patrik. Sie wartete darauf, dass Sara aufsprang und sie beide mit Vorwürfen überschüttete.

Doch Sara saß einfach nur da, ganz still, schien zu verarbeiten, was sie eben erfahren hatte. Und dann kam ein leises Kichern über ihre Lippen, das immer lauter wurde. Sie lachte und lachte, konnte sich kaum beruhigen.

»Ihr habt Papa ausgetrickst? Ihr seid gar nicht miteinander verheiratet?«

Tove und Patrik schüttelten gleichzeitig den Kopf.

»Wir mögen uns nicht einmal besonders«, sagte Patrik.

Seine Bemerkung versetzte Tove einen Stich. Kurz nur, aber ziemlich heftig. Als sie sah, dass Sara sie anschaute, nickte sie jedoch bestätigend. »Wir können uns nicht ausstehen«, behauptete sie.

Sara lachte wieder. »Und ich hatte anfangs überhaupt keine Lust, Papa nach Schweden zu begleiten. Ich dachte, das wird schrecklich langweilig. Jetzt freue ich mich, dass ich mitgekommen bin.«

»Wir hatten die ganze Zeit Angst davor, dass alles auffliegt«, sagte Patrik. »Ich habe mich bei dieser Lügerei nie besonders wohlgefühlt. Es wird Zeit, dass wir damit aufhören. Ich habe nur einen Wunsch, Sara: Ich möchte deinem Vater selbst die Wahrheit sagen.«

»Nein, mach das nicht!«, bat Sara. »Ich verstehe sowieso nicht, warum Papa so komische Ansichten hat. Er ist von dir als Geschäftsmann und von deinen Produkten überzeugt. Eigentlich sollte nur das eine Rolle spielen.«

»Trotzdem …«, wandte Patrik ein, doch Sara ließ ihn nicht zu Wort kommen.

»Macht einfach so weiter wie bisher. Ich möchte gerne noch hierbleiben, aber wenn du Papa die Wahrheit sagst, wird er sofort abreisen.«

»Irgendwann wird alles herauskommen. Ich mag deinen Vater, und ich möchte nicht, dass er schlecht von mir denkt.« Patrik wirkte sehr entschlossen. »Und ich will auch nicht, dass es wegen meiner Lügen zu einem Zerwürfnis zwischen dir und ihm kommt. Es würde ihm bestimmt nicht gefallen, dass du bei unserem Betrug mitmachst.«

»Falls die Wahrheit jemals rauskommen sollte, hast du Papa bis zu diesem Zeitpunkt hoffentlich längst davon überzeugt, dass auch kinderlose Singles gute Geschäftspartner sein können.« Sara klatschte begeistert in die Hände. »Bitte, mach weiter so! Du hast mich doch jetzt als Verbündete. Ich passe auf, mit wem Papa sich unterhält, und schreite sofort ein, wenn deine angebliche Familie zur Sprache kommt.«

Sara schaute jetzt nur noch Patrik an, und auch er schien inzwischen völlig vergessen zu haben, dass Tove ebenfalls anwesend war.

Sara hielt Patrik ihr leeres Weinglas hin. »Jetzt möchte ich doch ein Glas Wein. Lass uns auf unser Bündnis anstoßen.«

Patrik füllte ihr Glas und schaute ihr dabei tief in die Augen. Sie erwiderte seinen Blick.

Tove griff nach ihrem Glas und trank es in einem Zug aus, dann erhob sie sich. »Ihr habt doch sicher nichts dagegen, wenn ich mich jetzt zurückziehe, nachdem alles geklärt ist.«

Patrik und Sara lösten ihre Blicke voneinander und schauten nun beide sie an.

»Oh«, sagte Patrik, als wäre ihm ihre Anwesenheit erst jetzt wieder bewusst geworden. Dann schüttelte er den Kopf. »Natürlich nicht. Schlaf gut.«

Das klang verdächtig nach: *Gut, dass du gehst. Du störst hier sowieso nur.*

»Gute Nacht«, wünschte auch Sara. »Wenn du nichts dagegen hast, besuche ich dich in den nächsten Tagen mal.«

»Klar«, erwiderte Tove wenig begeistert. »Warum nicht?«

Als sie in ihrem Bett lag, konnte sie lange nicht einschlafen, und das lag nicht nur an dem Stimmengemurmel und dem leisen Lachen, die von der Terrasse heraufdrangen.

Kapitel 16

»Ich glaube, ich habe mich verliebt«, sagte Patrik am nächsten Morgen am Telefon.

»Das ist doch ein Dauerzustand bei dir«, erwiderte Lovis ungeduldig. »Sorry, Patrik, aber ich habe einen Gerichtstermin und bin schon ziemlich spät dran.«

»Ich habe mich in Sara Wallin verliebt«, schob Patrik hinterher. »Viel Erfolg vor Gericht.«

»Halt! Warte!« Lovis brüllte so laut in den Hörer, dass es in Patriks Ohr wehtat.

»Musst du so laut schreien?«, beschwerte er sich. »Ich habe gestern ziemlich viel getrunken. Übrigens zusammen mit Sara.«

»Ich will genau wissen, was passiert ist.«

»Was ist mit deinem Gerichtstermin?« Es bereitete Patrik große Freude, seinen Freund so hinzuhalten. Und er schürte dessen Aufregung noch, indem er hinzufügte: »Sara kennt jetzt übrigens die Wahrheit. Sie weiß, dass Tove und ich nicht miteinander verheiratet sind.«

Sekundenlang blieb es vollkommen still in der Leitung. Dann brüllte Lovis nur zwei Worte, die aber so laut, dass Patrik fast das Handy fallen ließ. »SPINNST DU?«

Danach sagte eine Weile keiner von beiden etwas, aber Patrik konnte den keuchenden Atem seines Freundes hören. Er ließ ihn noch ein bisschen zappeln, bevor er erklärte: »Sara hat durch Zufall von der Sache mit Livia erfahren und mich zur Rede gestellt, weil sie glaubte, ich würde meine Ehefrau betrügen.«

Diesmal war Lovis' Stimme nur noch als verzweifeltes Flüstern zu vernehmen. »Das wird ja immer schlimmer.«

»Eigentlich bin ich froh, dass Sara jetzt die Wahrheit kennt«, sagte Patrik. »Sie wird ihrem Vater nichts sagen, du kannst also ganz beruhigt sein und jetzt deinen Gerichtstermin wahrnehmen.«

»Moment!«, wandte Lovis ein. »Habe ich das richtig verstanden? Du hast dich in Sara verliebt?«

Patrik lachte leise. »Sie ist zauberhaft und klug und so ganz anders als alle Frauen, die ich bisher kennengelernt habe.«

»Genau«, stimmte Lovis ihm zu. »Deshalb ist sie auch viel zu schade für eines deiner Spielchen.«

»Ich weiß«, sagte Patrik. »Mit ihr habe ich auch keine Spielchen vor. Ich freue mich darauf, sie besser kennenzulernen.«

»Das gefällt mir alles nicht.« Lovis stöhnte leise auf. »Man kann dich keine Sekunde allein lassen. Eigentlich müsste ich sofort wieder nach Smögen kommen, aber ich habe keine Zeit.«

»Du vergisst mal wieder, wer uns diese ganze Sache eingebrockt hat«, erinnerte ihn Patrik, doch er erhielt keine Antwort mehr. Lovis hatte einfach aufgelegt.

Patrik starrte sein Handy an und spielte mit dem Gedanken, Sara anzurufen, um ihre Stimme zu hören und sich für heute Abend erneut mit ihr zu verabreden. Der Abend gestern war wundervoll gewesen. So ganz anders als all seine bisherigen Verabredungen. Eigentlich war es kein Date gewesen, machte er sich klar, auch wenn es sich im Nachhinein so anfühlte.

Lovis' Worte, dass Sara zu schade für eines seiner Spielchen sei, klangen in ihm nach.

Patrik steckte das Handy wieder ein und nahm sich vor, sich heute endlich wieder um seine Großbäckerei zu kümmern. In den letzten Tagen war er kaum dazu gekommen und hatte vor allem die Felder vernachlässigt, auf denen der Tang für sein neues Knäckebrot getrocknet wurde.

In der Diele kam ihm Jesper entgegen. »Bringst du mir heute das Segeln bei?«, fragte er mit hoffnungsvoller Miene.

Tove, die ihn gehört hatte, streckte den Kopf aus der Küche. »Jesper!«, mahnte sie leise.

Der Junge drehte sich zu ihr um. »Patrik hat es mir doch versprochen«, verteidigte er sich. Er sah wieder Patrik an. »Stimmt doch, oder?«

»Ja, das stimmt«, bestätigte Patrik. »Vorausgesetzt, deine Mutter ist einverstanden.«

»Klar ist sie einverstanden«, rief Jesper aus. »Ich bin doch kein Baby mehr.«

»Es ist nur so, dass ich …« Patrik brach ab, als er die enttäuschten Augen des Jungen sah.

»Ich will nur einmal kurz nach meinen Tangfeldern sehen«, sagte er. »Wenn du Lust hast, kannst du mitkommen. Danach fahren wir mit dem Segelschiff hinaus.«

»Ja!«, rief Jesper begeistert aus, doch dann schien ihm seine Mutter wieder einzufallen. Er warf ihr einen flehentlichen Blick zu. »Darf ich?«

Tove sah Patrik streng an. »Pass bloß gut auf meinen Sohn auf!«

Jesper schien das als Zustimmung zu deuten. »Danke, Mama!«, rief er begeistert , um gleich darauf Patrik aufzufordern: »Kommst du?«

Das, was Patrik als seine Tangfelder bezeichnete, waren die Felsen neben der Großbäckerei. Sie lagen nur ein paar Minuten Fußweg von seinem Wohnhaus entfernt. Die Ausbeute des Vormittags trocknete bereits.

»Hej!« Erik Wallin stand zusammen mit Sara am Rand des Felsens, als Patrik und Jesper dort ankamen.

»Hej!«, rief auch Patrik und überhörte den leisen Seufzer, den Jesper neben ihm ausstieß. »Was für ein Zufall«, sagte er, als sie die Wallins erreicht hatten.

»Ich war neugierig auf das hier.« Erik wies auf den grünen Tang, der auf langen Leinen im Wind flatterte. »Was passiert denn jetzt damit?«

»Sobald der Tang trocken ist, wird er gemahlen und in den Teig für das Knäckebrot gemischt.«

»Hast du das auch schon mit anderen Brotsorten versucht?«, wollte Erik wissen.

»Andere Brotsorten sind nicht so lange haltbar, während das Tangknäckebrot wochenlang gelagert werden kann.«

»Aber warum Tang?« Sara zog eine Grimasse. »Das stinkt doch so.«

»Der Tang riecht nach dem Meer, aus dem er geholt wird. Nach der Sonne und dem Wind, die ihn trocknen. Und genau so schmeckt er auch.« Patrik spürte, wie ihn die Begeisterung für seine Idee erneut packte. »Tang schmeckt nicht nur gut, sondern ist voller Mineralstoffe und Spurenelemente«, fügte er hinzu. »Ich bringe den Leuten das Meer auf den Frühstücksteller.«

»Prima Werbeslogan!« Erik klopfte ihm anerkennend auf die Schulter. Dann wandte er sich an Jesper. »Und du willst bestimmt einmal das Unternehmen deines Vaters übernehmen.«

»Weiß nicht«, murmelte Jesper.

Patrik und Sara schauten sich an, und er bemerkte, dass es um ihre Mundwinkel zuckte.

»Jesper interessiert sich mehr für Segelboote.« Patrik legte eine Hand auf die Schulter des Jungen.

»Ja, genau«, griff Jesper das Stichwort sofort auf. »Wir wollen heute segeln gehen.«

»Das könnt ihr doch bestimmt auch morgen noch«, sagte Erik freundlich. »Ich habe da ein paar Ideen, die ich gerne mit deinem Vater besprechen möchte.«

»Jesper, ich …«, begann Patrik, doch der Junge ließ ihn nicht ausreden.

»Hätte ich mir ja denken können«, stieß er aufgebracht hervor. »Ihr Erwachsenen haltet nie eure Versprechen.« Er wandte sich um und lief davon.

»Jesper!«, rief Patrik ihm nach, aber der Junge blieb nicht stehen, drehte sich nicht einmal mehr um. Zum Glück lief er zurück nach Hause, sodass Patrik sich keine Sorgen um ihn machen musste.

»Das war nicht nett«, sagte Sara vorwurfsvoll.

»Ich weiß.« Patrik nickte bedrückt.

»Dich meine ich nicht.« Sara sah ihren Vater strafend an. »Du tauchst hier einfach auf, und dann versaust du einem kleinen Jungen auch noch den Tag …«, sie machte eine kleine Pause und sah Patrik verstohlen an, bevor sie weitersprach, »… mit seinem Vater.«

Erik Wallin wischte den Einwand seiner Tochter mit einer Handbewegung beiseite. »Ich bin Geschäftsmann, und ich bin nur kurze Zeit in Schweden. Patrik versteht das bestimmt, und sein Sohn muss das lernen, wenn er einmal das Unternehmen seines Vaters übernehmen will.«

»Hast du überhaupt richtig zugehört? Als du den Jungen eben gefragt hast, ob er die Firma seines Vaters übernehmen will, hat er lediglich gesagt, dass er mit Patrik segeln will.«

Erik zog ärgerlich die Augenbrauen zusammen. »Geschäft geht vor Vergnügen!«, polterte er.

»Ja, das weiß ich nur zu gut«, erwiderte Sara mit bitterer Stimme. »Das gibt dir aber noch lange nicht das Recht, einem kleinen Jungen den Tag zu versauen.«

Offensichtlich war das ein Konfliktpunkt, der schon länger zwischen Vater und Tochter schwelte. Patrik fühlte sich unwohl, weil er dieser Auseinandersetzung beiwohnen musste. Tatsächlich hatte er die Absicht gehabt, mit Erik Wallin einen Termin für den nächsten Tag zu vereinbaren, um sein Versprechen an Jesper doch noch einlösen zu können. Erik Wallins Verhalten bewies jedoch, dass er dafür nur wenig Verständnis aufbringen würde.

Sorry, Jesper, rief Patrik dem Jungen in Gedanken zu, *aber dieser Geschäftsabschluss ist wirklich zu wichtig, als dass ich wegen eines Segelausflugs darauf verzichten könnte.*

»Jesper wird es verstehen, wenn ich es ihm nachher erkläre«, sagte er.

»Wird er nicht«, sagte Sara leise. »Und ich kann das nur zu gut nachvollziehen.«

Erik Wallin sah seine Tochter streng an. »Willst du nicht ein bisschen shoppen gehen?«, fragte er. »Dann kann ich mich in Ruhe mit Patrik unterhalten.«

»Shoppen?« Sara zog eine Augenbraue in die Höhe, dann wandte sie sich an Patrik. »Das ist die einzige Antwort, die meinem Vater einfällt, wenn ich ihm zu unbequem werde.«

»Sara!«, sagte Erik streng.

»Keine Sorge, ich lasse die Kreditkarte glühen.« Sara wandte sich zum Gehen, drehte sich aber noch einmal um. »Vielleicht sehen wir uns ja später noch«, sagte sie zu Patrik. Es war ein ganz besonderes Lächeln, das sie ihm dabei schenkte. Ganz anders als bei ihren ersten Begegnungen, als sie noch geglaubt hatte, er wäre Toves Ehemann.

Erik Wallin sah ihr kopfschüttelnd nach, doch dann wandte er sich wieder den Geschäften zu und schien seine Tochter recht schnell zu vergessen.

Patrik musste jedoch die ganze Zeit an sie denken. Und er dachte an Jesper, der jetzt unglücklich zu Hause hockte. Hoffentlich gelang es Tove, ihn zu trösten.

»Hörst du mir überhaupt zu?«, drang Eriks Stimme plötzlich an sein Ohr.

Patrik schaute ihm arglos ins Gesicht. »Natürlich«, log er, obwohl er kein Wort mitbekommen hatte. Er verbannte alle Gedanken an Sara, Jesper und Tove und konzentrierte sich ausschließlich auf Erik Wallins Vorschläge für eine zukünftige Zusammenarbeit.

Kapitel 17

Tove hielt Jesper am Arm fest, als er an ihr vorbei die Treppe hinaufstürmen wollte. »Was ist denn los?«

»Patrik ist genauso doof wie Papa!«, stieß der Junge hervor. »Er hält sich auch nicht an seine Versprechen.«

Ich könnte ihn erwürgen, schoss es Tove durch den Kopf. Sie wusste selbst nicht so genau, ob sie damit Patrik oder Krister meinte. Wahrscheinlich beide.

»Was ist passiert?«, fragte sie.

Sie sah, dass ihr Sohn mit den Tränen kämpfte, aber er weinte nicht. Er weinte seit dem Tag nicht mehr, an dem sein Vater ihn das zweite Mal nach seinem Auszug enttäuscht hatte. Tove musste sich zusammenreißen, um Jesper ihre Rührung nicht zu zeigen. Sie wusste, dass er sich dann noch mehr zurückziehen würde.

»Die Wallins waren da, wo Patrik seinen doofen Tang trocknet«, berichtete Jesper. »Und jetzt muss er wieder seine doofen Geschäfte mit denen machen.«

Verständlich, dass Jesper gerade alles doof fand.

Tove griff nach seiner Hand. »Dann machen wir eben heute einen schönen Ausflug.«

»Ich wollte aber segeln lernen.« Jesper starrte missmutig zu Boden.

»Ich bin sicher, dass Patrik sein Versprechen noch einlöst«, sagte Tove, um ihren Sohn zu trösten. Dabei war sie davon keineswegs überzeugt.

»Glaub ich nicht.« Jesper schüttelte den Kopf. »Wir sind Patrik doch ganz egal, der will nur sein Geschäft abschließen.«

Tove konnte ihrem Sohn nicht widersprechen, und sie selbst hatte nicht einmal das Recht, Patrik deswegen zu verachten. Sie war ja selbst nur hier, weil sie dafür bezahlt wurde.

»Lass uns zusammen einen Ausflug machen«, schlug Tove erneut vor. »Ich glaube, wir können beide ein bisschen Ablenkung vertragen.«

Jesper hob den Kopf. »Hast du dich auch über Patrik geärgert?«

»Heute noch nicht.« Tove lächelte. »Aber es macht auch mich traurig, wenn du so unglücklich bist. Ich kann zwar nicht segeln, dafür können wir aber eine schöne Fahrt mit dem Ausflugsdampfer machen. Und später gehen wir essen.«

»Nur du und ich?« Jespers Augen leuchteten nun doch auf.

»Du, ich und Benny«, schränkte Tove ein.

»Benny stört mich nicht«, erklärte Jesper freimütig. »Aber ich bin froh, dass Svea nicht dabei ist. Die nörgelt sonst ja doch nur rum und will in die langweiligen Klamottenläden.«

»Svea ist mit ihren neuen Freunden verabredet, und Benny ist in der Küche.«

Jesper flitzte los. »Benny, wir machen einen Ausflug! Benny, wo bist du?«

Als Tove das hörte, lief sie hinter Jesper her. Unruhe erfasste sie, als ihr bewusst wurde, dass sie in der letzten Viertelstunde nichts mehr von dem Kleinen gehört oder gesehen hatte.

Jesper kam ihr an der Küchentür entgegen. »Wo ist Benny?«

»Eben war er noch in der Küche.« Tove versuchte, sich ihre Unruhe nicht anmerken zu lassen. »Benny!«, rief sie laut, doch sie erhielt keine Antwort.

Die Tür zur Terrasse war zu, also musste sich der Kleine noch irgendwo im Haus aufhalten.

»Vielleicht hat er sich versteckt«, mutmaßte Jesper.

»Vielleicht ...« Tove glaubte nicht wirklich daran, weil das völlig untypisch für Benny war. Die Panik sprang sie an wie ein wildes Tier, raubte ihr den Atem.

Jesper war derweil durch die Küchentür ins angrenzende Esszimmer verschwunden. Kurz darauf kam er zurück und winkte Tove zu sich.

»Ich habe ihn gefunden.« Sein Grinsen verriet, dass dem Kleinen nichts passiert war. »Komm schnell!«, flüsterte er. »Das musst du sehen.«

Tove folgte ihrem Sohn durch das Esszimmer und von da aus ins Wohnzimmer.

Benny saß im Schneidersitz vor der Wand neben dem Kamin und malte. Er war so in sein Werk vertieft, dass er Jesper und Tove nicht bemerkte. Leider hatte er sich als Leinwand ausgerechnet die Wand ausgesucht, und sein Bild strahlte in so schrillen Farben, dass es nicht zu übersehen war.

Jesper grinste seine Mutter an. »Ich glaube, ich weiß, was er da malt.«

Tove nickte. Sie presste die Lippen zusammen, um nicht laut aufzulachen.

Das rote Auto mit den grünen Rädern, das die Fußleiste entlangfuhr, sollte wahrscheinlich Patriks Sportwagen darstellen. Direkt daneben hatte Benny eine Strichfigur gemalt, die durch die Kreise auf Brusthöhe eindeutig als Frau zu erkennen war. Die Figur streckte beide Strichärmchen in die Höhe. An der rechten Hand baumelte eine Hose, in der linken hielt die

Frau einen Gegenstand, der entfernt an einen Schlüssel erinnerte.

Ein Stück entfernt war ein weiteres Strichmännchen zu sehen. Der Strich zwischen den Beinen wies es eindeutig als Mann aus. Er reichte bis zu den Knien, was Tove besonders erheiterte.

Auch Jesper war das offenbar aufgefallen. Er wies mit dem Finger auf das Strichmännchen und flüsterte: »Das gefällt Patrik bestimmt.«

Tove schüttelte den Kopf. »Ich bin davon überzeugt, dass ihm Bennys Wandmalerei überhaupt nicht gefallen wird.« Obwohl ihr bewusst war, dass sie nicht unbedingt ein gutes Vorbild für ihre Kinder abgab, begann sie lauthals zu lachen.

Diesmal hörte Benny sie. Sein Kopf fuhr herum. »Guck mal, Mama, was ich gemalt habe. Den Patrik und die Livia, die ihm gerade seine Hose und seinen Schlüssel geklaut hat.«

»Warum hast du das auf die Wand gemalt?« Jespers Stimme klang eher interessiert als vorwurfsvoll.

»Weil ich kein Papier hatte«, erwiderte Benny mit der größten Selbstverständlichkeit. Beinahe so, als würde ihn die Frage seines Bruders verwundern.

»Ach so«, erwiderte Jesper ebenso leichtfertig. »Mama fährt mit uns Ausflugsdampfer. Kommst du mit?«

Tove wusste, dass sie Benny eigentlich zurechtweisen müsste, und schämte sich ein bisschen, weil sein Gemälde ihr so gute Laune verursachte. Aber vor allem freute sie sich auf Patriks Gesicht, wenn er das Kunstwerk entdeckte.

Jesper schien sich auch gerade Gedanken über Patriks Reaktion zu machen. »Sollen wir da nicht was machen?« Er deutete eine wischende Handbewegung an. Offensichtlich dachte er daran, das Gemälde irgendwie verschwinden zu lassen.

»Ja.« Tove nickte. »Ich finde, da fehlen noch die Sonne, das Meer und ein paar Wolken.«

Habe ich das gerade wirklich gesagt?

»Und eine Möwe«, krähte Benny begeistert. »Aber eine, die lacht.«

»Oh-oh«, machte Jesper. »Das gibt Ärger.«

Tove drehte sich um und ließ ihre Söhne allein. »Ich hole dann mal eure Jacken und meine Tasche.«

Als sie eine halbe Stunde später zurückkehrte, war das Werk vollendet. Die fette Möwe mit dem lachenden Gesicht stammte zweifellos von Jesper. Wahrscheinlich hatte er auch bei den Wolken und dem Meer nachgeholfen, dessen sanfte grünblaue Wellenlinien einen schönen Kontrast zu dem roten Auto bildeten.

»Ich bin dann so weit«, sagte Tove.

»Wir auch.« Benny sprang auf und verlor augenblicklich das Interesse an seinem Gemälde. »Ich muss nur noch Pipi.«

»Du auch, Jesper«, sagte Tove.

»Ich muss nicht.«

»Geh trotzdem.«

Jesper murrte ein wenig, folgte seinem Bruder aber aus dem Zimmer.

Tove blieb lauschend an der Tür stehen, bis sie ihre Jungs nicht mehr hören konnte. Dann eilte sie an die bemalte Wand und schrieb mit knallrotem Stift die Namen *Livia* und *Patrik* neben die entsprechenden Strichfiguren, damit zweifellos klar wurde, wer damit gemeint war.

Warum haben wir das nicht schon viel früher gemacht? Tove lehnte sich auf der Bank zurück und schloss die Augen. Eine leichte Brise strich über ihr Gesicht.

»Mama, du kannst doch jetzt nicht schlafen!«, sagte Jesper aufgeregt neben ihr. »Guck mal, Robben.«

»Ich schlafe nicht, ich genieße«, sagte Tove, öffnete aber die Augen und schaute in die Richtung, in die Jesper wies.

Zwei Robben lagen auf einem flachen Felsen, der auf der Wasseroberfläche zu schwimmen schien. Als der Dampfer vorbeifuhr, ließen sie sich ins Wasser gleiten und schwammen davon.

Kurz darauf nahm der Dampfer wieder Kurs auf Smögen und tuckerte parallel zur Küste durchs Wasser.

»Da ist Svea«, sagte Jesper plötzlich.

Tove schaute zum Strand und entdeckte ihre Tochter am Strand, zusammen mit einer Gruppe Gleichaltriger. Svea saß ein bisschen abseits neben einem Jungen, der ihr gerade etwas ins Ohr flüsterte. Sie lächelte.

Sie sieht glücklich aus, dachte Tove. Sie gönnte ihrer Tochter dieses junge Glück von ganzem Herzen.

Als Jesper zu winken begann, hielt Tove ihn zurück. »Lass sie«, bat sie. »Wir machen uns einen schönen Tag, und Svea soll den Tag ganz allein mit ihren Freunden genießen.«

Jesper ließ den Arm wieder sinken.

Eine halbe Stunde später kam der spektakulärste Teil der Fahrt. Der Dampfer fuhr in den Hafen ein, vorbei an der Smögenbryggan mit den bunten Fischerhäusern, die sich im Wasser spiegelten. Dahinter erhoben sich die sandfarbenen Granitfelsen. Selbst die beiden Jungen standen andächtig an der Reling und staunten.

»Fahren wir morgen wieder mit dem Schiff?«, fragte Benny, als sie am Anlegesteg von Bord gingen.

»Vielleicht nicht morgen, aber wir werden diese Fahrt auf jeden Fall noch einmal wiederholen«, versprach Tove.

»Bleiben wir denn noch lange hier?«, wollte Jesper wissen.

Tove sah ihren Sohn nachdenklich an. »Ich weiß es nicht«, gab sie ehrlich zu. »Möchtest du lieber zurück nach Stockholm?«

»Nein«, erwiderte Jesper sofort.

Sie legte ihm eine Hand auf die Schulter. »Wir denken heute einfach weder an morgen noch an Stockholm, sondern genießen den Tag.«

Kapitel 18

Es war ihm gelungen, Erik Wallin vollkommen von sich und seinen Projekten zu überzeugen. Und doch schaffte Patrik es nicht, sich uneingeschränkt zu freuen. Immer wieder sah er das Gesicht eines enttäuschten Jungen vor sich.

Du hast mit diesem Kind nichts zu tun, sagte er sich. *Du bist nicht einmal verwandt mit ihm.*

Es half nichts. Jespers enttäuschte Miene lastete schwer auf seinem Gewissen.

Morgen werde ich mit ihm segeln gehen, nahm er sich ganz fest vor.

Doch da sagte Erik Wallin: »Wir müssen uns morgen noch einmal zusammensetzen. Ich möchte *Mårtensson-Bröd* in den Vereinigten Staaten bekannt machen. Mit einer groß angelegten Werbekampagne. Wir müssen genau festlegen, welches Brot dafür geeignet ist.« Erik lachte. »Auf jeden Fall natürlich das Tangknäckebrot. Ich rufe heute Abend noch ein paar Geschäftspartner an und …«

Er brach ab und schaute Patrik prüfend ins Gesicht. Vielleicht hatte er mehr Begeisterung erwartet. »Du hast doch morgen Zeit?«, vergewisserte er sich in einem Ton, der Widerspruch von vornherein ausschloss.

Nein, habe ich nicht!

»Klar«, versicherte Patrik.

Sorry, Jesper! Aber wir können ja auch übermorgen segeln. Dann habe ich ganz bestimmt Zeit für dich.

Erik stand auf und reichte Patrik über den Schreibtisch hinweg die Hand.

»Ich bin froh, dass ich dich kennengelernt habe. Mit Leuten wie dir arbeite ich am liebsten zusammen. Dein Produkt stimmt, und du bist selbst so überzeugt davon, dass du auch andere überzeugen kannst. Du arbeitest hart, bist zuverlässig und hast eine reizende Familie. Genau so stelle ich mir meine Geschäftspartner vor.«

Eigentlich war er tatsächlich genau der Geschäftspartner, den Erik Wallin sich wünschte – nur dass er eben keine Familie hatte. Einmal mehr kämpfte Patrik mit sich, ob er Erik die Wahrheit sagen sollte.

»Es gibt viel zu tun.« Erik griff nach Notizbuch und Terminplaner und hatte es auf einmal so eilig, dass Patrik die Worte wieder nicht über die Lippen kamen. »Wir sehen uns morgen«, verabschiedete sich Erik und war schon an der Tür. »Hej då!«

»Hej då«, verabschiedete sich auch Patrik und ließ sich wieder auf seinen Bürostuhl fallen.

Ich müsste jubeln vor Freude, dachte er. Stattdessen fühlte er sich leer und ausgebrannt.

Er griff nach seinem Handy, um Lovis von dem erfolgreichen Tag zu erzählen, doch selbst dazu war er gerade nicht in der Lage. Er legte das Handy zurück auf den Schreibtisch. Dann saß er einfach nur da, ließ den Tag Revue passieren und hoffte darauf, dass sich doch noch so etwas wie Freude einstellte.

Als es an der Bürotür klopfte, rechnete er damit, dass Erik Wallin zurückkam. Seine Mitarbeiter waren längst gegangen, und er war alleine in der Bäckerei.

»Herein!«

Nicht Erik, sondern Sara kam ins Büro. »Ich habe gesehen, dass Papa eben gegangen ist.«

»Hast du ihn beschattet?«, fragte Patrik amüsiert und freute sich darüber, dass es doch etwas gab, was seine Laune spürbar besserte.

»Fast eine Stunde lang.« Sara kam näher und setzte sich auf den Stuhl, auf dem eben noch Erik gesessen hatte.

»Du willst aber jetzt nicht die geschäftliche Besprechung deines Vaters mit mir fortsetzen?«

»Du lieber Himmel, nein. Ich finde Papas Geschäfte entsetzlich langweilig.« Sie lachte.

Patrik betrachtete lächelnd ihr schönes Gesicht. »Ich weiß eigentlich überhaupt nichts über dich«, stellte er fest. »Was machst du, wenn du nicht gerade mit deinem Vater in Schweden bist?«

»Außer Papas Kreditkarte zu belasten?« Sara lachte schon wieder. »Ich studiere Kunstgeschichte in New York. Irgendwann möchte ich in einer großen Galerie arbeiten. Oder in einem Auktionshaus.«

»Dein Vater hätte durchaus die Möglichkeit, dir eine eigene Galerie einzurichten.«

Ihr Lächeln blieb unvermindert freundlich, doch ihre Stimme klang um einiges kühler, als sie antwortete: »Ich ziehe es vor, mir mein Leben mit eigenen Mitteln aufzubauen.«

Patrik nickte, wusste aber nicht, was er darauf sagen sollte.

»Ich war heute ein bisschen enttäuscht von dir«, sagte sie plötzlich.

»Warum?«, fragte Patrik, obwohl er es bereits ahnte.

»Wegen Jesper.« Sara lächelte jetzt nicht mehr. »Der arme Junge sah ziemlich traurig aus.«

»Ich musste den ganzen Tag an ihn denken.« Patrik seufzte.

»Das spricht immerhin für dich. Mein Vater hatte nie ein Problem damit, wenn er seine Versprechen wegen eines geschäftlichen Termins nicht einhalten konnte.« Saras Lächeln kehrte zurück, aber Patrik fand, dass es ein sehr trauriges Lächeln war.

»Jesper ist nicht mein Sohn«, erinnerte er sie sanft.

»Das habe ich nicht vergessen«, erwiderte sie. »Wärst du ein verheirateter Familienvater, würde ich jetzt nicht hier sitzen.«

Ihre Blicke verfingen sich ineinander. Sie gefiel ihm, sie gefiel ihm sogar sehr, aber zum ersten Mal in seinem Leben fühlte sich Patrik einer Frau gegenüber unsicher. Sara war so ganz anders als all die Frauen, mit denen er sich bisher die Zeit vertrieben hatte.

Ja, genau das war es: Sie war keine Frau für einen Zeitvertreib, für ein paar nette Stunden, nach denen er normalerweise die Frau inklusive Namen vergaß.

Erstaunlicherweise erfüllte ihn diese Erkenntnis nicht mit Unbehagen. Es war, als wäre da etwas Neues in sein Leben getreten. Eine Ahnung, dass es mehr geben musste, als nur die flüchtige Befriedigung.

»Hast du heute Abend schon was vor?«, fragte sie leise.

»Mit dir essen gehen.« Er lachte. »Und dazu ein gutes Glas Wein.«

Sie schüttelte den Kopf. »Keine gute Idee. Meinem Vater würde es nicht gefallen, wenn ich mich an einen verheirateten Mann heranmache, und die Gefahr, dass wir irgendwo zusammen gesehen werden, ist zu groß.«

»Machst du dich denn an mich heran?« Patrik ließ sich auf das Spiel ein.

Sara lehnte sich zurück und schlug die Beine übereinander. Sehr wohlgeformte Beine, wie er anerkennend feststellte.

»Das weiß ich noch nicht«, erwiderte sie. »Ich weiß ja über dich auch nicht sehr viel mehr, als dass du weder Frau noch Kinder hast.« Sie schwieg kurz und fügte dann hinzu: »Worüber ich übrigens sehr froh bin.«

»Ich auch.« Ein tiefer Seufzer entrang sich seiner Brust – und dann sah er plötzlich wieder Jespers Gesicht vor sich.

»Ich hoffe, du denkst so angestrengt darüber nach, wo wir etwas zu essen bekommen«, sagte Sara.

»Bei mir zu Hause«, schlug er vor.

»Du kannst kochen?«

Patrik lachte. »Nein, nur backen, aber ich kenne einen hervorragenden Lieferdienst.«

Sara zögerte noch. »Was ist mit Tove?«

Patrik hob verständnislos die Schultern. »Was soll mit ihr sein?«

»Irgendwie finde ich es komisch, mit zu dir nach Hause zu gehen. Ich weiß, ihr seid nicht verheiratet, aber irgendwie fühlt es sich trotzdem so an, als würdet ihr zusammengehören.«

Patrik sprang auf. »Geh nicht weg!«, bat er. »Ich bin gleich wieder da.«

Im Hausflur begegnete ihm Jesper. »Hej!«, grüßte er den Jungen.

»Hej«, gab Jesper mürrisch zurück.

»Jesper, es tut mir wirklich sehr leid, dass das heute nicht geklappt hat. Aber ich verspreche dir, wir holen unseren Segelausflug nach. Morgen kann ich nicht, aber vielleicht klappt es übermorgen.«

Jesper zuckte nur mit den Schultern, als wäre es ihm egal, und ging an ihm vorbei zur Treppe.

»Jesper!«, rief Patrik ihm nach.

Der Junge blieb stehen, drehte sich aber nicht mehr zu ihm um.

»Es tut mir wirklich sehr leid.«

»Das hast du schon gesagt«, erwiderte Jesper und verschwand nach oben.

Patrik ging in die Küche. Durch die geöffnete Terrassentür konnte er Tove sehen. Sie saß auf einem Gartenstuhl, die Beine von sich gestreckt. Auf dem Tisch vor ihr stand ein Glas Rotwein.

Patrik ging zur Tür und lehnte sich gegen den Rahmen. »Wo sind Svea und Benny?«

»Svea ist mit ihren Freunden unterwegs, und Benny liegt im Bett.«

»Ich habe gerade Jesper getroffen. Er ist wohl ziemlich sauer auf mich.«

»Er ist eher enttäuscht.«

Patrik wunderte sich darüber, dass Tove so ruhig blieb. Sie griff nach dem Weinglas und nippte daran.

»Ich mache es wieder gut«, versprach er nun auch ihr. »Ich habe Jesper gesagt, dass ich auf jeden Fall mit ihm segeln werde, aber wahrscheinlich glaubt er mir nicht.«

»Wahrscheinlich nicht.« Tove stellte das Glas wieder ab und schaute ihn eindringlich an. »Versprich ihm bitte nichts mehr, was du nicht halten kannst. Er wurde schon viel zu oft enttäuscht.«

»Von seinem Vater?«

Tove nickte nur. »Sprich ihn bitte nicht darauf an. Jesper verschließt sich dann nur noch mehr.«

»Mache ich nicht«, sagte Patrik. »Und du kannst dich darauf verlassen, ich werde Jesper nicht enttäuschen. Übrigens wird Erik Wallin nicht nur in meine Firma investieren, sondern *Mårtensson-Bröd* auch in den Vereinigten Staaten vertreiben.«

»Dann hat sich die ganze Sache ja gelohnt.« Tove griff wieder nach ihrem Glas und trank einen Schluck. »Obwohl du es beinahe vermasselt hättest. Wenn Sara …«

»Verflixt!«, stieß Patrik aus. »Sara wartet doch auf mich.« Er konnte nicht fassen, dass er sie während des Gesprächs mit Tove tatsächlich vergessen hatte. »Wir sehen uns morgen«, sagte er hastig und eilte zurück in die Küche.

Er packte Käse und Butter in einen Korb, Trauben, dazu eines seiner Brote. Zu guter Letzt stellte er noch eine Flasche Rotwein und zwei Gläser in den Korb, holte eine Decke und Kerzen.

Sara saß immer noch auf dem Stuhl vor seinem Schreibtisch. »Du hast dir aber Zeit gelassen«, sagte sie und fügte mit einem Blick auf seine leeren Hände hinzu: »Und das Warten hat sich nicht einmal gelohnt.«

»Abwarten«, sagte er geheimnisvoll lächelnd und streckte die Hand nach ihr aus.

Sie stand auf, ergriff seine Hand und hielt sie wie selbstverständlich fest, als er sie nach draußen führte.

Es waren nur wenige Schritte bis zu dem flachen Felsen, der bis ins Wasser reichte. Patrik hatte dort die Decke ausgebreitet und die Kerzen angezündet. Die Flammen tanzten in der leichten Brise. Die Wellen schlugen leise plätschernd gegen den Felsen.

Ganz dunkel wurde es jetzt im Sommer nicht. Der Himmel war von einem dunklen, samtigen Blau. Im Westen war noch ein rosafarbener Streifen zu sehen.

»Das ist so schön!«, sagte Sara ergriffen. Sie setzte sich neben Patrik auf die Decke und steckte sich eine der Trauben in den Mund. »Wenn ich gewusst hätte, wie schön es in Schweden ist, wäre ich schon früher hierhergekommen. Jetzt verstehe ich, wieso Papa manchmal Heimweh hat.« Sie schaute ihm in die Augen. »Er hält übrigens sehr viel von dir.«

»Das wird sich ändern, wenn er erfährt, dass ich ihn angelogen habe.«

»Das werden wir ihm schonend beibringen.« Sara legte sich auf den Rücken und schaute in den Sternenhimmel.

Patrik lag dicht neben ihr auf der Seite und sah ihr ins Gesicht. »Ich bin sehr froh, dass du deinen Vater nach Schweden begleitet hast.«

»Ich auch!« Sie streckte ihre Arme aus, verschränkte sie in seinem Nacken und zog seinen Kopf zu sich heran.

Ihre Augen leuchteten, ihre Lippen glänzten verlockend. Ihre Hände gruben sich in sein Haar, als er sie küsste.

Es war ganz still im Haus, als Patrik die Haustür aufschloss. Bis auf die kleine Lampe im Flur war alles dunkel.

Patrik lächelte, als ihm klar wurde, dass Tove die Lampe wahrscheinlich extra für ihn angelassen hatte.

Er lächelte immer noch, als er in die Küche ging, um ein Glas Wasser zu trinken. Dabei dachte er an Sara, an den schönen Abend mit ihr.

Er ging ins Wohnzimmer, schaltete das Licht ein – und lächelte nicht mehr.

Fassungslos starrte Patrik auf die Wandmalerei, die so eindeutig war, dass die Namen neben den Strichmännchen nicht nötig gewesen wären.

Und dann fiel sein Blick auf die Buntstifte, die noch immer auf dem Fußboden verstreut lagen.

Kapitel 19

Tove genoss diese frühe Morgenstunde. Die Kinder schliefen noch, und von Patrik war ebenfalls nichts zu sehen. Sie fragte sich, ob er überhaupt zu Hause war. Oder hatte er die Nacht mit Sara verbracht?

Sie kochte Kaffee, ging mit dem Becher in der Hand ins Wohnzimmer und öffnete die Terrassentür. Tief atmete sie die frische Meeresluft ein. Nichts war zu hören außer dem Rauschen der Wellen und hin und wieder dem Schrei einer Möwe.

»Wer hat das gemalt?«, hörte sie Bennys Stimme hinter sich.

Sie drehte sich um und musste lächeln, als sie den Kleinen sah. Er sah süß aus in seinem Schlafanzug mit den aufgedruckten Feuerwehrautos und den verstrubbelten blonden Locken. Er gähnte und wies auf die gegenüberliegende Wand.

Tove fiel beinahe die Tasse aus der Hand, als sie die neue Zeichnung erblickte.

»Das bist du, Mama«, erklärte Benny unnötigerweise. »Das war, als der Patrik nackig bei dir im Zimmer war.«

Die Figur saß aufrecht im Bett. Ihr hochrotes Gesicht, der aufgerissene Mund und der wütende Ausdruck der Augen zeigten deutlich, dass sie sich über das nackte Strichmännchen zwischen ihr und Livia ärgerte.

Auch ohne ihren Namen, der groß neben der neuen Strichfigur stand, hätte Tove sich selbst erkannt. Genau wie Benny, der noch nicht lesen konnte.

»Wer hat das gemalt, Mama?«, wiederholte er seine Frage.

»Ich habe keine Ahnung«, behauptete Tove, obwohl sie ziemlich sicher zu wissen glaubte, von wem das Gemälde stammte.

»Darf ich dann auch noch was malen?«, wollte Benny wissen.

»Klar«, erwiderte Tove.

»Ich weiß aber nicht, was ich malen soll.« Benny starrte auf die Wand. »Ich frag Jesper, vielleicht malt der mit mir.«

Tove hielt den Kleinen auf, als er losstürmen wollte. »Lass Jesper bitte ausschlafen.«

»Manno!« Benny zog eine Schnute. »Warum schläft der immer so lange?«

Tove musste lachen. »Und warum stehst du immer so früh auf?«

Die Frage schien Benny zu überraschen. »Weil ich dann nicht mehr müde bin«, erklärte er mit unbestechlicher Logik.

»Aber Jesper ist noch müde, und deshalb lassen wir ihn schlafen«, bestimmte Tove.

Benny fügte sich, wenn auch sichtlich widerwillig.

Sie saßen gerade am Frühstückstisch, da tauchten erst Jesper und dann Svea auf. Kurz darauf kam auch Patrik in die Küche. Überrascht schaute er auf den Tisch.

»Du hast für mich mit gedeckt?«, fragte er.

Sein Erstaunen war durchaus verständlich, weil Tove bisher nur für die Kinder und sich selbst gesorgt hatte. Warum sie ausgerechnet heute Morgen beschlossen hatte, auch für Patrik einen Teller und eine Tasse auf den Tisch zu stellen, war ihr selbst nicht ganz klar.

»Ja, obwohl ich nicht wusste, ob du überhaupt da bist.«

Warum sage ich so etwas vor den Kindern?, schoss es ihr durch den Kopf, aber jetzt konnte sie die Worte nicht mehr zurücknehmen.

»Ich war die ganze Nacht zu Hause«, sagte Patrik mit einem anzüglichen Grinsen. Er beugte sich zu ihr hinunter und flüsterte so leise, dass nur sie ihn hörte: »Allein.«

»Am Samstag ist Midsommar«, sagte Svea in diesem Moment. »Darf ich dann länger mit meinen Freunden feiern? Bitte, bitte, Mama!«

Tove war so erleichtert über den Themenwechsel, dass sie spontan zustimmte.

»Hast du heute schon was vor?«, wandte sich Patrik an Jesper.

Der hatte sich gerade ein Brot mit Käse belegt. »Ja«, sagte er nur. Er stand auf und verließ mit seinem Brot in der Hand die Küche.

»Sieht so aus, als wäre er immer noch sauer auf mich«, sagte Patrik. »Dabei wollte ich doch heute mit ihm segeln.«

»Warum hast du ihm das nicht direkt gesagt?«, fragte Tove.

»Dazu bin ich ja nicht mehr gekommen. Könntest du nicht …«

»Nein!«, fiel Tove ihm ins Wort. »Bring das selbst in Ordnung, wenn es dir wirklich wichtig ist. Und versprich ihm bitte nichts, was du nicht halten kannst.«

Patrik sah ihr ins Gesicht und nickte.

»Wenn du ihn noch einmal enttäuschst, bekommst du ein Problem mit mir«, fügte Tove leise hinzu.

Er zog nur eine Augenbraue hoch, sagte aber nichts mehr.

»Kann ich Knäcke mit Meer haben?«, bat Benny.

Tove sah den Kleinen durchdringend an. »Es geht dir doch nur um die Schokocreme.«

»Nein, das Knäcke ist auch mit Marmelade lecker«, widersprach Benny. »Ich mag das auch mit ohne alles.«

Alle lachten über die Formulierung des Kleinen.

Patrik stieß ihn leicht mit dem Ellenbogen an. »Du wärst das richtige Werbegesicht für mein Seetangknäckebrot. Stell dir vor, ganz Schweden würde dich im Fernsehen sehen und auf jeder Packung wäre dein Gesicht. Und darüber der Slogan: *Knäcke mit Meer. Schmeckt auch mit ohne alles.*«

»Nimm lieber mich«, mischte sich Svea ein. Sie griff nach einer Scheibe Knäckebrot, hielt sie mit spitzen Fingern neben ihr Gesicht und säuselte: »Das beste Knäckebrot ever! Wenn es mir schmeckt, schmeckt es euch auch.«

Patrik zeigte sich mäßig begeistert. »Magst du mein Knäckebrot überhaupt?«

»Es geht so.« Svea legte das Knäckebrot zurück und nahm sich stattdessen eine Scheibe Weißbrot.

»So klingt dein Slogan auch.« Patrik schüttelte den Kopf. »Jedenfalls nicht überzeugend.«

»Keines meiner Kinder macht Werbung für *Mårtensson-Bröd*«, schaltete Tove sich ein.

»Schon gut«, sagte Patrik schnell. »Obwohl Benny wirklich perfekt geeignet wäre.«

»Ich nicht?«, warf Svea schmollend ein.

»Ich hätte Angst, dass du am Ende zu viel Honorar verlangst«, sagte Patrik und musterte sie durchdringend.

Svea senkte den Blick. »Dann eben nicht«, murmelte sie.

Wie schon ein paar Mal zuvor hatte Tove auch jetzt wieder das Gefühl, dass es etwas zwischen Patrik und Svea gab, von dem sie nichts wusste. Doch sie kam auch heute nicht dazu, Svea gründlich auszufragen, weil ihre Tochter direkt nach dem Frühstück verschwand, um sich mit ihren neuen Freunden zu treffen. Sie wirkte in den letzten Tagen so glücklich und ausgeglichen wie schon lange nicht mehr, deshalb ließ Tove sie gewähren.

Kurz darauf verließ auch Patrik das Haus. Er wollte sich an diesem Morgen wieder mit Erik Wallin treffen. Und wahrscheinlich auch mit Sara, vermutete Tove, aber sie fragte nicht danach.

Erst später fiel Tove ein, dass sie nichts zu der neuen Zeichnung an der Wohnzimmerwand gesagt hatte. Sie hatte einfach nicht mehr daran gedacht.

Für den Nachmittag hatte Tove einen Besuch in Stinas kleinem Laden geplant. Sie überlegte noch, wie sie Jesper und Benny zu dem Ausflug überreden konnte, als es an der Tür klingelte.

»Hej, ich hoffe, ich störe dich nicht«, sagte Sara lächelnd.

»Natürlich nicht«, versicherte Tove, wusste aber nicht wirklich, was sie von diesem Besuch zu halten hatte. Sie führte Sara auf die Terrasse und bot ihr Kaffee an. Neben den Kaffeetassen stellte sie auch eine Schale Gebäck auf den Tisch.

»Selbst gebacken?«, fragte Sara.

»Selbst gekauft«, erwiderte Tove und wusste dann nicht mehr, was sie noch sagen sollte.

Sara schien es ebenso zu gehen. Sie nippte wortlos an ihrem Kaffee, und allmählich wurde das Schweigen zwischen ihnen unangenehm.

Sara räusperte sich. »Ich hatte keine Lust, meinen Vater zu einer weiteren geschäftlichen Besprechung mit Patrik zu begleiten.« Ihr Lachen klang gekünstelt.

»Das verstehe ich, dazu hätte ich auch keine Lust.« Mehr fiel Tove nicht ein.

Wieder blieb es eine Weile unangenehm still, bis Tove schließlich fragte: »Warum bist du wirklich hier, Sara?«

»Wegen dir und Patrik«, gab sie sofort unumwunden zu.

»Ich wollte mich vergewissern, dass es dir wirklich nichts ausmacht, wenn ich mich mit ihm treffe.«

»Es macht mir wirklich nichts aus, wenn du dich mit Patrik triffst«, bestätigte Tove mit Saras Worten. »Wir haben dir doch beide erklärt, dass wir uns erst seit Kurzem kennen. Sobald ich Smögen mit den Kindern wieder verlasse, werden Patrik und ich uns nie wiedersehen.«

Es verursachte ihr einen leichten Stich, diese Worte auszusprechen. Ob Sara das ahnte? Tove hatte das Gefühl, dass sie aufmerksam jede Regung in ihrem Gesicht beobachtete.

»Es ist wirklich okay«, versicherte sie noch einmal und lächelte dabei.

Jetzt lächelte auch Sara. »Dann sind wir beide also cool miteinander?«

Das klang so sehr nach Svea, dass Tove lachen musste. Ihr wurde bewusst, dass Sara nur ein paar Jahre älter als Svea war. Eigentlich viel zu jung für Patrik …

Aber das geht mich nichts an, unterbrach sie ihre eigenen Gedanken.

Mochte Sara auch noch sehr jung sein, sie war ganz offensichtlich ein völlig anderer Typ Frau als die Touristinnen, mit denen Patrik sich sonst traf. Vielleicht fand er mit ihr ja sein Glück, und wenn Sara sich in ihn verliebte – und Tove hatte das Gefühl, dass sie auf dem besten Wege dazu war –, fand sich ihr Vater bestimmt auch damit ab, dass er anfangs getäuscht worden war.

Ob Erik Wallin ebenso darüber lachen kann wie Sara? Und warum mache ich mir so viele Gedanken über Dinge, die mich nicht betreffen? Bald sind die Kinder und ich wieder zu Hause …

Zu Hause, das war die kleine Wohnung in Stockholm. Dort warteten ihre Sorgen und der Kampf um den Unterhalt, der, da machte Tove sich nichts vor, niemals aufhören würde.

Benny kam auf die Terrasse und blieb abrupt stehen, als er Sara bemerkte.

»Du hast aber eine schöne Lokomotive«, sagte Sara. Sie lachte laut, als Benny die Lippen fest zusammenpresste.

»Du darfst mit Sara reden«, sagte Tove.

»nd wnn isch ws Falschs sag?«, presste der Kleine aus dem Mundwinkel hervor.

»Es ist alles okay«, erwiderte Tove. »Bei Sara kannst du nichts Falsches sagen.«

»Nur wenn mein Papa dabei ist, musst du vorsichtig sein«, ergänzte Sara.

»Wer ist denn dein Papa?«, fragte Benny erstaunt.

»Den hast du doch schon ein paar Mal gesehen. Der große, dicke Mann, mit dem ich hier war.«

»Ach der«, sagte Benny. »Ich wusste doch nicht, dass das dein Papa ist.« Er stellte die Lokomotive auf den Tisch. »Die habe ich von Stina«, sagte er.

»Stina?« Sara sah den Kleinen fragend an.

»Stina wohnt da!« Benny wies mit der Hand in eine unbestimmte Richtung. »Sie hat mir die Lokomotive geschenkt.«

»Das ist ja sehr nett von Stina«, sagte Sara. »So ganz neu ist die Lokomotive aber nicht mehr.«

»Das ist nicht wichtig«, erwiderte Tove. »Benny hat sich diese Lokomotive gewünscht, und Stina hat sie ihm geschenkt, obwohl sie offensichtlich sehr daran hing. Ich glaube, dieses Spielzeug hat eine ganz besondere Bedeutung für sie. Und ich finde, dass so etwas ein Geschenk sehr wertvoll macht.«

Sara hatte ihr aufmerksam zugehört und nickte. »Und Benny scheint sich sehr darüber zu freuen.«

Benny nickte eifrig. »Jetzt brauche ich nur noch das Feuerwehrauto von Patrik, dann habe ich alles, was ich mir gewünscht habe.«

»Du bekommst von Patrik ein Feuerwehrauto?«, fragte Sara neugierig.

Wieder nickte Benny. »Dafür, dass ich nix Falsches sage.«

Sara lachte laut auf. »Du bist so süß! Ich wünsche mir, dass ich auch einmal einen Sohn wie dich bekomme.«

Tove sah sie in Gedanken mit einem kleinen Jungen auf den Armen und daneben einen glückstrahlenden Patrik …

»Wo ist Jesper?«, fragte sie, um sich von ihren eigenen Gedanken abzulenken.

»Der malt ein Schiff«, sagte Benny.

»Kann Jesper gut malen?«, fragte Sara.

»Er hat eine gewisse Begabung.« Tove nickte. »Und er malt sehr gern.« Sie hätte noch hinzufügen können, dass Jesper vor allem dann malte, wenn ihn etwas sehr beschäftigte und er nicht darüber reden wollte.

In den letzten Tagen hatte Tove ihn nicht mehr mit seinem Zeichenblock gesehen. Sie ahnte, warum er gerade jetzt ein Schiff malte, und ohne das Bild zu sehen, hätte sie schwören können, dass es sich um ein Segelboot handelte.

Danke, Patrik, dachte sie grimmig.

Sara leerte ihre Tasse und stand auf. »Danke für den Kaffee. Ich hoffe, es ist wirklich alles klar zwischen uns.«

»Hast du immer noch Zweifel daran?«, fragte Tove verwundert.

»Ein bisschen schon«, erwiderte Sara so leise, dass Benny sie nicht hören konnte. Aber der Junge war sowieso mit seiner Lokomotive beschäftigt. »Findest du nicht auch, dass Patrik ein toller Typ ist?«

Tove grinste. »Ich habe von tollen Typen die Nase voll, seit ich von einem geschieden bin.«

»Oh, ich verstehe«, sagte Sara.

Nein, tust du nicht, widersprach Tove in Gedanken. *Du hast überhaupt keine Ahnung. Dein Vater verwöhnt dich, und du weißt nicht, was Sorgen sind oder was echter Kummer bedeutet, weil dein Partner dich betrügt. Hoffentlich musst du diese Erfahrung nie machen.*

Das ganze Leben lag noch vor Sara. Tove konnte sich noch gut an die Zeit erinnern, als sie in ihrem Alter gewesen war. Jung, ein bisschen naiv und voller Hoffnung. Sie konnte der jungen Frau nur wünschen, dass ihre Hoffnung nicht enttäuscht wurde. Aus diesen Gedanken heraus sagte sie herzlich: »Ich wünsche dir alles Gute!«

»Danke«, erwiderte Sara, und plötzlich fiel sie Tove um den Hals und umarmte sie.

Tove war zu überrascht, um zu reagieren. Und dann war Sara auch schon weg.

Die junge Frau nahm nicht den Weg durchs Haus, sondern ging durch den Garten. Ihr Gang war beschwingt, und bevor sie verschwand, winkte sie Tove noch einmal fröhlich zu.

Tove winkte zurück. Als Sara weg war, setzte sie sich wieder auf den Gartenstuhl. Nachdenklich starrte sie aufs Meer hinaus und versuchte, die widerstreitenden Gefühle zu ignorieren, die der Besuch der jungen Frau in ihr ausgelöst hatte.

»Mama, ich finde die Sara sehr schön.« Benny kam zu ihr, die Lokomotive in seinen kleinen Händen. »Wenn ich groß bin, heirate ich sie.«

Das war neu. Bisher war Benny fest entschlossen gewesen, Tove zu heiraten, sobald er erwachsen war. Das hatte er sich auch von seinen älteren Geschwistern nicht ausreden lassen.

Na toll!, dachte Tove sarkastisch. *Nicht nur mein Fake-Ehemann, sondern auch mein Sohn hat nun sein Herz an Sara verloren.*

Plötzlich musste Tove über sich selbst lachen. Das fehlte noch, dass sie jetzt in Selbstmitleid schwelgte. Bis sie sich über zukünftige Schwiegertöchter Gedanken machen musste, würden noch ein paar Jahre vergehen. Und Patrik …

… Patrik wäre bis dahin längst Vergangenheit. Wahrscheinlich würde sie sich dann nicht einmal mehr an seinen Namen oder sein Gesicht erinnern können.

Tove brachte die Kaffeetassen in die Küche und stellte sie in die Spülmaschine. Danach rief sie nach Jesper und Benny, um mit den beiden ans Meer zu gehen. Sie wollte die Zeit mit ihren Kindern nutzen, solange sie noch auf Smögen waren.

Zumindest die Zeit mit den Jungen, schränkte sie ein. Wenn es auch ein bisschen traurig war, dass Svea sich von der Familie absonderte, so gönnte Tove ihr die Zeit mit ihren neuen Freunden von ganzem Herzen. Sie schien sich auf Smögen so wohlzufühlen, dass sie nicht ein einziges Mal von Gran Canaria gesprochen hatte.

Kapitel 20

Patrik schätzte die Zusammenarbeit mit Erik Wallin. Er bewunderte dessen Fähigkeit, geschäftliche Abläufe zu koordinieren, Ideen zu entwickeln und ständig neue Vermarktungspläne auszuarbeiten. Seine Vorschläge gingen längst über die geplante finanzielle Unterstützung hinaus. Wenn es zu der Zusammenarbeit kam, die Erik inzwischen vorschwebte, konnte Patrik sich in Zukunft wieder verstärkt der Aufgabe widmen, die ihm besonders am Herzen lag: backen und neue Rezepte kreieren.

Auch heute hatten sie wieder stundenlang in Patriks Büro zusammengesessen, bis Erik sich schließlich zurücklehnte. »Eigentlich hatte ich meiner Tochter versprochen, dass ich mir dieses Jahr im Urlaub mehr Zeit für sie nehme.« Er verschränkte die Hände hinter dem Kopf und lächelte. »Aber jetzt verbringe ich wieder einen Großteil meiner Zeit mit geschäftlichen Dingen. Du kennst das ja bestimmt. Und heute Abend muss ich Sara schon wieder versetzen, weil ich mich mit einem alten Freund treffe.«

Patrik nickte und fragte sich, worauf Erik hinauswollte.

»Deine Kinder haben doch jetzt Ferien«, fuhr Erik fort. »Hast du keine Unternehmungen mit deiner Familie geplant?«

»Ich habe Jesper versprochen, ihm das Segeln beizubringen«, sagte Patrik und war froh, dass er wenigstens diesmal nicht lügen musste. »Aber ich musste ihn auch versetzen.«

»Holst du das nach, sobald Sara und ich abgereist sind?«, fragte Erik.

»Natürlich«, behauptete Patrik und dachte daran, dass zu diesem Zeitpunkt auch Tove und die Kinder Smögen verlassen würden.

Er musste unbedingt vorher mit Jesper aufs Boot, wenn er sein Versprechen einhalten wollte. Erstaunt registrierte er, wie wichtig ihm das selbst war.

»Ich weiß, dass es nicht immer leicht ist, die richtige Balance zwischen Arbeit und Familie zu finden«, fuhr Erik Wallin fort.

Patrik nickte stumm, mit einem Gefühl des Unbehagens, weil sich das Gespräch in einem Bereich bewegte, in dem er nicht ehrlich sein konnte. Je besser er Erik kennenlernte, umso stärker belasteten ihn die Lügen.

»Dir ist es aber ganz gut gelungen«, stellte Erik zufrieden fest. »Ich mag Tove, sie wirkt sehr bodenständig und ruhig. Ich wette, sie hält dir den Rücken frei, damit du dich um die Großbäckerei kümmern kannst.« Erik schaute ihn an und schien eine Antwort zu erwarten.

»Ja.« Patrik nickte noch einmal. Er wusste selbst nicht, warum er plötzlich lächelte. »Tove ist mir eine große Hilfe.«

Auch wenn diese Hilfe ganz anders ist, als du es dir vorstellst, fügte er in Gedanken hinzu.

»Das glaube ich.« Erik nickte zu seinen Worten. »Du und deine Familie, ihr bestätigt mich in meiner Einstellung, dass Familienväter die besten Geschäftspartner sind. Ich hoffe sehr, dass ihr bald einmal nach New York kommt, um Sara und mich zu besuchen.«

»Sehr gern«, erwiderte Patrik lahm. Wie sollte er auch

sonst auf diese Einladung reagieren? Um das Thema zu wechseln und weil es seinen eigenen Wünschen entsprach, schlug er vor: »Sara kann doch heute Abend zu uns kommen. Dann musst du kein schlechtes Gewissen haben, wenn du dich mit deinem Freund triffst.«

»Eine gute Idee ...« Erik zögerte. »Aber was sagt Tove dazu?«

Das spielt überhaupt keine Rolle, dachte Patrik. *Tove wird Sara gar nicht sehen, weil ich ganz andere Pläne habe.*

Laut aber sagte er: »Sie wird sich ebenso freuen wie ich. Sie mag Sara.« Ob das stimmte, wusste er nicht, aber auch das war im Grunde völlig egal.

»Ich bin mir nicht sicher, ob Sara damit einverstanden ist.« Erik Wallin hatte offenbar immer noch ein schlechtes Gewissen, seine Tochter im Stich zu lassen.

»Ich werde meine Einladung so formulieren, dass sie nicht ablehnen kann«, sagte Patrik schmunzelnd. Er war sicher, dass er sich nicht allzu sehr anstrengen musste, um Sara zu überreden.

»Wenn du das wirklich schaffst, wäre das eine große Erleichterung für mich«, stimmte Erik schließlich zu. »Ich könnte den Abend nicht richtig genießen, wenn ich die ganze Zeit daran denken müsste, dass Sara allein im Hotelzimmer sitzt, nachdem ich sie schon gestern Abend und auch heute fast den ganzen Tag allein gelassen habe.«

So ganz allein war Sara am Abend zuvor nicht gewesen. Patrik konnte Erik nicht in die Augen sehen, als er daran dachte.

»Ich schlage vor, dass wir für heute Schluss machen«, sagte er. »Alles Wichtige haben wir besprochen, und du hast dann noch ein paar Stunden Zeit für Sara, bevor du dich mit deinem Freund triffst.«

Erik erhob sich und reichte ihm über den Schreibtisch hinweg die Hand. »Ich bin froh, dass wir uns kennengelernt haben. Ich darf nicht vergessen, mich dafür noch einmal bei Lovis zu bedanken.«

Patrik ersparte sich eine Antwort. Er wartete, bis Erik Wallin das Büro verlassen hatte, dann rief er Lovis selbst an.

»Ist etwas passiert?«, fragte dieser anstelle einer Begrüßung. Offensichtlich hatte er Patriks Namen auf dem Display gesehen.

»Nein, nein, alles bestens. Ich wollte dir nur berichten, dass alles nach Plan läuft. Erik Wallin will sich sogar persönlich bei dir bedanken, weil du den Kontakt zwischen uns vermittelt hast. Und er hat mich mit meiner gesamten Familie nach New York eingeladen.«

Patrik lachte laut auf, als er Lovis' entsetztes Stöhnen vernahm.

»Und was machen wir jetzt?«, fragte Lovis.

»Was du machst, weiß ich nicht, aber ich verabrede mich jetzt mit der reizenden Sara zu einem Date. Heute Abend auf meinem Segelboot. Mit einem wundervollen Essen, Champagner, Kerz…«

»Also deine übliche Masche«, fiel Lovis ihm ins Wort. »Findest du nicht, dass eine Frau wie Sara Wallin etwas Besonderes verdient hat?«

»Ein Abend mit mir auf meinem Segelboot ist etwas Besonderes«, stellte Patrik klar.

»Solange sie nicht weiß, dass sie nur eine von vielen ist«, erwiderte Lovis trocken. »Aber du musst wissen, was du tust.«

»Das weiß ich.« Patriks Laune sank. Vor allem, weil er wusste, dass Lovis recht hatte. Jetzt ärgerte er sich, ihn überhaupt angerufen zu haben.

»Ich denke nicht, dass du das weißt«, widersprach Lovis.

»Im Gegensatz zu dir glaube ich nämlich nicht, dass Erik Wallin alles verzeihen und vergessen wird, wenn er die Wahrheit erfährt. Er wird toben, selbst wenn sein reizendes Töchterlein so dumm sein sollte, sich ernsthaft in dich zu verlieben.«

Lovis hielt inne, und auch Patrik sagte jetzt kein Wort mehr.

»Willst du einen wirklich guten Rat von mir?«, fragte Lovis, nachdem sie sich lange genug angeschwiegen hatten.

»Ich bin mir nicht sicher, ob ich das wirklich hören will«, sagte Patrik vorsichtig.

»Ich sage es dir trotzdem.« Lovis musste plötzlich so sehr über seine eigene Idee lachen, dass er eine ganze Weile brauchte, bis er weiterreden konnte. »Warum machst du dich nicht einfach an Tove heran?«, schlug er vor. »Sie wäre die perfekte Frau für dich. Mit ihr hättest du direkt eine komplette Familie, und Erik Wallin müsste nie erfahren, dass du ihn belogen hast.«

»Spinnst du?« Patrik wusste nicht, ob er eher amüsiert oder empört sein sollte. Was für eine bescheuerte Idee!

»Schade, dass ich dein Gesicht nicht sehen kann!« Lovis lachte und lachte, konnte sich offenbar überhaupt nicht mehr beruhigen.

Patrik hatte genug. Er legte einfach auf.

Er wollte die Großbäckerei gerade verlassen, als Mats zu ihm ins Büro kam.

»Du machst dich rar in den letzten Tagen«, sagte er. »Und wenn du da bist, ist immer Erik Wallin bei dir.«

»Gibt es Probleme?«, wollte Patrik besorgt wissen.

»Keine Sorge. Dein Geheimnis ist nicht herausgekommen.« Mats grinste, doch dann wurde sein Gesicht wieder ernst. »Du warst bisher ja immer dabei, wenn Erik mit den Kollegen gesprochen hat.«

Patrik nickte. Er war froh, dass er in Mats nicht nur einen zuverlässigen Mitarbeiter, sondern vor allem einen Freund hatte, der in alles eingeweiht war und aufpasste, falls Erik sich doch einmal ohne ihn im Produktionsbereich aufhalten sollte.

Bisher hatte Erik sich aber nur über Abläufe der Produktion informiert. Genau das schien die Belegschaft nun zu beunruhigen.

»Die Kollegen befürchten, dass du das ganze Unternehmen verkaufst und hier demnächst amerikanische Arbeitsbedingungen herrschen.«

»So ein Unsinn! Wir müssen nicht mehr lange durchhalten. Nur noch ein paar Tage, dann ist Erik Wallin verschwunden.« Patrik seufzte tief bei dem Gedanken, dass dann auch Sara weg wäre.

»Gut!« Mats nickte und sagte genau dasselbe wie Lovis ein paar Minuten zuvor: »Du musst wissen, was du tust.«

Es war genau, wie Patrik es sich vorgestellt hatte. Der Wind war stark genug gewesen, um aus der Bucht zu segeln. Auf dem offenen Meer hatte er das Segel eingeholt. Jetzt hob und senkte sich das Boot mit der Dünung. Das Wasser schimmerte in smaragdgrünen bis türkisblauen Schattierungen und leuchtete golden auf, wenn die Strahlen der untergehenden Sonne es trafen.

Sara saß auf der gepolsterten Bank an der Reling. Sie sah zauberhaft aus in ihrem weißen Kleid und mit dem hochgesteckten Haar. Wie eine Braut!

»Warum schaust du mich so komisch an?«

Ihre Frage durchbrach den Zauber des Moments, und zu seinem Erstaunen empfand Patrik fast so etwas wie Erleichterung.

»Habe ich dich komisch angesehen? Das war mir überhaupt nicht bewusst. Es liegt wohl daran, dass du heute besonders zauberhaft aussiehst«, sagte er.

»Ich weiß nicht recht, was ich von diesem Kompliment halten soll«, neckte sie ihn. »Heißt das, du findest mich sonst nicht zauberhaft?«

Patrik lachte und setzte sich neben sie. »Du bist hinreißend«, flüsterte er. »Immer!«

Er legte einen Arm um ihre Schulter und zog sie an sich. Ihre Augen lockten ebenso wie ihre Lippen. Sie lächelte verheißungsvoll, bis er nur noch einen Wunsch hatte: sie zu küssen. Ganz nah kam sein Gesicht ihrem Gesicht, sein Mund ihrem Mund.

Und dann hörte er sie leise sagen: »Weißt du, was ich mich gerade frage?«

Patrik zog den Kopf zurück und schaute sie fragend an.

»Mit wie vielen Frauen warst du schon hier draußen?«

In Saras Augen lag eine Verletzlichkeit, die ihn rührte. Sie war anders als die anderen Frauen, mit denen er sich bisher getroffen hatte. Lovis hatte recht, sie hatte etwas Besseres verdient als seine übliche Nummer.

Patrik nahm den Arm von ihrer Schulter. »Mit sehr vielen«, gab er zu.

»Danke, dass du so ehrlich bist«, sagte sie leise. »Aber du verstehst sicher, dass ich nicht eine von vielen sein will.«

Patrik schüttelte den Kopf. »Das bist du nicht. Du bist besonders und einzigartig, und deshalb soll auch dieser Abend besonders und einzigartig werden. Du bist mir wichtig, Sara. Ich werde dich nie zu etwas drängen, was du nicht willst.«

»Danke.« Sie schlang beide Arme um seinen Hals und schmiegte sich fest an ihn, doch als sie ihn küssen wollte, schob Patrik sie sanft zurück.

»Ich habe jedes Wort ernst gemeint«, sagte er. »Also mach es mir nicht so schwer.«

»Okay«, sagte Sara und ließ ihn los. »Keine Verführung heute Abend, weder von meiner Seite noch von deiner.«

»Keine Verführung!«, stimmte Patrik ihr zu. »Wir unterhalten uns nur und lernen uns besser kennen.« Er machte eine Pause. »Ich kann selbst kaum glauben, dass ich so etwas sage.«

Sara lachte laut auf, und Patrik stimmte in ihr Lachen ein. Mit dem beruhigenden Gefühl, alles richtig zu machen.

Kapitel 21

Tove erwachte in der Morgendämmerung. In dieser Stunde zwischen Tag und Traum war durch das offene Fenster nur das Rauschen des Meeres zu hören. Im Haus war alles still, und Tove wusste nicht, was sie geweckt hatte, bis sie das leise Lachen vernahm. Sie stand auf, ging ans Fenster und sah, wie Patrik das Segelboot vertäute.

Es geht mich nichts an, und es interessiert mich auch nicht, dachte Tove. Trotzdem blieb sie am Fenster stehen und schaute zu, wie Patrik die Hand ausstreckte und Sara auf den Steg half. Als sie stolperte, fing er sie auf und hielt sie eine ganze Weile in den Armen.

Tove wandte sich ab und ging zurück ins Bett, aber einschlafen konnte sie nicht mehr. Nachdem sie sich eine gefühlte Ewigkeit ruhelos herumgewälzt hatte, gab sie es auf und stand auf. Sie duschte ausgiebig, fühlte sich danach trotz der frühen Stunde überraschend frisch und ausgeruht.

Es roch nach frischem Kaffee, als sie die Küche betrat. Patrik und Sara waren nicht zu sehen.

Tove nahm sich eine Tasse aus dem Schrank, füllte sie mit Kaffee und ging ins Wohnzimmer. Dort stand Patrik, ebenfalls mit einer Kaffeetasse in der Hand, und starrte auf die Wand. Er sah nur kurz auf, als Tove sich neben ihn stellte.

»Warst du das?« Er wies auf die neue Zeichnung, die nicht

aus Strichmännchen bestand und überraschend gut gemalt war.

Es war wieder das Meer zu sehen, doch diesmal wirkte es nicht friedlich. Zwischen den tosenden Wellen ging gerade ein Segelboot unter. Bis zur Hälfte war es bereits im Wasser versunken. Ein Mann, zweifellos sollte das Patrik sein, stand am Bug, der aus dem Wasser ragte, und setzte gerade zum Sprung an. Zwei riesige Haie, so groß wie das Segelboot, schienen darauf nur zu warten.

Tove schüttelte den Kopf, nippte an ihrem Kaffee und betrachtete weiterhin das Gemälde. »Sieht so aus, als wäre Jesper immer noch ziemlich sauer auf dich.«

»Jesper also. Hätte ich mir eigentlich denken können. Ich bin überrascht, wie gut er malen kann.« Patrik wandte den Kopf und schaute Tove an. »Heute gehe ich mit ihm segeln.«

»Mal sehen, ob er überhaupt mitkommt«, erwiderte Tove.

Sie war nicht dabei, als Patrik später mit Jesper sprach. Zu ihrer Überraschung verließen die beiden am Nachmittag zusammen das Haus. Jesper strahlte vor Freude.

»Und ich?«, fragte Benny weinerlich. »Warum darf ich nicht mit?«

»Weil du noch nicht richtig schwimmen kannst«, sagte Tove.

»Ich kann schwimmen«, protestierte der Kleine.

Er konnte sich ein paar Züge über Wasser halten, war aber weit von dem entfernt, was Tove als Schwimmen bezeichnen würde.

»Und Svea ist auch immer weg«, beschwerte sich Benny. »Nur ich muss bei dir bleiben.«

»Bist du denn nicht gerne bei mir?«, fragte Tove erstaunt.

»Mir ist langweilig!«

»Sollen wir noch einmal mit dem Dampfer fahren?«

Benny zog eine Grimasse und schüttelte den Kopf.

»Und wie wäre es mit einem Picknick am Meer?«

»Pickmick ist doof«, behauptete Benny, obwohl er das normalerweise liebte, auch wenn er es nicht richtig aussprechen konnte.

»Was möchtest du denn gerne machen?«, fragte Tove.

»Können wir Stina besuchen?« Bittend schaute der Kleine sie an.

»Klar. Dazu hätte ich auch Lust. Aber warum willst du ausgerechnet zu Stina?«

»Weil sie nett ist und weil sie mir die Lokomotive geschenkt hat und weil sie so traurige Augen hat«, leierte Benny herunter.

Tove war überrascht, dass das sogar dem Kleinen aufgefallen war.

»Können wir jetzt gehen?«, drängelte Benny, doch dann fiel ihm etwas ein. »Ich hole noch schnell die Lokomotive. Vielleicht freut Stina sich, wenn sie die sieht.« Er rannte die Treppe hinauf und kam kurz darauf mit der Lokomotive zurück.

Auch diesmal war Tove wieder verzaubert von der kleinen Siedlung auf der Anhöhe. Es war ein wundervoller Tag. Nur wenige weiße Wolken zogen über den Himmel und spiegelten sich im tiefblauen Meer.

Stina saß auf der Bank vor ihrem kleinen Laden, hatte die Augen geschlossen und streckte das Gesicht in die Sonne.

»Stina! Stina!« Benny stürmte auf sie zu und hielt ihr die Lokomotive entgegen, als sie die Augen öffnete. »Guck mal, ich habe gut auf deine Lokomotive aufgepasst.«

»Das ist jetzt deine Lokomotive.« Stina lächelte. »Ich freue mich aber, dass du so gut darauf aufpasst. Und wie schön, dass ihr mich wirklich besucht! Außer meinen Nachbarn sehe ich hier nicht viele Menschen.«

»Warum hast du ausgerechnet hier deinen Laden eröffnet?«, fragte Tove. »Lohnt sich das überhaupt?«

Stina schüttelte den Kopf. »Das ist mehr Hobby als Beruf. Ich bin nicht darauf angewiesen, etwas zu verkaufen. Aber hin und wieder verirrt sich doch eine sehr nette Kundin hierher.« Sie zwinkerte Tove zu. »Magst du einen Kaffee mit mir trinken?«

Tove stimmte gerne zu. Stina war eine interessante Frau, und Tove hoffte, mehr über sie zu erfahren.

Benny bekam ein Glas Saft und spielte allein vor dem Laden mit seiner Lokomotive. Erstaunlicherweise war ihm jetzt nicht mehr langweilig.

»Fehlt dir Mallorca?«, fragte Tove vorsichtig.

»Ist es nicht egal, wo man alleine ist?«, antwortete Stina mit einer Gegenfrage. Dabei lag wieder dieser traurige Ausdruck in ihren Augen.

Tove dachte darüber nach und kam zu der Erkenntnis, dass sie sich in Stockholm sehr viel einsamer gefühlt hatte als hier auf Smögen. Dabei hatte sie ihr ganzes Leben in Stockholm verbracht.

»Wie geht es den Mårtenssons?«, wollte Stina wissen.

»Ich kenne nur Patrik«, erwiderte Tove.

Stina schaute sie erschrocken an. »Und was ist mit seinem Vater?«

Tove zuckte mit den Schultern. »Ich habe ihn nie kennengelernt.«

»Er lebt also nicht mehr?«, hakte Stina nach. Diese Frage schien ihr sehr wichtig zu sein.

»Ich weiß es nicht«, sagte Tove wahrheitsgemäß. »Patrik hat nie über seinen Vater gesprochen.«

Tove überlegte, ob sie Stina anvertrauen sollte, dass sie Patrik kaum kannte. Sie hätte ihr auch sagen können, dass es zwischen ihnen nicht mehr als eine geschäftliche Abmachung gab.

All das blieb ungesagt, weil Stina genau genommen eine Fremde war. Vielleicht war sie aus dem gleichen Grund sehr zurückhaltend mit Informationen über sich selbst.

Im Moment sagte Stina allerdings überhaupt nichts mehr. Sie starrte nur vor sich hin.

»Kennst du Patricks Vater?«, fragte Tove.

Zunächst schien es, als hätte Stina überhaupt nicht zugehört, doch dann sagte sie: »Ach, ich war so lange weg, da kennt man die Menschen von früher nicht mehr wirklich.«

Eine rätselhafte Antwort, die nichts aussagte. Tove nahm sich vor, Patrik später zu fragen, ob er Stina kannte. Vielleicht konnte sie so mehr erfahren.

Tove blieb zwei Stunden bei Stina. Sie tranken Kaffee miteinander und stellten sich gegenseitig vorsichtige Fragen, ohne richtige Antworten zu erhalten. Irgendwann wurde es anstrengend.

»Ich hoffe, ihr besucht mich mal wieder«, sagte Stina trotzdem beim Abschied.

»Oder du kommst zu uns«, schlug Tove vor. »Ich könnte Zimtschnecken backen.«

»Das ist eher schwierig.« Stina lächelte entschuldigend. »Ich kann den Laden nicht allein lassen.«

Hatte sie nicht vorhin noch gesagt, dass sie auf den Verkauf nicht angewiesen sei? Außerdem hatte sich in den vergangenen beiden Stunden kein Kunde blicken lassen. Da konnte Stina den Laden doch getrost für ein paar Stunden schließen.

Toves Interesse wuchs, aber sie musste sich damit abfinden, dass ihre Fragen unbeantwortet blieben.

»Mama«, sagte Benny auf dem Heimweg. »Wenn Stina keine Zimtschnecken will, kannst du für mich welche backen?«

Backen! Ja, genau, das würde ihr jetzt helfen, ihre Gedanken wieder zu ordnen und zur Ruhe zu kommen.

»Das mache ich«, versprach Tove ihrem Sohn. »Ich backe richtig leckere Zimtschnecken für dich.«

»Und für Jesper«, verlangte Benny.

Tove lachte. »Okay, Jesper bekommt auch eine ab.«

»Geben wir Patrik auch eine?« Fragend schaute Benny zu ihr auf.

»Findest du, wir sollen für ihn auch backen?«

Benny dachte eine Weile darüber nach, dann nickte er. »Von mir aus kann er auch eine Zimtschnecke haben, aber dann musst du auch für Svea eine backen.«

»Ich mache ein ganzes Blech voll«, schlug Tove vor, »dann ist für alle genug da.«

»Können wir Stina auch eine Zimtschnecke bringen?«

Augenblicklich kehrten Toves Gedanken zu Stina zurück. Das Gefühl, dass es eine Verbindung zwischen ihr und den Mårtenssons gab, ließ sie nicht los.

Plötzlich bemerkte Tove, dass Benny immer noch auf eine Antwort wartete. Sie schüttelte den Kopf. »Heute gehen wir nicht mehr zu Stina, aber wenn wir sie das nächste Mal besuchen, backe ich vorher extra Zimtschnecken.«

Damit war Benny einverstanden. Plappernd lief er neben ihr her, stellte ihr unentwegt Fragen, die fast alle mit »Warum« begannen, und lenkte Tove so sehr ab, dass sie vorerst nicht mehr an Stina dachte.

Tove backt Zimtschnecken

Für den Teig:
300 ml Milch
45 g Hefe
700 g Mehl
150 g Butter
1 TL gemahlener Kardamom
1 Ei
1/2 TL Salz
125 g Zucker

Für die Füllung:
75 g Butter
100 g Zucker
2 EL gemahlener Zimt

Zum Bestreichen:
1 Ei
grober Zucker

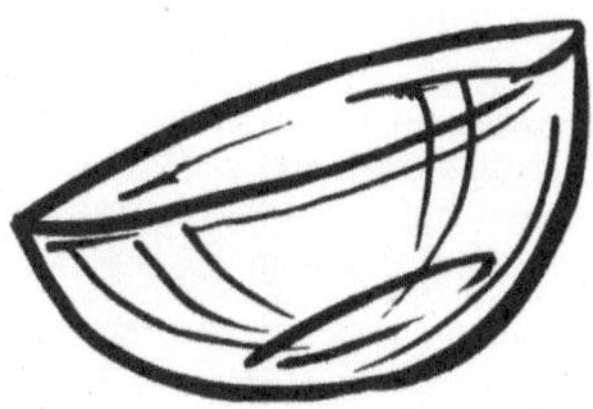

Die Milch erwärmen, eine Tasse davon abnehmen und die Hefe darin auflösen. 1 EL Mehl einrühren und 15 Minuten gehen lassen. In der restlichen Milch die Butter zerlassen und lauwarm werden lassen.

Das restliche Mehl, Ei, Zucker, Salz und Kardamom dazugeben und alles verkneten. Zusammen mit dem Vorteig mit der Küchenmaschine oder von Hand gründlich kneten. Den Teig mit einem Küchenhandtuch abdecken und mindestens eine Stunde an einem warmen Ort gehen lassen. Den Backofen auf 250°C vorheizen.

Für die Füllung die Butter zerlassen, mit Zimt und Zucker mischen.

Den Teig noch einmal durchkneten, in zwei Portionen teilen und jeweils zu 5 mm dicken Rechtecken ausrollen. Mit der Füllung bestreichen, zusammenrollen und die Rolle in Scheiben schneiden. Die Schnecken auf ein mit Backpapier ausgelegtes Backblech legen. Noch mal abdecken und eine halbe Stunde gehen lassen.

Mit verquirltem Ei bestreichen und mit Hagelzucker bestreuen. Die Zimtschnecken 5 bis 10 Minuten backen.

Kapitel 22

»Das war so toll. Danke, Patrik!« Jesper schlang beide Arme um seine Taille.

Patrik stand im ersten Moment völlig regungslos da und wusste nicht, wie er reagieren sollte. Unbeholfen tätschelte er die Schulter des Jungen.

»Du bist ein guter Schüler«, lobte er. »Wir müssen das ganz schnell wiederholen.«

Jesper ließ ihn los und ging neben ihm her zum Haus. »Am liebsten würde ich für immer hierbleiben«, sagte er leise.

Es gab nichts, was Patrik daraufhin hätte sagen können. Sie wussten beide, dass das nicht möglich war.

Ein betörender Duft kam ihnen entgegen, als sie über die Terrasse ins Haus gingen.

»Hm!« Jesper schnupperte. »Mama hat Zimtschnecken gebacken.«

»Die riechen toll!«, sagte Patrik. Ihm lief das Wasser im Mund zusammen, als er Jesper in die Küche folgte.

Benny saß am Küchentisch, vor sich einen Teller, auf dem eine angebissene Zimtschnecke lag, daneben ein Becher mit Milch. Mitten auf dem Tisch stand eine große Platte mit frischen Zimtschnecken.

Tove holte gerade das zweite Blech aus dem Backofen. Ihr Gesicht war gerötet, eine Strähne ihres blonden Haares hatte sich aus dem Pferdeschwanz gelöst. Sie pustete sie weg, aber sie fiel ihr gleich wieder ins Gesicht.

Tove stellte das Blech ab und strich sich die Strähne hinters Ohr. »Na, ihr hungrigen Seefahrer, habt ihr Lust auf Zimtschnecken?« Ihre Stimme klang fröhlich und unbeschwert.

Patrik starrte sie an. So hatte er Tove noch nie erlebt. Völlig frei von Sorgen und Kummer.

Tove fuhr sich mit der Hand durchs Gesicht. »Was schaust du mich so an? Habe ich da etwas?«, fragte sie lächelnd.

Patrik schüttelte den Kopf und zeigte auf die Platte mit den Zimtschnecken. »Darf ich?«

»Klar«, sagte Jesper und griff nach seiner Hand. Er zog ihn mit zum Tisch, und schon saß Patrik zwischen den beiden Jungen. Tove holte Kaffee und setzte sich ebenfalls zu ihnen.

Eine halbe Stunde später kam auch Svea dazu, in Begleitung eines gut aussehenden Jungen, der sie um einen ganzen Kopf überragte.

»Das ist Emil«, stellte Svea ihren Begleiter vor. Ihre Stimme klang stolz und sehr verliebt.

»Setzt euch doch«, sagte Tove. Alle rückten zusammen, um den beiden Platz zu machen.

Es war eine fröhliche Runde. Sie unterhielten sich, lachten miteinander oder neckten sich.

»Das ist schön«, sagte Patrik irgendwann.

Tove schaute ihn an, lächelte. »Das ist Familie!«, sagte sie schlicht.

»Du kommst spät.« Sara schien sich darüber zu ärgern, obwohl sie lächelte.

»Es ging nicht früher«, verteidigte sich Patrik.

Aufmerksam sah sie ihm ins Gesicht. »Geschäfte?« Sie

wartete seine Antwort nicht ab, sondern lachte leise auf. »Das kenne ich von meinem Vater. Nicht so schlimm.«

Patrik hätte mit wenigen Worten erklären können, dass ihn keineswegs geschäftliche Belange aufgehalten hatten, aber er schwieg. Er wusste selbst nicht, warum er nichts von der fröhlichen Kaffeerunde in seiner Küche erzählte, die er nur ungern verlassen hatte.

Das ist Familie!

Immer noch hallten Toves Worte in ihm nach. Als Kind hatte er seine Freunde oft um deren Familien beneidet. Aber das, was er heute erlebt hatte, war etwas ganz Besonderes gewesen. Er hatte sich als Teil dieser Familie gefühlt – und es war ein sehr gutes Gefühl gewesen.

»Wieso bist du so still heute?« Sara stieß ihn leicht an. »Was ist los mit dir?«

Patrik war es nicht gewohnt, über seine Gefühle zu reden. Zumal solche Gefühle ihm selbst völlig neu waren. Er brachte nur ein schwaches Grinsen zustande.

»Im Vergleich zu dir bin ich ein alter Mann«, sagte er. »Es bleibt nicht ohne Folgen, wenn ich die ganze Nacht auf dem Segelboot verbringe.«

»So alt bist du nun auch wieder nicht«, widersprach Sara, aber sie wirkte nachdenklich. »Außerdem haben wir doch auf dem Boot geschlafen«, fügte sie hinzu.

»Nur ein paar Stunden.« Patrik zog eine Grimasse. »Auf den schmalen Bänken an der Reling.«

»Ich habe gut geschlafen, und ich fühle mich ziemlich ausgeruht«, sagte Sara.

»Wie ich schon sagte, du bist bedeutend jünger als ich.« Patrik lachte, aber Sara sah ihn mit gerunzelter Stirn an.

»Wieso reitest du heute die ganze Zeit auf deinem Alter herum?«

»Das liegt möglicherweise daran, dass ich mein Alter heute spüre.« Patrik lachte.

»Na gut, alter Mann!« Sara lachte jetzt auch. »Muss ich dich stützen?«

»Ja, das wäre sehr freundlich von dir.« Patrik legte einen Arm um ihre Schulter, ohne sich wirklich abzustützen. »Sag mir Bescheid, wenn ich dir zu schwer werde«, neckte er sie.

Sara tat, als ginge sie unter der Last in die Knie, richtete sich aber gleich wieder auf. »Es geht schon«, sagte sie grinsend.

Patrik zog sie fest an sich und spürte, wie sie sich an ihn schmiegte und ihren Arm um seine Taille schlang.

Langsam schlenderten sie über dic Smögenbryggan. Der hölzerne Weg schien fast zu schmal für die vielen Touristen, die sich hier aneinander vorbeischoben. Selbst die Boote, die entlang der Brücke ankerten, wirkten überfüllt.

Die Smögenbryggan hatte sich zu einem beliebten Ausflugsziel entwickelt, auf der sich Geschäfte, Cafés und Restaurants aneinanderreihten. Patrik und Sara waren ein Paar wie viele andere, die Hand in Hand oder eng umschlungen über die Brücke flanierten. Niemand achtete auf sie, bis sie das Restaurant erreichten, in dem sie zu Abend essen wollten.

»Sara? Patrik?«

Patrik nahm hastig den Arm von Saras Schulter, aber es war zu spät. Erik Wallin hatte sie gesehen, bevor sie ihn bemerkt hatten.

»Was machst du denn hier, Papa?«, fragte Sara.

Patrik fand, dass ihre Stimme schuldbewusst klang, und wenn ihm das auffiel, bemerkte ihr Vater es wohl erst recht.

»Das frage ich euch!« Eriks Blick wanderte misstrauisch zwischen Patrik und Sara hin und her.

»Wir haben uns zufällig getroffen«, sagte Sara hastig. Zu hastig, als dass es sich selbstverständlich anhörte.

»Stimmt«, versuchte Patrik zu retten, was längst nicht mehr zu retten war. Jedenfalls nicht, wenn er Eriks Gesichtsausdruck richtig deutete. »Und jetzt wollten wir etwas essen.«

»Ohne Tove? Ohne die Kinder?«

Patrik ärgerte sich über sich selbst. Wieso war er nicht vorsichtiger gewesen? Warum hatte er in aller Öffentlichkeit den Arm um Saras Schulter gelegt? Auf Außenstehende mussten sie wie ein Liebespaar wirken, und genau den Eindruck hatte Erik offensichtlich auch gewonnen. Patrik sah, wie es hinter seiner Stirn arbeitete.

»Du gehst am besten nach Hause zu deiner Familie!«, sagte er sehr bestimmt zu Patrik.

Patrik hielt Eriks Blick stand. Er war nicht bereit, sich wie ein kleiner Junge behandeln zu lassen, und öffnete bereits den Mund, um etwas zu sagen.

Sara kam ihm zuvor. »Ist schon gut, Patrik«, sagte sie lächelnd. »Mir geht es inzwischen wieder besser, und jetzt ist ja Papa bei mir.« Fragend wandte sie sich an ihren Vater. »Was machst du hier? Wieso bist du nicht bei den Linds?«

»Meine Freunde mussten kurzfristig absagen«, erwiderte Erik kurz angebunden, ohne auf den Grund einzugehen. Er wirkte immer noch zutiefst misstrauisch.

»Mir war ein bisschen schwindelig«, behauptete Sara jetzt. »Zum Glück habe ich Patrik getroffen, und der meinte, ich müsste etwas essen.« Sie hakte sich bei ihrem Vater unter. »Ich habe tatsächlich seit dem Frühstück nichts mehr gegessen.«

Patrik war sich nicht sicher, ob Erik seiner Tochter glaubte. Er überlegte, ob er Saras Worte bestätigen sollte, aber er wollte seinen ganzen Lügen nicht noch eine weitere hinzufügen.

»Dann kannst du dich ja jetzt um Sara kümmern«, sagte er zu Erik. »Wir sehen uns.«

»Ja.« Mehr sagte Erik nicht. Sein knappes Nicken zeigte Patrik deutlich, dass sein zukünftiger Geschäftspartner immer noch argwöhnisch war.

Sofern er überhaupt noch sein zukünftiger Geschäftspartner war. Patrik rechnete mit dem Schlimmsten, als er sich auf den Heimweg machte.

Kapitel 23

»Schon wieder zurück?«, wunderte sich Tove. »Das war aber ein kurzes Date.«

»Erik Wallin hat uns überrascht.« Patrik wirkte geknickt, als er das sagte.

»Soll ich jetzt Mitleid mit dir haben?« Tove runzelte die Stirn. Sie hatte Mitleid, aber das musste er ja nicht wissen. »Wieso habt ihr nicht besser aufgepasst? Und was heißt das überhaupt, er hat euch erwischt? So richtig? In flagranti?«

»Quatsch!«, erwiderte Patrik grob. »So weit sind wir noch nicht.«

»Zu viel Information!« Tove presste sich die Hände auf die Ohren. »So genau will ich es nicht wissen.«

»Du hast gefragt«, sagte er grinsend und erzählte ihr, was passiert war.

Tove schaute ihn schweigend an, was ihn zunehmend zu verunsichern schien.

»Du sagst ja gar nichts.«

Na gut, wenn er unbedingt etwas von ihr hören wollte … »Wenn du den Vertrag mit Erik vermasselt hast, musst du mich trotzdem bezahlen!« Finster starrte sie ihn an.

»Das habe ich sowieso vor«, erwiderte Patrik ernst. »Egal, ob Erik den Vertrag unterschreibt oder nicht, du bekommst dein Geld.«

Damit hätte Tove nicht gerechnet. »Danke«, sagte sie leise.

Jetzt lächelte Patrik wieder. »Ihr habt es verdient«, sagte er. »Außerdem mag ich deine Kinder.«

Auch damit überraschte er Tove. »Und ich dachte, du kannst Kinder nicht leiden.«

»Das dachte ich bisher auch«, gab er zu. »Aber jetzt weiß ich, wie toll Kinder sein können.«

»Es freut mich, dass ausgerechnet meine Kinder deine Einstellung verändert haben.« Tove lächelte. Ihr lag die Frage auf der Zunge, ob er einmal eigene Kinder haben wolle, als sich sein Handy meldete.

»Eine SMS von Sara«, sagte er. Während er sie las, zogen sich seine Brauen immer mehr zusammen. Dann ließ er das Handy sinken. »Erik Wallin glaubt, dass wir eine Ehekrise haben. Und er denkt, dass Sara daran nicht unschuldig ist.«

»Was soll er auch sonst glauben, wenn er dich und Sara eng umschlungen über die Smögenbryggan flanieren sieht? Warum seid ihr in der Öffentlichkeit nicht vorsichtiger?« Tove schüttelte verständnislos den Kopf.

»Das frage ich mich auch«, erwiderte Patrik ruppig, fügte aber gleich darauf in versöhnlichem Ton hinzu: »Tut mir leid, aber das ist wieder so ein Moment, in dem ich diese ganze Lügengeschichte infrage stelle.«

»Schon gut«, sagte Tove. Sie war nicht sauer, aber sie ertappte sich bei der Befürchtung, er könnte alles auffliegen lassen. Sie sah ihm an, dass er genau mit diesem Gedanken spielte.

Eigentlich konnte es ihr egal sein. Patrik hatte ihr gerade eben versprochen, dass sie ihr Geld auf jeden Fall erhalten würde. Wenn er heute alles abbrach, konnte sie morgen mit den Kindern zurück nach Stockholm …

Ich will noch nicht zurück nach Stockholm!, schoss es Tove durch den Kopf. Natürlich nur wegen der Kinder. Jesper freute sich auf den weiteren Segelunterricht, den Patrik ihm versprochen hatte. Benny war schon zufrieden, wenn er im Garten mit seiner Lokomotive spielen konnte, und Svea war so glücklich mit ihrem Emil und freute sich so sehr darauf, am kommenden Wochenende mit ihm Midsommar zu feiern.

Und du selbst willst auch nicht weg, wisperte eine leise Stimme in ihr, aber das wollte Tove nicht hören.

Es ist nur wegen der Kinder, versicherte sie sich selbst, und damit sie die leise Stimme nicht mehr hören musste, sagte sie laut: »Schlaf erst einmal eine Nacht darüber. Ich weiß aus Erfahrung, dass man am nächsten Tag oft besser über Probleme nachdenken kann. Sofern es überhaupt ein Problem gibt. Vielleicht hat Sara ihren Vater bis morgen beruhigt.«

Wieder meldete sich Patriks Handy. »Mach dich nicht verrückt«, las er Saras neue Nachricht laut vor. »Wir kriegen das schon hin.«

Kurz darauf kam eine weitere Nachricht. »Schlaf gut, ich träume von dir.«

Tove wunderte sich, dass Patrik ihr auch diese Nachricht vorlas, denn die war doch eigentlich nur für ihn bestimmt.

Am nächsten Mittag stand Sara vor der Haustür. »Patrik kommt auch gleich«, sagte sie. »Ich habe ihn schon angerufen.«

»Ist etwas passiert?«, fragte Tove besorgt.

»Du meinst, außer dass mein Vater Patrik und mich gestern erwischt hat?« Sara schüttelte den Kopf, nickte aber gleich darauf.

Zum Glück kam Patrik in genau diesem Moment aus der

Großbäckerei herüber, und Tove musste nicht länger auf eine Erklärung warten.

»Papa ist ziemlich beunruhigt. Ich glaube, er spielt sogar mit dem Gedanken, wieder nach Hause zu fliegen«, sagte Sara bedrückt.

»Nur weil ich gestern einen Arm um deine Schulter gelegt habe?«, rief Patrik fassungslos aus.

»Es hat ihn sehr misstrauisch gemacht. Mit mir spricht er kaum, dafür redet er aber die ganze Zeit über die arme Tove.« Sara sah Tove wütend an, als wäre sie für alles verantwortlich.

Tove zog die Augenbrauen zusammen. »Ich kann nichts dafür, dass ihr beide so leichtsinnig seid!«, sagte sie scharf.

Sara ignorierte ihren Einwand und fuhr fort: »Jedenfalls will Papa jetzt Erkundigungen einholen, ob ihr wirklich so glücklich verheiratet seid, wie Lovis behauptet hat.«

»Dann wird er erfahren, dass Tove und ich gar nicht verheiratet sind. Weder glücklich noch unglücklich«, sagte Patrik erschrocken.

»Genau!« Sara nickte und lächelte plötzlich. »Aber ich habe eine Idee, wie wir das verhindern können.« Sie schwieg einen Moment, als wolle sie die Wirkung ihrer Worte steigern, und sagte dann: »Ihr müsst Papa einfach davon überzeugen, dass ihr glücklich seid.«

Was für ein Vorschlag! Er zeigte einmal mehr, dass Sara noch sehr jung war. Diese Idee hätte auch von Svea kommen können.

»Wie sollen wir das denn machen?«, fragte Patrik.

Fassungslos starrte Tove ihn an. Zog er Saras Vorschlag ernsthaft in Erwägung?

Sara trat auf Patrik zu, vergrub beide Hände in seinem Haar, stellte sich auf die Zehenspitzen und presste ihre Lippen auf seinen Mund.

Patrik umschlang sie mit beiden Armen und erwiderte ihren Kuss, während Tove peinlich berührt zu Boden blickte. Sie räusperte sich leise – und als die beiden nicht aufhörten, um einiges lauter.

»Wolltest du damit demonstrieren, wie wir deinen Vater von unserer glücklichen Ehe überzeugen sollen?«, fragte Tove, als die beiden sich endlich voneinander gelöst hatten. »Das kannst du vergessen!« Tove schüttelte entschieden den Kopf, um zu zeigen, dass sie da absolut nicht kompromissbereit war.

»Auf keinen Fall!« Sara lachte. »Ihr sollt ja nur so tun als ob.«

»Weitere Täuschungen, noch mehr Lügen …« Patrik seufzte leise.

»Irgendwann wird Papa darüber lachen«, prophezeite Sara.

Patrik sah nicht so aus, als würde er daran glauben, und Tove teilte seine Skepsis.

»Papa hat Humor«, fuhr Sara fort. »Und wenn er erfährt, wie sehr ich dich mag, wird er uns allen verzeihen.« Wieder stellte sie sich auf die Zehenspitzen, doch diesmal hauchte sie nur einen flüchtigen Kuss auf Patriks Mund.

Tove registrierte es mir Erleichterung. Natürlich nur deshalb, weil es ihr eben schon schrecklich unangenehm gewesen war, Zeugin des ausufernden Kusses zu werden.

»Hoffentlich hast du recht«, murmelte Patrik.

»Ganz bestimmt«, beteuerte Sara. »Lasst uns erst einmal das aktuelle Problem in den Griff bekommen, über alles andere machen wir uns später Gedanken.«

Tove hatte das Gefühl, dass Sara nicht erkannte, worum es für Patrik ging. Für sie war alles nur ein großer Spaß. »Vielleicht ist das jetzt der richtige Zeitpunkt, um Erik die Wahrheit zu sagen«, schlug sie vor.

»Auf keinen Fall!« Sara schüttelte entschieden den Kopf. »In seiner jetzigen Stimmung würde er sofort jeglichen Kontakt zu euch abbrechen, und ich müsste mit ihm zurück nach New York.« Sie schmiegte sich an Patrik. »Ich will aber nicht zurück. Wir lernen uns doch gerade erst kennen.«

Erstaunt registrierte Tove, dass Patrik sich tatsächlich von Sara beeinflussen ließ. »Vielleicht ist es wirklich noch zu früh, Erik die Wahrheit zu sagen.« Sein Blick flog hilfesuchend zu Tove.

Sie hob die Hände und ließ sie wieder fallen. Was sollte sie dazu noch sagen?

»Und du bist sicher, dass Erik Wallin noch kommt?«, fragte Tove und schaute, wie schon so oft an diesem Abend, zur Hintertür des Restaurants.

»Ganz sicher«, bestätigte Patrik, allerdings klang er längst nicht mehr so überzeugt.

»Was machst du da?«, fragte Tove, als sie sah, wie Patrik auf seinem Handy herumtippte.

»Ich schreibe Sara eine SMS.« Er tippte eifrig weiter. »Ich will wissen, wo sie bleiben.«

»Da kommen sie«, zischte Tove.

Aus den Augenwinkeln beobachtete sie, wie Erik zusammen mit Sara und einem älteren Paar den Garten des Restaurants betrat. Sie sahen sich nach einem freien Tisch um. Nervös trank Tove einen Schluck Wein.

»Nicht hinsehen«, flüsterte Patrik. Dabei lächelte er und griff nach ihrer Hand, als sie das Weinglas abstellte.

Tove konnte nicht anders, als Erik aus den Augenwinkeln weiter zu beobachten, und so entging ihr nicht, dass er auch sie und Patrik bemerkt hatte.

»Er weiß jetzt, dass wir hier sind«, informierte sie Patrik.

»Du sollst doch nicht zu ihm hinsehen«, sagte Patrik verärgert und brachte dabei das Kunststück fertig, Tove immer noch anzustrahlen. Er führte ihre Hand an seinen Mund und küsste jeden Finger.

Angenehme Schauer liefen über Toves Rücken, sie spürte die Gänsehaut auf ihrem ganzen Körper. Offenbar sah auch Patrik, dass sich die Härchen auf ihren Armen aufrichteten.

»Wenn ich vorher gewusst hätte, dass ich so eine Wirkung auf dich habe …«, neckte er sie.

»Sei nicht albern!«, fauchte sie ihn an und wollte ihm die Hand entziehen, aber Patrik hielt sie fest.

»Lächeln«, forderte er sie leise auf. »Immer weiter lächeln. Erik kommt.«

Tove wollte nicht zu ihm hinsehen, aber sie tat es doch. Zum Glück bemerkte Erik das nicht, weil Sara ihn gerade ablenkte. Offensichtlich war er wirklich auf dem Weg zu ihrem Tisch. Sara hielt ihn am Arm fest und redete auf ihn ein.

»Schau nicht zu Erik und Sara, schau mir lieber in die Augen, Kleines!«, säuselte Patrik, und als hätte er es heraufbeschworen, mischten sich in diesem Moment leise Klavierklänge unter das Rauschen des Meeres. Es war der Titelsong aus *Casablanca*.

»You must remember this …«, sang Patrik so leise, dass nur Tove ihn hörte. *»A kiss is still a kiss …«* Dabei hielt er immer noch ihre Hand und schaute ihr tief in die Augen.

Tove hatte das Gefühl, in seinem Blick zu versinken. Die Magie dieses Abends, die ganz besondere Atmosphäre nahm sie gefangen und entführte sie in einen Traum, aus dem sie am liebsten nie erwacht wäre.

Die Luft war warm, und der Abendhimmel tauchte alles in ein weiches Licht. Ihr Tisch stand direkt am Ufer unter einem mit bunten Lampions geschmückten Baum. Ein Tisch, abseits von den anderen Tischen des Restaurants. Ein Tisch für ein Liebespaar, das möglichst für sich sein wollte.

Es war alles nur ein Spiel. Teil eines Pakts, den Tove mit Patrik geschlossen hatte. Nicht mehr als eine geschäftliche Abmachung.

»Du spielst deine Rolle als Verführer sehr gut.« Ironisch lächelte sie ihn an. »Jetzt macht es sich bezahlt, dass du diese Rolle jahrelang erfolgreich geprobt hast.«

Auf einmal lag ein Ausdruck in seinen Augen, den sie noch nie zuvor wahrgenommen hatte. Es war nur der Bruchteil einer Sekunde. Dann veränderte sich sein Blick, und der Druck seiner Hand wurde hart.

»Immer, wenn ich denke, dass du eigentlich ganz nett bist, überzeugst du mich vom Gegenteil«, sagte Patrik sarkastisch.

»Oh, ich wusste nicht, dass du so empfindlich bist.« Tove schenkte ihm ein erzwungenes Lächeln. »Es liegt wohl daran, dass gerade die Wahrheit besonders schmerzhaft ist.«

Patrik holte tief Luft und ließ ihre Hand los. »Das war genug Schauspiel«, sagte er. »Lass uns nach Hause gehen.«

Er übernahm die Rechnung. Als Tove sich von ihrem Stuhl erhob, kam er an ihre Seite und legte einen Arm um ihre Schultern. Beide vermieden sie es, zu dem Tisch zu schauen, an dem Erik saß. Ganz so, als hätten sie ihn, Sara und seine Freunde gar nicht bemerkt, weil sie völlig auf sich selbst konzentriert waren.

Einmal mehr wurde Tove schmerzhaft bewusst, dass dieser Abend nicht mehr als eine Farce war. Der Zauber, den sie eben noch empfunden hatte, verlor sich in der Realität.

»Das Ganze war eine bescheuerte Idee«, stieß sie hervor. »Erik nimmt uns niemals das glückliche Ehepaar ab.«

»Stimmt, da fehlt noch was«, sagte Patrik.

Er zog sie an sich, so plötzlich, dass sie viel zu überrascht war, um sich dagegen zu wehren. Er hielt sie fest in seinen Armen, und sein Mund suchte ihre Lippen.

Das wird Sara nicht gefallen, dachte Tove, als Patrik sie küsste. Dann erwiderte sie seinen Kuss …

… und dachte gar nichts mehr.

Kapitel 24

Es war weit nach Mitternacht, als Patrik über den Steg zu seinem Segelboot hastete. Er konnte nicht schlafen und begriff immer noch nicht so richtig, was heute Abend passiert war. Er stieg über die Reling auf das Boot, setzte sich auf die Bank und starrte aufs Meer hinaus.

Es gelang ihm nicht, seine Gedanken zu ordnen, und noch mehr waren seine Gefühle in Aufruhr. Sein Handy riss ihn aus den Grübeleien. Eine SMS von Sara.

Was war das denn heute Abend?, schrieb sie.

»Das wüsste ich auch gerne«, sagte Patrik leise zu sich selbst und schrieb zurück: *Das perfekte Täuschungsmanöver, hoffe ich.*

Die Antwort ließ nicht lange auf sich warten: *Ein bisschen zu perfekt für meinen Geschmack!*

Zu perfekt für ein Täuschungsmanöver? War es das überhaupt gewesen? Ein Täuschungsmanöver?

Patrik vergaß über diese Gedanken, dass Sara auf eine Antwort wartete. Sie war es, die sich kurz darauf wieder meldete.

Ich war ziemlich eifersüchtig, schrieb sie, *aber ich glaube, Papa habt ihr damit wirklich überzeugt.*

Dann haben wir unser Ziel erreicht, antwortete er. *Schlaf gut – und du hast keinen Grund, eifersüchtig zu sein.*

Der bloße Gedanke war lächerlich!

Aber warum lachte er dann nicht? Warum dachte er immer noch an den Moment, als er Tove in den Armen gehalten und geküsst hatte? Wieso hatte er sich dazu hinreißen lassen?

Patrick verstand sich gerade selbst nicht mehr.

Noch einmal meldete sich Sara: *Eigentlich weiß ich, dass ich nicht eifersüchtig sein muss. Wäre schön, wenn wir uns morgen sehen können. Kuss und gute Nacht, Sara*

»Können wir heute wieder segeln?«, fragte Jesper am nächsten Morgen, als Patrik völlig übermüdet in die Küche kam.

Tove saß mit allen drei Kindern am Frühstückstisch. Er hatte das Gefühl, dass sie absichtlich jeden Blickkontakt mit ihm vermied.

»Jesper«, mahnte Tove sanft. »Vielleicht hat Patrik Wichtigeres zu erledigen.« Auch diesmal schaute sie ihn nicht an.

»Er hat doch gesagt, dass wir noch mal segeln«, beschwerte sich Jesper.

»Das habe ich«, bestätigte Patrik. »Sobald ich gefrühstückt und mindestens einen Liter Kaffee getrunken habe, fahren wir raus.«

»Bist du sicher?«, fragte Tove überrascht. Diesmal sah sie ihn sogar an, wenn auch nur kurz. »Was ist mit Erik Wallin, oder mit Sara?«

»Sara hat mir heute Nacht bereits eine SMS geschickt. Sie glaubt, dass wir Erik mit unserem kleinen Auftritt gestern Abend überzeugt haben.«

»Was genau habt ihr denn gemacht?«, wollte Svea wissen.

»Wir waren in einem Restaurant, das habe ich dir doch schon gesagt«, erwiderte Tove.

»Ich finde, wenn ich schon zu Hause bleiben musste, um auf die Jungs aufzupassen, habe ich ein paar Details verdient.« Svea grinste.

»Wir haben zu Abend gegessen, und danach sind wir wieder nach Hause gekommen«, behauptete Tove.

»Ach ja?«, erwiderte Svea. »Emil war mit seinen Eltern übrigens auch in dem Restaurant, aber ihr wart so beschäftigt, dass ihr ihn gar nicht bemerkt habt. Er hat mit seinem Handy Fotos gemacht und sie mir geschickt.« Svea grinste breit und fragte: »Wollt ihr sie sehen?«

»Nein!«, stießen Tove und Patrik hervor.

»Ja!«, riefen Jesper und Benny gleichzeitig.

Patrik bemerkte, dass Tove leicht den Kopf schüttelte und ihre Tochter dabei bittend anschaute.

»Na gut, dann eben nicht«, gab Svea nach.

»Aber ich will das sehen«, maulte Benny.

»Das sind sowieso keine Fotos für Zwerge«, sagte Svea zu ihrem kleinen Bruder.

Benny sprang vom Stuhl und stampfte mit dem Fuß auf. »Ich bin kein Zw…«

»Nein, du bist kein Zwerg«, fiel Patrik dem Kleinen ins Wort. Und zu Svea gewandt fügte er hinzu: »Bringst du diesen Emil mal wieder mit? Ich glaube, ich habe noch das ein oder andere Hühnchen mit ihm zu rupfen. Wie kommt er dazu, deine Mutter und mich heimlich zu fotografieren?«

Svea zuckte nur mit den Schultern und lachte.

Als Patrik gerade mit Jesper zum Boot gehen wollte, rief Erik Wallin an.

»Hej, Erik!«, grüßte Patrik.

»Wir haben noch einiges zu besprechen.« Eriks Stimme klang sachlich, es fehlte die übliche Herzlichkeit. Vielleicht hatte der kleine Auftritt im Restaurant ihn ja doch nicht vollends überzeugt. Aber immerhin wollte er die Gespräche mit Patrik fortsetzen.

Sein Blick fiel auf Jespers Gesicht. Tiefe Enttäuschung zeichnete sich darin ab, als ahnte der Junge bereits, dass Patrik seine Zusage gleich zurücknehmen würde.

»Ich mache mich gleich auf den Weg zu dir«, sagte Erik. Er fragte nicht, ob Patrik Zeit für ihn hatte und ob es ihm gerade passte. Er setzte es einfach voraus.

Normalerweise hätte Patrik das hingenommen, aber jetzt sah er nur Jespers Gesicht vor sich, und so kamen Worte über seine Lippen, die ihn selbst am meisten überraschten: »Tut mir leid, Erik, aber ich wollte gerade mit meinem Sohn segeln. Heute Nachmittag hätte ich Zeit.«

Jespers Kopf flog ruckartig hoch. Fassungslos schaute er Patrik an, und dann verzogen sich seine Mundwinkel zu einem Lächeln, sein ganzes Gesicht begann zu strahlen.

»Nehmt ihr mich mit?«, fragte Erik in diesem Moment.

»Jesper, nehmen wir Erik mit?«, wiederholte Patrik die Frage.

»Ja, Papa!«, rief Jesper so laut, dass auch Erik ihn hören musste.

Patrik hob den Daumen und grinste. Jesper grinste zurück.

»Wir treffen uns in einer halben Stunde am Segelboot«, sagte Patrik zu Erik.

Als er das Gespräch beendet hatte, sah Jesper ihn überglücklich an. »Ich hätte nie geglaubt, dass du Erik absagst, um mit mir zu segeln.«

»Ich habe dabei nur an meine eigene Sicherheit gedacht.« Patrik wies mit dem Finger zur Wohnzimmertür. »Ich habe die ganze Zeit die Zeichnung mit dem sinkenden Segelboot und den riesigen Haien im Kopf.«

»Ja, klar!« Jesper lachte und rannte los. »Ich hol schnell meine Jacke, dann können wir los.«

»Danke«, sagte Tove leise zu Patrik. »Das bedeutet Jesper sehr viel.«

»Ich weiß.« Patrik nickte und verspürte das dringende Bedürfnis, sie zu berühren. Ihre Hand zu nehmen oder ihr die Haarsträhne aus dem Gesicht zu streichen. Abrupt wandte er sich ab. »Bis später«, sagte er. »Und keine Sorge, ich passe gut auf Jesper auf.«

Kapitel 25

»Ich weiß«, murmelte Tove, aber das konnte Patrik bereits nicht mehr hören.

Durch das Fenster konnte sie sehen, wie er und Jesper zum Steg gingen. Beide schienen bereits jetzt sehr viel Spaß zu haben, ihr Lachen war bis ins Haus zu hören.

»Ich glaub, Patrik hat meine Lokomotive überhaupt noch nicht gesehen«, sagte Benny in diesem Moment.

»Du kannst sie ihm doch später noch zeigen«, sagte Tove, ohne den Blick vom Fenster abzuwenden.

»Darf ich rausgehen und spielen?«, fragte Benny.

»Natürlich«, erwiderte Tove abwesend und beobachtete dabei, wie Erik jetzt ebenfalls auf dem Steg erschien und die beiden Männer mit dem Jungen aufs Segelboot stiegen.

Svea stellte sich neben sie und schaute in die gleiche Richtung wie Tove. »Hast du was mit Patrik?«, wollte sie wissen.

Tove fuhr herum. »Spinnst du?«

»Nee!« Svea schüttelte den Kopf und zückte ihr Handy. Sie suchte kurz und präsentierte Tove ein Foto.

Tove riss ihrer Tochter das Handy aus der Hand. Sie sah sich selbst mit Patrik an dem Tisch unter dem Baum mit den bunten Lampions sitzen. Patrik hielt ihre Hand in seiner und küsste ihre Finger.

»Das sieht sehr romantisch aus«, stellte Svea mit leichter Ironie in der Stimme fest.

»Es war eine Show für Erik Wallin, wie du ganz genau weißt«, sagte Tove.

»Und das auch?« Svea wischte über das Foto, und die nächste Aufnahme war zu sehen.

Tove spürte einen Kloß im Hals, als sie sich und Patrik sah. Eng umschlungen, tief versunken in diesem Kuss, der ihr selbst beim Anblick des Fotos die Knie wieder weich werden ließ. Sie musste sich räuspern, bevor sie etwas sagen konnte.

»Ja, das war auch für Erik bestimmt. Und ich will, dass du diese Fotos sofort löschst.«

»Bist du sicher, dass du das willst?«, fragte Svea provozierend und nahm ihr das Handy wieder ab.

»Sofort!«, verlangte Tove entschieden.

»Klar, wenn du darauf bestehst. Aber du vergisst, dass Emil sie mir einfach wieder schicken kann«, sagte Svea.

»Ich will, dass auch Emil diese Fotos löscht. Und er soll es nicht wagen, sie irgendwem zu zeigen oder sogar zu schicken.«

»Ich muss auf dich hören, weil du meine Mutter bist. Aber Emil hast du nichts zu sagen!« Svea grinste frech.

Tove schaute ihre Tochter streng an. »Ja, du musst auf mich hören. Und wenn die Bilder nicht von deinem und Emils Handy verschwinden, kannst du Midsommar vergessen.«

»Das ist Erpressung«, begehrte Svea auf.

»Stimmt«, gab Tove ungerührt zurück. »Und wage es ja nicht, deinen Brüdern diese Fotos zu zeigen!«

Svea nickte, langsam breitete sich wieder ein Lächeln auf ihrem Gesicht aus. »Die Fotos werde ich niemandem zeigen«, versprach sie. Aber in ihren Worten schien eine Drohung zu liegen, die Tove verunsicherte.

»Du und Emil werdet mir am Samstag eure Handys zeigen.

Ich will sehen, dass die Fotos gelöscht sind, sonst bleibst du zu Hause.«

Svea schaute sie provozierend an, dann tippte sie auf ihrem Handy herum und zeigte es ihr schließlich. »Gelöscht«, sagte sie.

Tove fand, dass Svea ziemlich lange gebraucht hatte, um die Fotos zu löschen. Aber sie waren weg, davon konnte sie sich selbst überzeugen.

»Und Emil muss die Fotos auch löschen«, verlangte sie noch einmal.

»Klar!« Sveas Unschuldsmiene machte Tove misstrauisch, aber für den Moment musste sie sich damit zufriedengeben.

Benny kam mit seiner Lokomotive in die Küche.

»Hast du Lust, mit mir zu Stina zu gehen?«, fragte Tove.

Zu ihrer Überraschung schüttelte der Kleine den Kopf. »Heute nicht.«

»Ich dachte, du besuchst Stina gern. Außerdem wollten wir ihr doch ein paar Zimtschnecken bringen.«

»Stina ist nett.« Benny zog eine Grimasse. »Aber der Weg ist mir zu weit. Meine Beine sind heute müde, die schaffen das nicht.«

»Ich verstehe«, sagte Tove ernsthaft. »Wenn deine Beine zu müde sind, müssen sie sich natürlich ausruhen. Warum legst du dich nicht ins Bett?«

Benny schaute sie so entsetzt an, dass es ihr schwerfiel, nicht laut zu lachen. »Meine Beine müssen sich nur ausruhen, nicht schlafen«, erklärte er. »Das geht auch im Sitzen.«

»Ich kann auf den Zwerg aufpassen, dann kannst du diese Stina besuchen«, schlug Svea zu Toves großer Überraschung hervor.

»Ich bin kein Zwerg!«, brüllte Benny.

»Das würdest du wirklich machen?« Tove war so fassungslos, dass sie darüber sogar vergaß, ihre Tochter zurechtzuweisen.

Am vergangenen Abend war Svea nur deshalb bereit gewesen, bei ihren Brüdern zu bleiben, weil Emil mit seinen Eltern essen gehen musste. Bedauerlicherweise ausgerechnet in dem Restaurant, in dem Tove mit Patrik gewesen war. Trotzdem hatte Tove ihrer Tochter einige Zugeständnisse machen müssen, damit sie den Abend zu Hause blieb.

»Ich bin kein Zwerg!«, brüllte Benny erneut. »Svea soll das nicht zu mir sagen.«

»Dein Bruder ist kein Zwerg«, sagte Tove automatisch zu ihrer Tochter, um gleich darauf zu fragen: »Was willst du dafür haben, wenn du auf Benny aufpasst?«

»Nichts«, erwiderte Svea prompt.

»Du lieber Himmel, du kannst nicht mein Kind sein.« Tove schaute Svea skeptisch ins Gesicht, dann legte sie ihr eine Hand auf die Stirn. »Oder bist du krank?«

Svea wich einen Schritt zurück. »Mama, hör auf mit dem Quatsch! Ich kann doch auf meinen kleinen Bruder aufpassen, ohne dass du gleich ein Drama daraus machen musst.«

Eigentlich war Svea die Dramaqueen der Familie, aber angesichts dieser freiwilligen und sogar kostenlosen Hilfe ersparte sich Tove eine entsprechende Bemerkung.

Benny hingegen passte das Angebot offenbar überhaupt nicht in den Kram. Er lehnte es entschieden ab. »Ich will nicht, dass die da auf mich aufpasst!« Er zeigte anklagend auf Svea.

»Wir können zusammen was Schönes machen«, schlug Svea vor.

»Was denn?«, fragte Benny. In seiner Stimme schwang das Misstrauen mit, das auch Tove empfand.

»Wir können was malen«, sagte Svea. »Und so lange bleibt

Mama auch nicht weg. Heute Mittag treffe ich mich mit meinen Freunden.« Sie schaute Tove an. »Dann musst du wieder zu Hause sein«, sagte sie bestimmt.

»Ich wusste doch, dass die Sache einen Haken hat.« Tove schmunzelte.

»Geh schon!« Svea wedelte mit der Hand, als könne sie es nicht abwarten, ihre Mutter endlich loszuwerden.

Das bestärkte Tove in dem Verdacht, dass Svea etwas im Schilde führte. »Bitte, Svea …«

»Dem Zwe…« Svea brach ab und verbesserte sich hastig. »Benny wird nichts passieren. Ich verspreche dir, dass er ganz viel Spaß haben wird.«

Tove schwankte zwischen der Sorge um den Kleinen und dem Wunsch, Svea vertrauen zu können. »Ich verlasse mich auf dich«, sagte sie schließlich.

Svea grinste. »Bis später«, sagte sie. »Viel Spaß!«

Stina wunderte sich, dass Tove allein kam. Tove erzählte ihr von Bennys müden Beinen, und sie lachten beide darüber. Dann tranken sie Kaffee, und Stina probierte eine der Zimtschnecken, die Tove mitgebracht hatte.

»Die schmeckt köstlich!«, sagte sie. »Und die hast du wirklich selbst gebacken?«

»Ich bin Bäckerin«, erwiderte Tove.

»Das passt«, murmelte Stina, als würde sie mit sich selbst reden. Dabei nickte sie.

»Was passt?«, hakte Tove nach.

Stina hob den Kopf und lächelte. »Eine Bäckerin im Hause Mårtensson«, sagte sie. »Weißt du eigentlich, dass ich auch Bäckerin bin?«

Tove, die gerade die Kaffeetasse an die Lippen gesetzt hatte, verschluckte sich vor Überraschung. Immer stärker wurde das

Gefühl, dass es da etwas gab, was Stina mit den Mårtenssons verband.

»Hast du bei *Mårtensson-Bröd* gearbeitet?«, fragte sie.

»Nein.« Diesmal schüttelte Stina den Kopf. Ihr Blick ging an Tove vorbei, verfing sich in der Ferne.

»Ich will nicht neugierig sein«, begann Tove vorsichtig.

»Doch, das willst du«, sagte Stina. Sie schaute jetzt wieder Tove an. »Ich sehe dir an, dass dir eine ganze Menge Fragen durch den Kopf gehen. Aber es tut mir leid, Tove, ich kann dir diese Fragen nicht beantworten.«

»Weil die Antworten so schrecklich sind?«, fragte Tove leise.

»Weil ich etwas getan habe, wofür ich mich viel zu sehr schäme, als dass ich es je einem anderen Menschen erzählen würde.« Stina lächelte immer noch freundlich, sagte aber sehr entschieden: »Und deshalb möchte ich dich bitten, auch keine Fragen zu stellen.«

Tove nickte. »Darf ich dich trotzdem wieder besuchen? Ich bin so gern hier oben bei dir. Und Benny wäre bestimmt auch traurig, wenn er dich nicht mehr sehen kann. Also, sobald seine Beine nicht mehr so müde sind.«

»Und ich hatte schon Angst, dass du jetzt vielleicht nicht mehr kommen willst.« Stina griff nach Toves Hand und drückte sie ganz fest. »Du und Benny, ihr seid mir jederzeit herzlich willkommen.«

»Ich habe noch zwei andere Kinder«, sagte Tove und erzählte von Svea und Jesper. Sie nahm ihr Handy, um Stina Fotos von den beiden zu zeigen. Erst jetzt sah sie, dass sie eine SMS von Svea bekommen hatte.

Ich habe die Bilder gelöscht, aber ich dachte, dass ihr beide sie gerne haben wollt. Ihr könnt ja dann selbst entscheiden, ob ihr sie löschen oder behalten wollt. Übrigens, ihr seid ein sehr schönes Paar!

Im Anhang befanden sich die beiden Fotos von Tove und Patrik.

Stina saß so dicht neben Tove auf der Bank, dass sie die Fotos ebenfalls sah. »Das ist Patrik Mårtensson«, sagte sie mit bebender Stimme. »Ihr müsst sehr glücklich sein.«

Tove öffnete bereits den Mund, um Stina zu erzählen, dass sie und Patrik kein Paar waren, doch dann schloss sie ihn wieder. Eigentlich wünschte sie sich eine Freundin, der sie sich anvertrauen konnte, aber Stina schaffte es ja auch nicht, ihr zu vertrauen. Das machte es Tove schwer, über ihre eigene Geschichte zu sprechen.

Kurz vor Mittag verabschiedete sie sich von Stina und ging zurück nach Hause. Benny saß auf dem Rasen und spielte mit seiner Lokomotive, Svea lag auf einem Liegestuhl und tippte auf ihrem Handy herum.

»Ich habe deine SMS bekommen«, sagte Tove und fügte trocken hinzu: »Vielen Dank. Aber es war nicht nötig, sie auch an Patrik zu schicken.«

Svea ging auf die letzte Bemerkung nicht ein. »Hast du die Fotos auch gelöscht?«, wollte sie grinsend wissen.

»Auf der Stelle«, log Tove und wechselte dann schnell das Thema. »Was wollt ihr zum Mittagessen?«

Kapitel 26

Nachdem sie aus der Bucht hinausgesegelt waren, ließ Patrik Jesper ans Ruder.

»Darf ich wirklich?«, fragte der Junge aufgeregt, wobei seine Hände das Ruder bereits umfassten.

»Ja? Darf er wirklich?« Erik war anzusehen, dass er sich dabei nicht wohlfühlte.

»Jesper ist mein bester Schüler!«, behauptete Patrik.

»Wie viele Schüler hast du?«, fragte Erik.

»Bisher ist Jesper mein einziger Schüler.« Patrik stand neben dem Jungen und legte eine Hand auf dessen Schulter. Er lächelte zurück, als Jesper kurz den Kopf hob und ihn angrinste. »Er macht seine Sache sehr gut«, fuhr Patrik fort. »Ich habe mich am Anfang nicht so geschickt angestellt.« Patrik zeigte auf den Kompass. »Immer schön den Kurs halten«, sagte er zu Jesper.

Nach einer Weile entspannte sich auch Erik und gab zu, dass Jesper seine Sache ganz ordentlich machte. »Obwohl ich zugeben muss, dass ich vom Segeln keine Ahnung habe«, sagte er.

»Schade, dass du bald wieder nach Hause fliegst«, erwiderte Patrik. »Sonst hättest du mein zweiter Schüler werden können.«

»In den letzten Tagen habe ich oft darüber nachgedacht,

ob ich meine Zelte in New York abbrechen und wieder zurück nach Schweden kommen soll«, sagte Erik.

Patrik war überrascht und erschrocken zugleich. Er fing Jespers Blick auf. Der Junge sah besorgt in Eriks Richtung, aber der beugte sich gerade über die Reling und betrachtete das Wellenspiel.

»Darf ich dabei sein, wenn du Mama sagst, dass wir demnächst für immer bei dir bleiben müssen?«, flüsterte Jesper. »Ich will ihr Gesicht sehen.«

»Ich nicht«, gab Patrik im Flüsterton zurück. Die beiden grinsten sich verschwörerisch zu.

Erik richtete sich wieder auf und drehte sich zu ihnen um. »Allerdings habe ich keine Ahnung, wie ich das Sara klarmachen sollte. Sie liebt die Staaten, und sie liebt New York. Sie würde kaum mit mir nach Schweden ziehen, und ich kann mir nicht vorstellen, Tausende von Kilometern von meinem einzigen Kind getrennt zu sein.«

Jesper beugte sich ein wenig vor, damit er an Patrik vorbei in Eriks Gesicht sehen konnte. »Wäre es nicht schön, wenn sich deine Tochter in einen Schweden verlieben würde?«

Eriks Miene verdüsterte sich. »Das kommt ganz darauf an, in wen sie sich verliebt«, gab er zurück. Ein vorwurfsvoller Blick traf Patrik. Offensichtlich kämpfte er immer noch gegen sein Misstrauen an.

»Ab einem gewissen Alter haben wir eben keinen Einfluss mehr darauf, wie unsere Kinder sich ihr Leben vorstellen«, sagte Patrik.

»Ich hoffe sehr, dass ich meiner Tochter die Werte vermittelt habe, die mir wichtig sind und die auch meiner Frau wichtig waren«, erwiderte Erik steif.

Verflixt! Das Gespräch entwickelte sich in eine Richtung, die Patrik überhaupt nicht gefiel.

»Eigentlich darf Sara sich in keinen Mann verlieben«, sagte Jesper plötzlich. »Mein kleiner Bruder will sie nämlich heiraten, wenn er mal groß ist.«

»Der Kleine hat jetzt schon einen guten Geschmack.« Erik schmunzelte.

Jesper hatte die Situation mit seiner Bemerkung entspannt. Patrik stieß ihn leicht an und zwinkerte ihm dankbar zu.

»Wo ist Erik?«, fragte Tove, als Patrik mit Jesper nach Hause kam.

»Er wollte sich für den Rest des Tages um Sara kümmern.« Patrik grinste. »Wahrscheinlich hat er Angst, dass ich das sonst mache.«

»Er ist also immer noch misstrauisch?«, fragte Tove.

Patrik zuckte mit den Schultern. »Wir haben ja übermorgen noch einmal die Gelegenheit, ihn zu überzeugen.«

Fragend schaute Tove ihn an.

»Midsommar«, klärte Patrik sie auf. »Erik hat sich und Sara kurzerhand zu uns eingeladen.«

»Das heißt, wir feiern zusammen mit Erik und deinen Freunden, die genau wissen, dass du nicht verheiratet bist«, erwiderte Tove. Leichte Ironie schwang in ihrer Stimme mit. »Warum sagst du Erik dann nicht gleich die Wahrheit?«

»In den vergangenen Jahren habe ich nicht gefeiert. Also nicht so, wie ihr das kennt. Ich habe …« Er brach ab und warf einen Blick auf Jesper, der interessiert zuhörte.

»Schon gut«, sagte Tove hastig. »Ich weiß, was du meinst.«

»Ich auch!« Jesper grinste. »Du hast nicht mit Freunden oder Familie gefeiert, sondern mit so Frauen wie Livia.«

»Frauen wie Livia können auch Freunde sein«, behauptete Patrik grinsend und fing sich daraufhin einen bitterbösen Blick von Tove ein.

»Einigen wir uns einfach darauf, dass wir völlig unterschiedliche Ansichten über Freundschaft haben«, sagte sie scharf. »Ich möchte das Thema im Beisein meines Sohnes nicht vertiefen.«

»Als ob ich nicht wüsste, worüber ihr redet.« Jesper machte eine wegwerfende Handbewegung. »Ich bin doch kein Baby mehr.«

Patrik hörte, dass Tove leise seufzte.

»Hör zu, Jesper«, sagte er daraufhin, »deine Mutter hat recht. Natürlich bin ich mit Frauen wie Livia nicht befreundet, sondern gehe mit ihnen nur …«

»Patrik!«, unterbrach Tove ihn.

»… feiern«, beendete Patrik seinen Satz.

»Streitet euch besser nicht«, sagte Jesper. »Wahrscheinlich müsst ihr es noch ganz lange miteinander aushalten.« Er sah seine Mutter triumphierend an. »Erik bleibt nämlich vielleicht für immer in Schweden. Und dann müssen wir für immer bei Patrik bleiben.«

Jesper grinste, und Patrik hatte das Gefühl, dass ihm diese Aussicht sogar ganz recht war.

Ob Tove das auch erkannte? Patrik glaubte so etwas wie Mitleid in ihren Augen zu erkennen, als sie liebevoll sagte: »Wir fahren auf jeden Fall zurück nach Stockholm.«

»Aber hoffentlich noch ganz lange nicht«, sagte Jesper.

Später ging Patrik noch einmal zur Großbäckerei. Die Mitarbeiter hatten längst Feierabend.

Er ging in sein Büro und zog sein Handy aus der Tasche. Den ganzen Tag war er so beschäftigt gewesen, dass er noch keinen Blick darauf geworfen hatte. Erst jetzt entdeckte er Sveas Nachricht und die beiden Fotos.

Besonders das Foto, auf dem er Tove in den Armen hielt,

schaute er lange an. Er musste sich nicht einmal anstrengen, um das Gefühl zurückzurufen, das er in diesem Moment empfunden hatte.

Ob Tove die Fotos gelöscht hatte?

Patrik löschte sie nicht. Nicht heute Abend. Irgendwann vielleicht, wenn ganz viel Zeit vergangen war. Wenn er nicht mehr an diesen Sommer auf Smögen dachte …

Mats betrat sein Büro. »Ich habe bei dir noch Licht gesehen.«

»Gut, dass du kommst. Ich brauche deine Hilfe«, sagte Patrik und legte das Handy zur Seite, weil ihn der Anblick der Fotos nur ablenkte.

»In dieser komischen Sache, die Lovis dir eingebrockt hat?«

»Inzwischen habe ich mir eine ganze Menge selbst eingebrockt.« Patrik lächelte schwach. »Ich möchte am Samstag mit ein paar Leuten Midsommar feiern.« Er machte eine kurze Pause. »Leute, die keine Fragen stellen, wenn ich ihnen meine Familie präsentiere, und die Erik Wallin keine Auskunft über mich erteilen.«

»Und dabei denkst du an mich?« Mats schüttelte verwundert den Kopf.

»An deine Familie und einige unserer Mitarbeiter«, bestätigte Patrik. »Das müssen Leute sein, auf die wir uns hundertprozentig verlassen können.«

»Du meinst, alle sollen für dich lügen?«

»Es geht um die Firma!«, beschwor Patrik seinen Freund. »Mit Eriks Investition und seinen Beziehungen sind die Arbeitsplätze für viele Jahre gesichert.«

»Ich denke darüber nach, und ich rede mit Linn«, sagte Mats nach kurzem Nachdenken. »Aber ich verspreche nichts.«

Damit musste sich Patrik zufriedengeben. Er erledigte ein bisschen Papierkram und überlegte danach, ob er noch ein wenig in der Backstube herumexperimentieren sollte.

Dann ertappte er sich wieder dabei, wie er nach seinem Handy griff und die beiden Fotos anstarrte. Entschlossen schaltete er es aus und ging nach Hause.

Stille empfing ihn, als er das Haus betrat. Daran würde er sich gewöhnen müssen, wenn Tove mit den Kindern abgereist war. Er war sich allerdings nicht sicher, ob er sich daran wieder gewöhnen wollte.

Als er ins Wohnzimmer kam, sah er zuerst nur einen Schatten. Dann erkannte er, dass es Tove war. Sie stand an der offenen Terrassentür und schaute zum Meer. Die Sonne war untergegangen, aber ganz dunkel wurde es um diese Jahreszeit nicht.

Der samtblaue Himmel wurde von rötlichen Streifen durchzogen. Am Horizont zeugte ein türkisblauer Streifen vom Licht der Sonne, die hoch im Norden um diese Jahreszeit nicht unterging. Die Farben des Himmels spiegelten sich im Meer.

Tove wandte sich kurz zu ihm um, als sie ihn hörte. Sie lächelte und wies nach draußen. »Daran kann ich mich nie sattsehen«, sagte sie leise.

Patrik trat hinter sie. So dicht, dass sich ihre Körper fast berührten. Er ließ sich einfangen von dem Zauber, den auch sie empfand.

So oft schon hatte er den Sonnenuntergang gesehen, aber bisher hatte er ihn nur flüchtig wahrgenommen. Und jetzt stand er neben dieser Frau, die er erst seit Kurzem kannte, die sein ganzes Leben auf den Kopf stellte und ihn dazu brachte, einfach nur innezuhalten und zu staunen. Noch nie zuvor hatte er sich einem Menschen so nahe gefühlt.

Halt! Das stimmte nicht ganz.

Patrik versuchte jeden Gedanken an jenen Menschen zu verdrängen. Aber schon hatte die Erinnerung diesen ganz besonderen Moment an Toves Seite zerstört. Der Zauber, der ihn eben noch umfangen hatte, verschwand von einem Moment auf den anderen.

»Postkartenkitsch!«, sagte er laut. »Auf der Smögenbryggan findest du in jedem Andenkenladen Postkarten mit diesem Motiv. Ich schenke dir eine, wenn du wieder nach Hause fährst, dann kannst du dir den Sonnenuntergang auf Smögen jeden Tag ansehen.«

Er sah, wie sich Toves Schultern anspannten. Wortlos ging sie zur Tür und schaltete das Licht ein. Betroffen erkannte Patrik, dass seine Worte sie verletzt hatten. Sie sah ihn traurig an, sagte aber kein Wort.

Patrik konnte ihrem Blick nicht standhalten. Er wandte sich um – und dann sah er es.

»Verdammt, wollen deine Kinder die ganze Wand vollmalen?«

Auch Tove drehte sich um, starrte ebenfalls auf die neue Zeichnung. Die Wandmalerei über der Fußleiste reichte inzwischen bis zum Schrank.

Neben dem Segelboot und den Haien war ein Paar zu sehen, dass sich an einem Tisch gegenübersaß. Er hielt ihre Hand und beugte seinen Kopf darüber. Neben den beiden stand ein Baum mit bunten Lichtern. Pinkfarbene Herzchen in unterschiedlichen Größen schwebten über dem Paar.

»Svea!«, stieß Tove mit ärgerlicher Stimme hervor. »Die kann morgen was erleben.« Sie zeigte mit ausgestrecktem Zeigefinger auf die Zeichnung. »Das bleibt so nicht stehen. Ich werde dafür sorgen, dass sie das morgen übermalt.«

Patrik trat einen Schritt zurück, und dann sah er, dass die

Wandmalerei auf der anderen Seite des Schrankes fortgesetzt worden war. Ein sehr begabter Zeichner hatte wieder ein Segelschiff gemalt. Diesmal ging es nicht unter, sondern steuerte auf die strahlende Sonne zu. Zwei Personen waren an Bord. Ein Junge und ein erwachsener Mann, der seine Hand auf die Schulter des Jungen gelegt hatte.

»Nein«, sagte Patrik entschieden. »Hier wird nichts übermalt. Das bleibt alles so, wie es ist!«

Kapitel 27

»Was hast du dir dabei gedacht?«, fragte Tove, als Svea zum Frühstück nach unten kam.

»Ich weiß nicht, was du meinst«, behauptete Svea scheinheilig.

»Diese Wandmalerei war völlig überflüssig!«, sagte Tove verärgert.

Benny, der gerade an einem Seetangknäcke knabberte, heute Morgen ausnahmsweise einmal mit Käse statt mit seiner heißgeliebten Schokocreme, sah erschrocken auf. »Svea hat gesagt, wir dürfen da malen.«

»Halt die Klappe, Zwerg!«, zischte Svea.

»Ich bin kein Zwerg!« Benny schleuderte das Seetangknäcke in Sveas Richtung. Die wich geschickt aus, und das Knäckebrot fiel zu Boden.

»Ihr hört jetzt beide auf!«, sagte Tove aufgebracht. »Du lieber Himmel«, stieß sie hervor. »Ich bin froh, wenn wir endlich wieder in Stockholm sind.«

Habe ich das gerade wirklich gesagt?

Sie sah in die erschrockenen Gesichter ihrer Kinder und bereute ihren Ausbruch sofort. Es hatte nichts mit ihnen zu tun, nichts mit der Wandmalerei, sondern nur mit ihren eigenen verqueren Gefühlen.

Alles war so anders seit diesem Abend im Restaurant. Tove

kam mit ihren Gefühlen nicht mehr klar. Jahrelang hatte sie *Mårtensson-Bröd* gehasst, ebenso wie den Inhaber, weil sie ihn für den Ruin vieler kleiner Bäckereien verantwortlich gemacht hatte. Als sie Patrik kennenlernte, schien er all ihre Vorurteile zu bestätigen.

Tove konnte selbst nicht genau sagen, wann und wieso sich ihre Einstellung ihm gegenüber geändert hatte. War es wirklich erst vorgestern Abend im Restaurant passiert? Oder war ihr da erst richtig bewusst geworden, was sie vorher nicht wahrhaben wollte?

»Ich freue mich nicht auf zu Hause«, sagte Svea in ihre Gedanken hinein.

»Ich auch nicht«, stimmte Benny ihr sofort zu.

Waren sie eben noch voller Wut aufeinander gewesen, so grinsten Benny und Svea sich jetzt an. Es kam selten genug vor, dass sie sich einmal einig waren.

»Jetzt komm mal wieder runter!«, sagte Svea zu Tove. »Ich habe das Foto gelöscht, und auf dem Wandbild erkennt niemand, wer das sein soll.«

»Doch, das sind Mama und Patrik«, sagte Jesper, der jetzt ebenfalls in die Küche kam. Er runzelte die Stirn. »Aber warum lutscht Patrik an Mamas Finger?«

»Mama hatte bestimmt Schokocreme am Finger«, erklärte Benny, als wäre das selbstverständlich. »Mama, kann ich auch Schokocreme haben?«

»Patrik lutscht doch nicht an Mamas Finger, er küsst ihr die Hand«, stellte Svea richtig.

Tove schloss die Augen und wünschte sich, sie könnte sich wenigstens für einen ganz kurzen Moment wegbeamen. Irgendwohin, wo es absolut still war, kein Kindergeschrei, kein Gezanke. Ein Sonnenuntergang wäre schön. Samtblaue, türkis-grüne und rötliche Farben, die sich im Meer spiegelten …

»Träumst du von dem Abend im Restaurant?«, vernahm Tove Sveas Stimme dicht an ihrem Ohr.

Als sie die Augen aufschlug, sah sie direkt in Patriks Gesicht. Er stand an der Tür und sah sie ebenfalls an. Sie war sicher, dass er sich insgeheim köstlich über sie amüsierte.

»Ich träume von Stille«, sagte sie. Den Rest ihrer Träumerei verschwieg sie lieber.

Sie gab sich sehr geschäftig, reichte Benny das Glas mit der Schokocreme, stellte für Jesper Milch auf den Tisch und bat Svea, wenigstens etwas Obst zu essen und nicht mit nüchternem Magen aus dem Haus zu gehen.

»Ich hätte lieber ein Brot«, erwiderte Svea und griff bereits nach dem Brotkorb. »Emil mag so ganz dünne Mädchen nämlich nicht«, fügte sie erklärend hinzu.

»Da muss er bei dir ja keine Angst haben«, erwiderte Jesper grinsend. »Du bist ja kein ganz dünnes Mädchen.«

»Idiot!«

»Blöde Kuh!«

Tove sah, dass Patrik sich zwischen die beiden Streithähne setzte und sie abwechselnd ansah. »Ich werde euch vermissen, wenn ich wieder allein bin«, sagte er.

Tove spürte, dass er sie anschaute, aber sie vermied jeden Blickkontakt mit ihm.

Als Tove später allein auf der Terrasse saß, kam Svea heraus und setzte sich ihr gegenüber an den Tisch.

»Mama«, begann sie vorsichtig. »Ich glaube, ich habe Scheiße gebaut. Und zwar so richtig.«

Alles Mögliche schoss Tove in diesem Moment durch den Kopf. Hatte ihre Tochter Drogen genommen, war sie straffällig geworden? War sie schwanger?

»Was hast du gemacht?«, stieß Tove hervor.

»Gestern habe ich es noch für eine gute Idee gehalten, aber heute bin ich da nicht mehr so sicher«, sagte Svea, ohne wirklich auf den Punkt zu kommen.

»Svea, bitte, rede nicht drum herum. Komm endlich zur Sache!«

Tove sah, dass ihre Tochter tief durchatmete. »Ich habe die beiden Fotos nicht nur an dich und Patrik geschickt.«

Tove schloss kurz die Augen und öffnete sie wieder. Sie bemühte sich, ganz ruhig zu bleiben. »Sondern?«, hakte sie nach.

»Ich habe sie an Papa geschickt«, platzte es aus Svea heraus. »Ich fand, das hätte er verdient, nach allem, was er zuerst dir und dann auch uns angetan hat.«

Tove wusste nicht, was sie dazu sagen sollte.

»Ich weiß, dass du glaubst, Jesper und ich wüssten nicht Bescheid«, fuhr Svea fort. »Aber wir haben gewusst, dass Papa dich betrügt. Wir haben ihn schon zusammen mit seiner Tussi gesehen, als du noch keine Ahnung hattest.«

»Warum habt ihr nicht mit mir darüber gesprochen?«, fragte Tove tonlos.

»Weil wir nicht wollten, dass ihr euch scheiden lasst. Aber dann ist es ja doch passiert.« Sveas Augen füllten sich mit Tränen.

Tove sprang auf und eilte zu ihrer Tochter. »Komm, mein Mädchen«, sagte sie und zog Svea in ihre Arme.

»Es tut mir leid, dass ich so oft gemein zu dir war«, schluchzte Svea.

»Es ist alles in Ordnung«, versicherte Tove.

»Nichts ist in Ordnung.« Svea sah ihrer Mutter ins Gesicht. »Seit ich weiß, was Liebe ist, begreife ich erst so richtig, was Papa dir angetan hat.«

Was für große Worte! Ich muss mich wohl damit abfinden, dass mein Mädchen endgültig erwachsen wird, wenn sie sogar schon von Liebe spricht.

»Ich hätte ihm trotzdem nicht die Fotos schicken sollen«, sagte Svea bedrückt.

»Es ist nicht so schlimm«, beteuerte Tove. Es erschütterte sie sehr viel mehr, dass ihre beiden Großen all das wussten, was sie ihnen mit Absicht verschwiegen hatte, um sie zu schützen.

»Wir wissen auch, dass Papa dir nicht immer den vollen Unterhalt bezahlt«, fuhr Svea jetzt fort. »Wenn wir ihn hin und wieder mal sehen, jammert er uns nämlich immer die Ohren damit voll, dass er es sich eigentlich nicht leisten könnte, drei Kinder in die Welt gesetzt zu haben.«

Das war so ungeheuerlich, dass es Tove den Atem raubte. Sie umschloss das Gesicht ihrer Tochter mit beiden Händen. »Alles ist gut«, versicherte sie. »Und obwohl dein Vater einen solchen Blödsinn redet, weiß ich, dass er dich und deine Brüder liebt.«

Nein, sie nahm Krister nicht in Schutz. Sie sagte das nur, um Svea ihren Schmerz zu nehmen. Und genau das würde sie später auch noch Jesper sagen. Zum Glück war Benny noch zu klein. Svea versicherte ihr, dass er davon nichts mitbekommen hatte.

»Also findest du auch, dass Papa es verdient hat, die Fotos von dir und Patrik zu sehen?« Hoffnungsvoll schaute Svea sie an.

Tove lächelte und nickte. »Ja, das hat er verdient«, sagte sie, denn genau das wollte ihre Tochter hören.

Es wird deinen Vater kein bisschen berühren, fügte sie in Gedanken hinzu. *Es ist ihm völlig egal, wenn mich ein anderer Mann küsst.*

Letztendlich würde Svea mit ihrer Aktion überhaupt nichts erreichen, aber Tove wusste, wie sie Krister treffen konnte. So richtig treffen, dass er es spürte.

Die Schonzeit ist vorbei, mein Lieber!, rief sie ihm in Gedanken zu. *Für das, was du den Kindern angetan hast, wirst du büßen.*

»Kann ich dich jetzt allein lassen?«, erkundigte sich Svea behutsam. »Eigentlich bin ich mit Emil verabredet.«

Dass ihre Tochter sich plötzlich sogar Sorgen um sie machte, rührte Tove besonders. »Mit mir ist alles in Ordnung«, versicherte sie lächelnd, obwohl das keineswegs stimmte. In ihrem Inneren tobte die Wut – und sie wartete nur darauf, endlich etwas unternehmen zu können. Aber nicht in Sveas Gegenwart.

»Seit wir auf Smögen sind, ist alles ganz anders«, sagte Svea jetzt. »Ich wünschte, wir könnten für immer bleiben.«

Tove sagte nichts dazu.

»Und eigentlich ist Patrik ein sehr viel besserer Vater …«

»Svea, ich ahne, was du jetzt sagen willst«, fiel Tove ihr ins Wort. Sie schüttelte lächelnd den Kopf. »Vergiss es! Patrik und ich sind nur so eine Art Geschäftspartner. Wir sind nicht einmal Freunde. Du, deine Brüder und ich werden bald nach Stockholm zurückkehren. Danach wird Patrik sein altes Leben wieder aufnehmen, und wir werden unser Leben weiterleben.«

»Ich wünsche mir aber so sehr …«

Wieder ließ Tove ihre Tochter nicht ausreden. »Nichts von dem, was du dir da gerade wünschst, wird passieren. Patrik und ich, wir mögen uns nicht einmal besonders.«

»Ich wünsche mir, dass du wieder glücklich wirst«, beendete Svea ihren Satz. »Ob mit Patrik oder einem anderen Mann, ist mir eigentlich egal. Na ja, nicht ganz egal«, schränkte sie gleich darauf ein. »Es wäre schon schön, wenn wir ihn mögen und er uns. Ich glaube, Patrik mag uns sehr und …«

»Svea!«

»Ich sag ja gar nichts mehr.« Svea umarmte ihre Mutter und verabschiedete sich.

Tove wartete, bis ihre Tochter außer Sichtweite war. Dann schaute sie kurz nach Jesper und Benny, die auf der Wiese hinter dem Haus saßen und miteinander spielten. Sie ging ins Haus, damit die beiden Jungen sie nicht hörten, und wählte Lovis' Nummer.

»Tove? Alles in Ordnung auf Smögen?«

»Keine Briefe mehr an Krister«, sagte Tove hart, ohne auf seine Frage einzugehen. »Keine weiteren Mahnungen. Geh vor Gericht, schalte den Gerichtsvollzieher ein, lass sein Cabrio pfänden, seinen Lohn oder was sonst noch alles möglich ist.«

»Du lieber Himmel, Tove, was ist passiert?«, wollte Lovis wissen. »Genau das predige ich schon lange, aber du wolltest nie etwas davon wissen und hast mich nur harmlose Briefe schreiben lassen.«

»Das kann ich dir am Telefon nicht erklären«, rief Tove erbittert aus. »Außerdem will ich dich nicht aufhalten, damit du sofort anfangen kannst, gegen Krister vorzugehen.«

»Und ob ich das mache!«, erwiderte Lovis lachend. »Bevor du es dir wieder anders überlegst. Das ist mir nämlich schon lange ein tiefes Bedürfnis. Wir sehen uns morgen Abend.«

»Bis morgen«, verabschiedete sich Tove. Gerade konnte sie sich nicht richtig auf Midsommar freuen. Sie musste Krister und vor allem das, was er zu den Kindern gesagt hatte, irgendwie aus dem Kopf bekommen.

Backen!

Aber was? Zum ersten Mal hatte Tove keine richtige Inspiration. Wenn sie beim Backen weiterhin an Krister dachte, konnte das Ergebnis nur steinhart und ungenießbar werden. Also eher eine Waffe als ein Brot.

Sie stellte sich vor, wie sie mit einem steinharten Brotlaib auf Krister losging, wie er erschrocken zurückwich und erleichtert aufatmete, als sie an ihm vorbeilief. Und dann sah sie sein Gesicht vor sich, wenn sie mit dem Brotlaib sein Cabrio bearbeitete …

Seufzend verabschiedete Tove sich von diesem Traum. Sie und die Kinder hatten sehr viel mehr davon, wenn das Auto gepfändet wurde und Krister endlich seinen Unterhalt zahlte.

Seit wir auf Smögen sind, ist alles ganz anders, hörte sie Svea wieder sagen.

Tove lächelte, und plötzlich wusste sie, was sie backen wollte: ein Smögen-Brot. In Gedanken entwickelte sie bereits ein Rezept, das zu der Insel passte, zu alldem, was sie mit diesem Ort verband und an ihm liebte. Ein Rezept, das sie mit nach Hause nehmen und immer wieder backen konnte, wenn sie in ihrem tristen Alltag ein Stück Smögen erleben wollte.

Tove backt Smögen-Brot

1/2 Würfel Hefe
1 1/4 Tassen lauwarme Milch
3 EL Kristallzucker
1 frische Zwiebel
3 EL Butter
4 Tassen Weizenmehl
2 Esslöffel Salz
1/4 Tasse getrocknete Zwiebeln
1/4 TL gemahlener schwarzer Pfeffer
1 Tasse geraspelter Käse
1 Ei
4 EL Wasser

Die Hefe zerbröseln und mit der Milch und dem Zucker in eine Schüssel geben. 15 Minuten gehen lassen. In der Zwischenzeit die frische Zwiebel in sehr kleine Stücke hacken und die Butter schmelzen lassen.

Zwei Tassen Mehl, einen Esslöffel Salz, die geschmolzene Butter, die gehackten frischen und die getrockneten Zwiebeln sowie den gemahlenen schwarzen Pfeffer ebenfalls in die Schüssel geben.

Alles gut vermengen, dabei nach und nach die restlichen zwei Tassen Mehl zugeben. Den Teig zu einer Kugel formen und so lange gehen lassen, bis sich die Menge fast verdoppelt hat.

Den Teig auf einer bemehlten Arbeitsfläche ausrollen und den Käse darauf verteilen. Die Teigplatte einrollen und die Enden abrunden. Die Rolle mit einem Küchentuch abdecken und eine weitere Stunde ruhen lassen.

Das Ei mit dem Wasser und dem restlichen Salz verrühren und den Brotlaib damit bepinseln. Das Brot im vorgeheizten Backofen bei 220°C etwa 25 bis 30 Minuten backen. Es sollte von außen goldgelb sein.

Das Brot auf einem Gitter gründlich abkühlen lassen, damit der Käse im Inneren fest werden kann.

Kapitel 28

»Ich sehe dich ja kaum noch.« Sara stand in der Tür seines Büros und schaute ihn vorwurfsvoll an, die Lippen zu einem Schmollmund verzogen.

»Du kennst den Grund«, erwiderte Patrik ruhig.

Er hatte das Gefühl, sie zum ersten Mal richtig wahrzunehmen. Sara war noch ein halbes Kind. Ein Kind im Körper einer erwachsenen Frau. Einer sehr reizvollen Frau, wie er auch jetzt noch zugeben musste. Aber war sie wirklich diejenige, mit der er sich ein gemeinsames Leben vorstellen konnte?

Sara war die erste Frau gewesen, bei der Patrik eine ernsthafte Beziehung überhaupt in Betracht gezogen hatte, aber das hatte im Grunde nichts mit ihr zu tun. Vielmehr lag es an diesen besonderen Umständen, die gerade sein Leben ausmachten. An der Familie, die plötzlich bei ihm aufgetaucht war. Zu seinem eigenen Erstaunen erfüllte diese Familie seine Tage mit Freude und zeigte ihm deutlich, dass in seinem eigenen Leben etwas fehlte.

Patrik hatte geglaubt, er hätte sich in Sara verliebt und könne mit ihr genau so eine Familie gründen. Aber es war nicht Sara, die er begehrte. Und es waren auch keine imaginären Kinder, mit denen er seine Zeit verbringen wollte …

»Warum schaust du mich so komisch an?« Unwillig zog Sara die Brauen zusammen.

»Komisch?« Patrik schüttelte den Kopf. »Ich habe nur gerade wieder festgestellt, dass du eine sehr schöne Frau bist.« Das war nicht komplett gelogen, aber es entsprach auch nicht ganz der Wahrheit.

Sara lächelte und kam langsam auf ihn zu. »Warum nimmst du mich dann nicht endlich in die Arme und küsst mich?«, fragte sie mit leiser, verführerischer Stimme.

Weil ich nicht vorhabe, das jemals wieder zu tun, antwortete er in Gedanken. *Weil du nicht die Frau bist, die ich küssen möchte und an die ich ständig denke.*

Plötzlich wurde Patrik bewusst, in welchem Dilemma er sich befand. Sara war verliebt in ihn, und er hatte sie in dem Glauben gelassen, dass es umgekehrt auch so war. Weil er ja auch selbst daran geglaubt hatte. Wenn er ihr jetzt die Wahrheit sagte, würde sie sofort zu ihrem Vater gehen und ihm alles erzählen.

Na und?

Patrik atmete tief durch und wurde innerlich ganz ruhig. Dass er zu allen möglichen Lügen und Täuschungen fähig war, hatte er in den vergangenen Wochen ausreichend bewiesen. Aber niemals würde er Sara Gefühle vorspielen, die er nicht empfand. Das hatte sie nicht verdient.

»Sara, ich …«

Das Klingeln ihres Handys unterbrach ihn.

»Verflixt, das ist Papa!«, stieß sie hervor. »Wieso ist er denn schon wieder zurück im Hotel?« Sie warf Patrik eine Kusshand zu. »Wir sehen uns hoffentlich bald und haben dann mehr Zeit füreinander«, rief sie ihm im Hinausgehen zu.

Patrik hätte ihr nachlaufen und endgültig alles klarstellen können, aber er blieb bewegungslos hinter seinem Schreibtisch sitzen. So saß er noch immer da, als Mats zu ihm ins Büro kam.

»Ich habe mit Linn gesprochen. Begeistert ist sie nicht,

aber ihr könnt morgen Abend zu uns kommen. Linns Familie wird da sein und ein paar Freunde, die dich nicht kennen und damit auch nichts verraten können. Ich habe Erik Wallin bereits angerufen und ihn mit seiner Tochter eingeladen. Er hat zugesagt.«

»Danke«, sagte Patrik erleichtert. »Ich weiß genau, was das für dich bedeutet.«

»Das glaube ich nicht.« Mats schüttelte den Kopf. »Und ich mache das auch nicht, weil wir Freunde sind, sondern nur wegen der Kollegen und ihren Arbeitsplätzen. In diesem Punkt sind Linn und ich uns übrigens einig.«

»Sag Linn bitte, dass ich auch ihr sehr dankbar bin«, bat Patrik.

Mats warf ihm nur noch einen kurzen Blick zu und verließ wortlos das Büro.

»Wenn ich vorher gewusst hätte, wohin das alles führen würde ...«, sagte Patrik leise zu sich selbst.

... dann würde ich alles noch einmal genauso machen, schoss es ihm durch den Kopf.

Na gut, vielleicht nicht alles. Die Komplikation mit Sara hätte er sich im Nachhinein gerne erspart. Es würde nicht einfacher werden, wenn sie erfuhr, dass er sie nicht liebte.

Aber was auch immer aus dem geplanten Vertrag mit Erik wurde, ob es überhaupt noch dazu kommen würde, wenn Sara ihrem Vater die Wahrheit sagte, das war Patrik in diesem Moment völlig egal. Lovis' Lügengeschichte hatte Tove zu ihm geführt, und nur das zählte.

Er wollte zu ihr, um mit ihr zu reden. Er hatte ihr so viel zu sagen. Er wollte ihre Stimme hören, ihr Gesicht sehen. Er liebte es, wie sie diese Strähne zur Seite strich, die sofort wieder zurückfiel.

Tove war in der Küche, als Patrik nach Hause kam. Es duftete so appetitlich, dass ihm das Wasser im Mund zusammenlief.

Sie stand am Tisch und betastete das goldgelbe Brot auf dem Abkühlgitter.

»Was ist das?«, fragte Patrik.

»Smögen-Brot«, erwiderte Tove lächelnd. »Ich wollte etwas ganz Besonderes schaffen, das die Kinder und mich immer an Smögen erinnert. Auch wenn wir nicht mehr hier sind. Willst du es probieren?«

Noch während sie sprach, schnitt sie das Brot bereits in der Mitte durch und teilte eine Scheibe davon ab. Eine goldgelbe Füllung war in dem hellen Teig zu sehen.

»Es hätte noch ein wenig abkühlen müssen«, stellte Tove fest. »Der Käse ist noch flüssig.« Sie reichte Patrik die Scheibe und sah zu, wie er davon abbiss.

»Oh, ist das lecker!« Patrik biss ein weiteres Stück ab. »Kann ich dir das Rezept abkaufen? So ein Smögen-Brot wäre eine gute Idee für meine Firma.«

Tove schüttelte lächelnd den Kopf. »Ich schenke dir das Rezept«, sagte sie.

Patrik wollte davon nichts wissen. Er öffnete schon den Mund, um zu widersprechen, als Benny aus dem Garten in die Küche kam.

»Das riecht lecker, Mama!«, sagte er. »Kann ich auch so ein Brot haben?«

Patrik hörte Tove lachen und antworten, doch er konnte sich nicht mehr auf ihre Worte konzentrieren. Er sah nur die Lokomotive, die Benny auf den Tisch gestellt hatte. Alles andere rauschte an ihm vorbei.

»Woher hast du die?« Er bemerkte selbst, dass seine Stimme heiser klang.

Er nahm die Lokomotive in die Hand und betrachtete sie

von unten. Sie war es, kein Zweifel. In das Holz waren die Initialen P. M. eingeschnitzt. Er selbst hatte das damals mit einem Zirkel seines Vaters gemacht und dafür eine Tracht Prügel bezogen. Sein Vater hatte ihm strengstens verboten, Dinge anzufassen oder sogar zu benutzen, die sich in seinem Arbeitszimmer befanden.

»Das ist *meine* Lokomotive«, sagte Benny in einem Ton, als befürchte er, dass Patrik sie ihm wegnehmen würde. »Stina hat sie mir geschenkt.«

»Stina?« Patrik sah auf.

»Wir haben Stina auf einem unserer Spaziergänge kennengelernt«, erklärte Tove.

Patrik bemerkte, dass sie ihn besorgt musterte. Sein Verhalten musste ihr befremdlich erscheinen, doch er konnte nichts daran ändern, konnte nichts erklären, sondern nur weitere Fragen stellen.

»Ich weiß nicht viel über sie«, sagte Tove. »Sie ist erst vor Kurzem aus Mallorca zurück nach Schweden gekommen, hat einen kleinen Laden, ist aber offensichtlich nicht auf Verkäufe angewiesen. Und ja, sie hat Benny diese Lokomotive geschenkt.«

»Gibst du sie mir wieder?«, bat der Kleine mit weinerlicher Stimme.

»Ja, natürlich.« Patrik reichte dem Jungen das Spielzeug und fuhr sich mit beiden Händen durch die Haare.

»Was ist los, Patrik?«, wollte Tove wissen. »Kennst du Stina?«

»Wo ist der Laden?«, fragte Patrik anstelle einer Antwort.

Tove beschrieb ihm den Weg und wollte dann noch einmal wissen, ob er Stina kannte. Er antwortete nicht mehr, sondern stürmte wortlos aus dem Haus.

Draußen blieb er stehen und atmete tief durch. Der Bruchteil einer Sekunde hatte genügt, um alles zu zerstören. Die Vergangenheit holte ihn ein, der Schmerz war wieder da und ließ kein anderes Gefühl mehr zu.

Wie in Trance legte Patrik den Weg zu dem kleinen Laden zurück. Er blieb unschlüssig auf der anderen Straßenseite stehen, bis die Tür sich plötzlich öffnete und eine ältere Frau aus dem Laden trat. Obwohl so viele Jahre vergangen waren, erkannte er sie sofort.

Und auch sie erkannte ihn, das war offensichtlich. Sie blieb wie angewurzelt stehen und blickte ihn gebannt an. Es waren nur wenige Meter, die sie trennten, und trotzdem schien die Distanz unüberwindlich.

Offenbar wollte sie es trotzdem versuchen. Ein zaghaftes Lächeln glitt über ihr Gesicht. Sie kam einen Schritt auf ihn zu.

Früher hatte Patrik sich oft gefragt, ob sie überhaupt noch lebte und wie es wohl sein würde, sie wiederzusehen. Jetzt erkannte er, dass die Ungewissheit manchmal tröstlicher ist als die Realität.

Es wäre ihm lieber gewesen, sie wäre ein Schatten in seiner Vergangenheit geblieben. Er konnte es kaum ertragen, sie zu sehen, und noch weniger würde er ihre Nähe aushalten können.

Abrupt drehte er sich um und ging.

Kapitel 29

»Was ist mit Patrik?«, fragte Benny. »Warum war der so komisch?«

»Ich weiß es nicht«, sagte Tove. »Vielleicht hat ihn deine Lokomotive an etwas erinnert, das ihn traurig macht. Darf ich sie mir einmal ansehen?«

Benny nickte und gab sie ihr. »Ich will aber nicht, dass Patrik traurig ist«, sagte er.

»Das gibt sich bestimmt wieder«, tröstete Tove ihren Sohn. »Du weißt doch, wie das ist. Manchmal bist du doch auch traurig, und am nächsten Tag lachst du schon wieder.«

Benny nickte mit ernstem Gesichtchen. Patriks Traurigkeit schien ihm sehr zu Herzen zu gehen.

Tove schaute sich die Lokomotive von allen Seiten an und entdeckte schließlich die Initialen auf der Unterseite. P.M. – das konnte kein Zufall sein. Sie hatte doch die ganze Zeit vermutet, dass es eine Verbindung zwischen Stina und Patrik gab.

Tove überlegte, ob sie Patrik nachgehen und mit ihm reden sollte, aber sie verwarf den Gedanken wieder. Sie könnte auch Stina besuchen, überlegte sie weiter, aber sie entschied sich dagegen. Stina hatte ihr deutlich zu verstehen gegeben, dass sie nicht über ihre Vergangenheit reden wollte.

Also blieb Tove nichts anderes übrig, als zu Hause zu bleiben und zu warten. Wenn sie auch nicht wusste, worauf sie eigentlich wartete.

»Wo ist Patrik?« Jesper kam über die Terrasse ins Haus. »Ich will ihn fragen, ob wir heute wieder segeln.«

»Ich weiß nicht, wo er ist, Jesper«, sagte Tove. »Aber ich glaube, er will seine Ruhe haben.«

»Der Patrik ist weg, und er ist ganz traurig«, ergänzte Benny. »Aber ich weiß nicht warum, und Mama weiß es auch nicht, und ich will nicht, dass Patrik traurig ist.« Der Kleine begann zu weinen.

»Ach, Benny!« Tove eilte um den Tisch herum, nahm ihn in die Arme und tröstete ihn.

Als sie sich wieder umdrehte, war Jesper verschwunden. Sie rief nach ihm, aber er antwortete nicht.

Später sah sie ihn zusammen mit Svea auf der Straße vor dem Haus. Die beiden sprachen miteinander. Worum auch immer es ging, sie schienen sich einig zu sein. Irgendwann hob Svea die Hand, und Jesper schlug ein.

Tove musste daran denken, dass die beiden die ganze Zeit die Wahrheit über sie und Krister gewusst hatten. Darüber musste sie mit Jesper unbedingt noch reden.

Hätte ich nur früher Bescheid gewusst, warf sie sich selbst vor. *Ich hätte die beiden Großen nicht mit ihrem Schmerz alleinlassen dürfen.*

Ein wenig tröstete es sie, dass Svea und Jesper wenigstens einander gehabt hatten. Dabei hatte sie immer geglaubt, es gäbe nichts Verbindendes zwischen den Geschwistern.

Die beiden grinsten sich zu, dann gingen sie auseinander. Svea traf sich wahrscheinlich wieder mit Emil, und Jesper ging ums Haus herum zum Bootssteg.

Tove überlegte, ob sie ihm folgen und sofort mit ihm reden sollte, doch da rief Benny nach ihr. Ihn beschäftigte immer noch der traurige Patrik, und Tove musste eine Menge Fragen beantworten, auf die sie selbst keine Antworten wusste.

Ausgerechnet jetzt klingelte es auch noch an der Tür. Tove nahm sich fest vor, den unbekannten Besucher so schnell wie möglich abzuwimmeln.

Eine Frau lächelte sie freundlich an, als Tove öffnete. Neben ihr stand ein kleines Mädchen in Bennys Alter.

»Hallo, ich bin Linn, und das ist meine Tochter Lena. Ich bin Mats' Frau, und du musst Tove sein.«

Tove nickte.

»Ich dachte, wir lernen einander kennen, bevor wir uns morgen treffen und so tun, als wären wir schon seit Jahren befreundet.«

Tove trat zur Seite und bat Linn mit ihrer Tochter ins Haus. Die kleine Lena schien sehr schüchtern zu sein. Sie sagte kein Wort und klammerte sich krampfhaft an die Hand ihrer Mutter.

Tove ging vor dem Mädchen in die Hocke. »Du musst keine Angst haben, Lena«, sagte sie und strich liebevoll über die Hand der Kleinen.

»Keine Sorge, das gibt sich«, sagte Linn. »Sobald sie auftaut, wünschst du dir dieses schüchterne Mädchen hier zurück.«

Tove lachte. »Das kenne ich nur zu gut. Ich habe selbst drei Kinder.«

»Schön, dann weiß ich das jetzt auch. Mats war ziemlich sparsam mit seinen Informationen.« Linn legte den Kopf ein wenig schief und betrachtete Tove aufmerksam. »Du bist ganz anders als die Frauen, mit denen Patrik sich sonst abgibt.«

»Das hoffe ich doch sehr«, erwiderte Tove trocken.

Sie schauten sich an und mussten beide lachen.

»Schade, dass du nur vorübergehend Patriks Frau bist«, stellte Linn mit schonungsloser Offenheit fest. »Ich hätte hier auf Smögen gerne eine Freundin wie dich.«

Inzwischen waren sie in der Küche angekommen. Lena und Benny starrten sich an. Benny schob seine Lokomotive hin und her und erhoffte sich wahrscheinlich eine Reaktion von dem gleichaltrigen Mädchen. Doch Lena blieb immer noch stumm.

»Das gibt sich«, sagte Linn erneut, als sie Toves Blick sah. Und sie sollte recht behalten.

Eine Weile saßen die beiden Kleinen am Tisch und spielten mit der Lokomotive, bis Benny fragte: »Darf ich mit Lena nach oben und ihr meine Spielsachen zeigen?«

»Natürlich«, stimmte Tove sofort zu.

Linn jedoch sprang auf. »Mach nichts kaputt, Lena!«, rief sie ihrer Tochter nach, als die Kinder aus dem Zimmer liefen. »Und stell bloß nichts an!«

Linn setzte sich wieder und zuckte mit den Schultern, als sie bemerkte, dass Tove sie grinsend anschaute. »Schlechte Erfahrung«, sagte sie nur.

Danach setzten sie ihre Unterhaltung fort. Sie sprachen über die Kinder, das Leben auf Smögen, Patriks Großbäckerei und vieles andere. Nach einer Stunde kam es Tove so vor, als würde sie Linn schon ewig kennen.

Plötzlich schien Linn unruhig zu werden. »Wo sind die Kinder?«

»Bestimmt noch oben«, sagte Tove. Sie ging in den Flur und rief nach Benny.

»Wir sind hier, Mama«, hörte sie Benny aus dem Wohnzimmer rufen.

Zusammen mit Linn ging sie hinüber, und dann hörte sie Linn nur noch leise aufstöhnen.

»Du lieber Himmel, Lena, was macht ihr denn da?«

Lena saß neben Benny auf dem Boden und malte kleine Strichmädchen und -jungen, die auf der Fußleiste spazieren gingen. Benny malte gerade eine Sonne mit breitem lachenden Mund. Beide Kinder drehten sich um.

»Benny hat gesagt, wir dürfen die Wand bemalen«, sagte Lena, um sich gleich darauf zu beschweren: »Ich darf das zu Hause nicht!«

»Mats bringt das natürlich in Ordnung«, sagte Linn zu Tove. »Verflixt, ich wusste doch, dass sie wieder etwas anstellt.«

»Linn, sieh dir die Wand doch mal an.« Tove wies auf das Segelschiff, das Jesper gestern gemalt hatte. Dann zeigte sie auf die andere Seite des Schrankes, wo sich die Wandmalereien bis zur Tür fortsetzten. »Meine ganze Familie und sogar Patrik und ich haben uns hier schon verewigt. Auf die paar Strichmännchen, die deine Tochter gemalt hat, kommt es jetzt auch nicht mehr an.«

Linn riss die Augen auf und drehte sich langsam um, wobei sie jede Zeichnung eingehend betrachtete. Dann brach sie in lautes Lachen aus.

»Bitte, Tove«, sagte sie, »geh hier nie mehr weg!«

»Ich will hier auch nicht mehr weg«, rief Benny dazwischen und wies auf Lenas Strichmännchen. »Das ist Lenas Kindergarten. Der ist direkt am Meer, und da will ich auch hin. Und wenn ich groß bin, dann heirate ich die Lena.«

»Ja, und ich heirate den Benny«, stimmte Lena sofort zu.

»Damit ist die Sache geklärt.« Linn lachte laut. »In zwanzig Jahren oder so sind wir eine Familie. Du bist sozusagen dazu verpflichtet, auf Smögen zu bleiben, Tove.«

Kapitel 30

Patrik stand an der Reling seines Bootes und schaute übers Meer. Er versuchte, sich auf das sanfte Wiegen der Brandung zu konzentrieren, um den Hass in seinem Inneren unter Kontrolle zu bringen. Dieses verdammte Gefühl erstickte alles in ihm, was gut und schön war.

Immer wenn er glaubte, dass es besser wurde, tauchten Bilder aus seiner Vergangenheit auf, und neue Hasswellen brandeten in ihm auf. Sie zerschellten aber nicht an den Felsen, wie die Wellen der Nordsee, sondern schienen tief in ihm zu brodeln und zunehmend Druck aufzubauen, ohne ein Ventil zu finden.

Er ballte die Hände zu Fäusten, öffnete sie wieder, und dann stahl sich eine kleine Hand in seine.

Überrascht schaute Patrik neben sich. »Jesper, was machst du denn hier?«

»Ich habe mir gedacht, dass du hier bist. Ich gehe auch immer aufs Boot, wenn ich traurig bin.«

»Wie kommst du auf die Idee, dass ich traurig bin?« Er war nicht traurig, er war unsagbar wütend.

»Benny sagt das. Und Mama meinte, ich soll dich in Ruhe lassen. Aber ich musste trotzdem zu dir kommen, du bist doch mein bester Freund.«

Der Kloß in Patriks Hals schnürte ihm beinahe die Kehle

zu. Dieser kleine Junge schaffte das, worum er die letzte Stunde vergeblich gekämpft hatte. Die Brandung in seinem Inneren, geboren aus Hasswellen, beruhigte sich.

»Und du bist mein bester Freund«, sagte er. »Danke, Jesper, dass du gekommen bist.«

»Willst du darüber reden?«, fragte Jesper.

Das klang so erwachsen, dass Patrik sogar lächeln konnte. »Ist es okay für dich, wenn ich nicht darüber rede? Im Moment kann ich das nicht.«

»Das ist absolut okay«, versicherte Jesper. »Ich kann auch nicht immer sofort über das reden, was mich traurig macht.«

Schweigend standen sie nebeneinander, Hand in Hand. Und dann war plötzlich Svea da, stellte sich auf Patriks andere Seite und ergriff ebenfalls seine Hand. Sie lehnte den Kopf auf seine Schulter und schwieg zusammen mit ihnen.

»Habt ihr beide euch abgesprochen?«, fragte Patrik.

»Ja«, sagten die beiden Geschwister gleichzeitig.

»Ich löse hiermit übrigens unsere Abmachung auf«, sagte Svea. »Ich will nicht mehr nach Gran Canaria.«

Patrik war so gerührt, dass er im ersten Moment nicht wusste, was er sagen sollte.

»Du hast es verdient«, sagte er schließlich.

»Nein, habe ich nicht«, widersprach sie. »Kein bisschen. Außerdem will ich überhaupt nicht mehr nach Gran Canaria. Ich will viel lieber auf Smögen bleiben.«

»Ich will auch hierbleiben«, stimmte Jesper zu. »Und meine Fußballmannschaft braucht gar keine neuen Trikots.«

Als Patrik mit den beiden Kindern zurück ins Haus ging, bemerkte er, dass Tove ihn immer wieder sorgenvoll anschaute. Er war ihr dankbar, dass sie trotzdem nichts sagte und keine Fragen stellte.

»Linn war heute hier.« Tove berichtete, wie nett der Besuch gewesen war und wie sehr sie Mats' Frau mochte.

»Und wenn ich groß bin, heirate ich die Lena«, verkündete Benny.

»Wollte er nicht vor ein paar Tagen noch Sara heiraten?«, fragte Patrik.

»Und davor wollte er Mama heiraten.« Jesper grinste. »Er ändert seine Meinung ziemlich schnell.«

»Dafür kann er nichts, das sind Papas Gene«, sagte Svea trocken.

Es war, als würden alle am Tisch erstarren, und Svea selbst schien über ihre Bemerkung am meisten betroffen zu sein. Dann fing Tove leise an zu lachen, Patrik fiel mit ein, und schließlich lachten sie alle. Selbst Benny, der nicht verstand, worum es ging.

Als sein Handy klingelte, warf Patrik nur einen kurzen Blick auf das Display. Sara. Er drückte das Gespräch einfach weg.

»War das klug?«, fragte Tove ihn später. Offensichtlich hatte auch sie Saras Namen auf dem Display gesehen.

Sie saßen zusammen auf der Terrasse. Die beiden Jungen lagen längst im Bett, Svea war noch unterwegs.

»Wahrscheinlich nicht«, gab Patrik zu, »aber ich kann sie heute einfach nicht ertragen. Inzwischen hat sie mir eine SMS geschickt und mich gefragt, was zum Teufel mir einfiele, sie einfach wegzudrücken.«

»Du solltest ihr antworten«, sagte Tove leise.

»Du meinst, weil sie sonst zu Papi rennt und ihm alles erzählt.« Patrik zuckte mit den Schultern. »Ganz ehrlich, inzwischen ist mir das völlig egal. Du ahnst nicht, wie oft ich in den letzten Tagen daran gedacht habe, Erik selbst die Wahrheit zu sagen.«

»Ich kann verstehen, dass du diese ganze Aktion bereust.«

»Ich habe nicht gesagt, dass ich alles bereue.« Patrik schüttelte lächelnd den Kopf. »Ich möchte nämlich nicht auf eine Sekunde mit dir und den Kindern verzichten.«

Tove lächelte ebenfalls, doch ihr Blick wurde gleich wieder ernst. »Es geht mir nicht um Erik oder darum, dass Sara ihm alles erzählt. Ich denke mehr an Sara. Sie ist in dich verliebt, und es wäre nicht fair, wenn du sie verletzt.«

Patrik wurde auch ernst. »Ich werde sie so oder so verletzen«, sagte er leise. »Ich liebe sie nicht, und ich kann auch nicht so tun als ob, nur um diesen verdammten Vertrag abzuschließen.«

»Du solltest trotzdem behutsam mit ihr umgehen«, sagte Tove und stand auf. »Gute Nacht, Patrik! Ich hoffe jedenfalls, dass du heute Nacht gut schlafen kannst.« Sie ging zur Terrassentür.

»Stina ist meine Mutter!«, rief Patrik ihr hinterher.

Tove wandte sich um, starrte ihn wortlos an.

Patrik schüttelte den Kopf. »Ich habe keine Ahnung, warum ich das gesagt habe. Eigentlich wollte ich nie darüber reden.«

»Vielleicht willst du es doch, aber es ist dir nicht bewusst.«

»Ich weiß es nicht.« Wieder schüttelte er den Kopf. »Ich weiß nur, dass ich diese Frau so sehr hasse, dass es körperlich wehtut.«

Tove kam zurück an den Tisch und setzte sich wieder. Aufmerksam schaute sie ihn an.

»Ich war in Jespers Alter, als sie weggegangen ist«, sagte Patrik leise. »Einfach so, ohne ein Wort zu sagen. Dabei war sie der wichtigste Mensch in meinem Leben. Und der einzige Mensch, der sich schützend vor mich gestellt hat, wenn mein Vater …« Patrik brach ab und presste die Lippen zusammen.

»Dein Vater hat dich geschlagen?«, fragte Tove tonlos.

»Ja, manchmal.« Patrik winkte ab. »Aber das war nicht so schlimm wie die Kälte, die er ausstrahlte. Ich habe meinen Vater nie lachen sehen. Ich habe nie erlebt, dass er sich über etwas freut. Er konnte keine Gefühle zeigen, und ich bin mir nicht einmal sicher, ob er überhaupt dazu in der Lage war, Gefühle zu empfinden.«

»Er muss ein sehr einsamer Mensch gewesen sein«, sagte Tove leise.

Patrik schaute sie überrascht an. »Er war ein sehr harter Mann. Unerbittlich und ohne Mitgefühl.«

»Und genau deshalb war er bestimmt auch einsam. Niemand schließt einen solchen Menschen ins Herz. Vielleicht ist deine Mutter deshalb gegangen.«

»Sie hat mich einfach zurückgelassen!«

»Ja, das hat sie. Und du hast jedes Recht der Welt, ihr das übelzunehmen. Welchen Grund sie auch immer dafür hatte, es ist unverzeihlich, dass sie dich mit so einem Vater alleingelassen hat.« Tove griff nach seiner Hand, die auf dem Tisch lag, und hielt sie ganz fest in ihren Händen. »Lass nicht zu, dass der Hass auf deine Mutter dein Leben zerstört. Es würde dir bestimmt helfen, mit ihr zu reden.«

»Niemals!« Patrik zog seine Hand zurück.

»Du bist nicht wie dein Vater, Patrik. Du bist kein hartherziger, mitleidloser Mensch, und deshalb wirst du mit diesem unversöhnlichen Hass auch niemals glücklich werden. Aber ich finde, du hast es verdient, glücklich zu sein. Und ich hoffe, dass du es irgendwann schaffst, auf deine Mutter zuzugehen.«

Eine Weile saßen sie schweigend da. Patrik wusste nicht, was er noch sagen sollte.

Schließlich erhob sich Tove wieder. »Gute Nacht«, sagte sie leise.

Patrik blieb in dieser Nacht noch lange auf der Terrasse sitzen. Ihre Worte klangen in ihm nach. Als er ins Bett ging, hatte er eine Entscheidung getroffen.

Kapitel 31

Svea gähnte laut, als sie am nächsten Morgen im Schlafanzug in die Küche schlurfte.

»Wann warst du zu Hause?«, fragte Tove.

»Um eins, wie abgemacht«, sagte Svea und setzte sich an den Tisch. »Und heute Abend darf ich noch länger wegbleiben, das hast du mir erlaubt.«

»Warum kommt ihr nicht mit uns?«, schlug Patrik vor. »Linn und Mats haben bestimmt nichts dagegen, wenn wir dich und Emil mitbringen.«

»Ich würde ja gerne, aber Emil will mit unseren Freunden feiern.« Svea zog eine Grimasse. »Aber seit die doofe Greta in unserer Gruppe ist, bin ich überhaupt nicht mehr so gerne dabei.«

»Warum magst du Greta nicht?«, fragte Tove.

»Sie macht sich an Emil ran, und dem scheint das auch noch zu gefallen«, antwortete Svea.

»Wenn er sich darauf einlässt, hat er dich nicht verdient«, sagte Tove.

»Ich weiß«, erwiderte Svea leise. »Aber er wird sich nicht darauf einlassen. Ganz bestimmt nicht!« Das klang, als wolle sie vor allem sich selbst überzeugen.

Tove hatte Mitleid mit ihrer Tochter und wünschte, sie könnte ihr schmerzhafte Erfahrungen ersparen. Aber das war nicht möglich. Sie konnte nur hoffen, dass Svea zu ihr kam, wenn sie Trost brauchte.

Svea kam schneller zu ihr, als Tove erwartet hatte. Als sie gerade den Frühstückstisch abräumte, kam ihre Tochter in die Küche, Jesper im Schlepptau.

»Mama, ich muss dir noch etwas beichten«, sagte Svea.

»Muss ich mich setzen?«, fragte Tove.

»Ja, mach das besser«, mischte sich Jesper ein. »Ich muss dir nämlich auch etwas sagen.«

Tove setzte sich an den Tisch und sah ihre Kinder abwechselnd an.

»Wir haben etwas gemacht, von dem du nichts weißt«, begann Svea.

»Etwas ziemlich Schlimmes«, ergänzte Jesper.

»Sooo schlimm war es nun auch wieder nicht«, schränkte Svea ein. »Nur ein bisschen kriminell vielleicht.«

»Rückt jetzt endlich mit der Sprache raus!«, sagte Tove streng.

»Wir haben Patrik erpresst.« Svea schaute ihre Mutter zerknirscht an. »Inzwischen tut es uns ziemlich leid. Wir haben ihm auch schon gesagt, dass er uns nichts geben muss.«

»Geben? Wofür?« Tove konnte nicht fassen, was sie da hören musste.

»Damit uns nicht plötzlich etwas Falsches rausrutscht, wenn Erik dabei ist«, sagte Jesper kleinlaut. »Und damit wir immer schön auf Benny aufpassen.«

Tove schloss die Augen. »Das habt ihr nicht gemacht«, flüsterte sie.

»Eigentlich war es meine Idee«, gab Svea zu. »Jesper wollte zuerst nicht so richtig, und er war auch sehr bescheiden mit seinen Forderungen.«

»Ich hab aber mitgemacht, und deshalb bin ich genauso schuldig wie Svea«, sagte Jesper kleinlaut.

Immerhin, die beiden standen einander bei. Das war aber auch der einzig positive Aspekt an dieser unschönen Sache.

»Und was habt ihr von Patrik verlangt?«

»Neue Trikots für meine Fußballmannschaft«, sagte Jesper. »Aber Patrik hätte darauf Werbung für seine Firma machen können.«

»Wie großzügig von dir!« Tove schaute Svea an. »Und was wolltest du haben?«

Svea senkte den Blick. »Die Reise nach Gran Canaria«, sagte sie leise.

»Glaubst du ernsthaft, ich hätte dich unter diesen Umständen fliegen lassen?«, fragte Tove.

»Ich will ja auch gar nicht mehr nach Gran Canaria«, sagte Svea. »Ich will viel lieber hier auf Smögen bleiben.« Sie schaute ihre Mutter flehend an. »Ich weiß, dass ich eine Strafe verdient habe. Aber bitte, bitte, Mama, verbiete mir nicht, heute Abend mit Emil auszugehen.«

»Sobald wir wieder in Stockholm sind, holst du für den Rest des Jahres Benny aus dem Kindergarten ab, wenn ich keine Zeit habe«, verlangte Tove.

»Das mache ich!« Svea nickte eifrig.

»Und du wirst vier Wochen lang abspülen«, sagte Tove zu Jesper.

Ihr Sohn zog eine Grimasse. »Kann ich nicht lieber Benny abholen, und Svea spült?«

»Eure Strafe ist nicht verhandelbar«, sagte Tove entschieden. »Sie wird höchstens verschärft.«

»Alles klar, ich nehme die Strafe an«, sagte Svea hastig.

»Ich auch«, stimmte Jesper zu.

»Warum hast du mir nicht gesagt, dass meine Kinder dich erpresst haben?«, erkundigte Tove sich bei Patrik, als sie sich später zu Fuß auf den Weg zu Mats und seiner Familie machten.

Patrik lächelte. »Weil ich es wichtig finde, dass die beiden dir selbst die Wahrheit sagen. Du hast tolle Kinder, Tove! Sei nicht allzu streng mit ihnen.«

Tove überlegte, ob sie ihn auf den vergangenen Abend ansprechen sollte. Patrik war blass, und es war ihm anzusehen, dass er nicht gut geschlafen hatte. Dann aber beließ sie es dabei. Wenn er noch einmal darüber reden wollte, war sie da. Und wenn nicht, wollte sie ihm heute nicht die Laune verderben.

Mats' Familie wohnte nicht weit von der Großbäckerei entfernt. Allerdings mussten Patrik, Tove, Jesper und Benny steile Stufen überwinden, von denen Benny behauptete, sie wären zu hoch für seine müden Beine. Schließlich landeten sie in einem Labyrinth aus pastellfarbenen Häusern, inmitten blühender Sommergärten. Überall fanden Vorbereitungen für den Abend statt.

Linn und Mats wohnten am Ende der Straße. Kaum hatten sie die Tür geöffnet, schoss Lena auf Benny zu und zog ihn mit sich.

»Bist du Jesper?«, fragte ein Junge, der etwa in Jespers Alter war und wie eine Miniaturausgabe von Mats aussah.

Jesper nickte.

»Ich bin Björn. Kommst du mit? Wir wollen Fußball spielen, aber uns fehlt noch ein Mann.«

»Juchhu!«, rief Jesper begeistert und folgte Björn in den Garten.

»Erik und Sara sind schon da«, flüsterte Linn. Ebenso wie Tove trug sie ein leichtes Sommerkleid. Sie hängte sich bei Tove ein, als sie zusammen zu den anderen gingen.

Mitten im Garten stand die mit Blättern und Blumen geschmückte Midsommarstång. Auch das üppige Büfett und der Gartentisch waren mit Blumensträußen dekoriert, und die Frauen trugen bunte Kränze im Haar. Alle, bis auf Sara Wallin, die ein wenig abseits stand und sich in diesem Kreis feiernder und trinkender Menschen fremd zu fühlen schien. Sie trug ein edles Seidenkleid, das eher für einen Nachtclub geeignet war.

Ihr Vater dagegen genoss es sichtlich, an den schwedischen Bräuchen teilzunehmen. Zusammen mit den anderen tanzte er um die Stange und sang mit ihnen das Froschlied.

Tove bemerkte, dass Sara immer wieder zu Patrik schaute, während er sie nach einem knappen Gruß kaum noch zur Kenntnis nahm. Sie hatte Mitleid mit der jungen Frau, die vermutlich noch nie Midsommar gefeiert hatte. Also nahm sie zwei Gläser Schnaps und ging damit zu ihr hinüber.

»Lass uns einen Nubbe trinken!«, sagte Tove fröhlich und wollte Sara eines der Gläser geben.

Sara wich einen Schritt zurück. »Lass mich damit bloß in Ruhe! Der schmeckt fürchterlich.«

Tove zuckte mit den Schultern und trank die beiden Gläser selbst aus. »Komm doch mit«, sagte sie dann zu Sara. »Wenn du Schweden richtig erleben willst, musst du mit uns feiern und tanzen.«

»Und trinken!« Erik stand plötzlich neben Tove und hielt ebenfalls zwei Gläser Schnaps in den Händen.

»Ich will das nicht«, sagte Sara heftig. »Du weißt, dass ich das Zeug hasse.«

»Der ist auch nicht für dich, sondern für Tove.« Erik reichte ihr eines der Gläser und prostete ihr zu.

Wieder leerte Tove das Glas in einem Zug und spürte, wie ihr der Alkohol langsam zu Kopf stieg. »Ich muss jetzt erst mal was essen. Komm doch wenigstens mit zum Büfett«, schlug sie Sara vor. »Linn hat sich wirklich sehr viel Mühe gegeben.«

»Ich habe keinen Hunger«, erwiderte Sara mürrisch und wandte sich an ihren Vater. »Ich habe genug. Lass uns bitte gehen.«

»Ich bleibe«, sagte Erik entschieden und hängte sich bei Tove ein. »Komm, schöne Tove, ich begleite dich zum Büfett, und danach trinken wir noch einen zusammen.«

Sie tranken nicht nur einen, sondern ziemlich viele Schnäpse miteinander. Kurz darauf traf auch Lovis ein und feierte ausgelassen mit.

Lange hatte sich Tove nicht mehr so amüsiert wie in dieser Nacht. Jesper und Benny lagen längst schlafend im Gästezimmer. Sie sollten bis zum nächsten Vormittag bei Mats und Linn bleiben.

Es dämmerte bereits, als Tove und Patrik sich zusammen auf den Heimweg machten. Da sie beide nicht mehr ganz nüchtern waren, bereiteten ihnen die steilen Treppen einige Schwierigkeiten.

Tove hakte sich bei Patrik unter. »Fall bloß nicht«, sagte sie mit nicht mehr ganz fester Stimme.

»Ich halt dich ganz fest.« Auch Patrik hatte nicht nur mit der Treppe, sondern auch mit seiner Zunge Schwierigkeiten.

Sie kamen heil zu Hause an, hatten aber beide noch keine Lust, ins Bett zu gehen.

»Weißt du, was ich am liebsten machen würde?« Patrik strahlte Tove an.

»Ich bin mir nicht sicher, ob ich das wissen will«, erwiderte sie.

»Backen!«, sagte Patrik zu ihrer Überraschung. »Und zwar mit dir. Jetzt bist du schon so lange hier, und wir haben noch nicht ein einziges Mal zusammen gebacken.«

»Was sollen wir denn backen?« Tove war nicht abgeneigt.

»Trinken wir erst noch einen, vielleicht fällt uns dann was ein«, schlug Patrik vor.

Er holte aus seinem Büro eine Flasche Whisky, die ziemlich teuer aussah. »Original aus den Staaten«, sagte er. »Von Erik.«

»Trinken wir auf Erik!« Tove hob das Glas, das Patrik fast bis zur Hälfte gefüllt hatte. Sie kippte den Inhalt hinunter und verzog das Gesicht. »Verdammt, das Zeug brennt aber!«

»Ja«, Patrik hatte sein Glas ebenfalls geleert. »Willst du noch einen?«

Tove hielt ihm ihr Glas hin. »Klar«, sagte sie. »Mir ist noch nichts eingefallen.«

»Ich trink auch noch einen.« Patrik füllte beide Gläser wieder bis zur Hälfte.

Tove trank ihres auch diesmal in einem Zug leer. Sie rülpste und schüttelte sich. »Fies«, lallte sie. »Ganz fieser Fissky.«

»Ja.« Patrik trank sein Glas leer, dann nickte er. »Das Zeuch muss weg.«

»Könn'n wir das nich' verback'n?« Tove wollte aufstehen, benötigte aber mehrere Versuche.

»Ja … gute Idee«, stimmte Patrik zu. »Fisskybrot!«

»Mehl, Sucker, Milch«, zählte Tove auf. »Was brauch'n wir noch?«

»Fissky«, sagte Patrik. »Viel Fissky fürs Fisskybrot.«

Sie stützten sich gegenseitig, als sie in die Küche wankten. Und sie mussten sich auch aneinander festhalten, als sie die Zutaten zusammensuchten.

Ihre Treffsicherheit hatte ziemlich nachgelassen, sodass längst nicht alles in der Schüssel landete. Der Teig musste außerdem ohne Butter auskommen, weil die komplett auf dem Boden lag.

»Jetzt muss nur noch der Fissky rein.« Tove hielt sich mit

beiden Händen am Tisch fest, weil sich die Küche plötzlich so schnell drehte.

Viel Whisky war nicht mehr in der Flasche. Patrik schüttete die letzten Schlucke in die Teigmasse. Irgendwie schafften sie es sogar, einen Brotlaib zu formen und ihn in den Backofen zu schieben.

Danach saßen sie beide auf dem Küchenboden und schauten dem Brot beim Backen zu.

»Fertich?«, fragte Tove irgendwann.

»Bestimmt.« Patrik wankte zum Backofen und schrie kurz darauf auf. »Scheiß-heiß-Ofentür!«, fluchte er. Er nahm ein Geschirrtuch, packte damit das heiße Blech und feuerte es mitsamt dem fertigen Brot durch die Küche. »Un' nu?«, fragte er ratlos.

Tove stand auf. Sie machte einen Schritt, rutschte auf der Butter aus und fiel geradewegs in Patriks Arme. Der fing sie auf, verlor das Gleichgewicht und fiel zusammen mit ihr rücklings auf den Boden.

»Autsch!«, murmelte Tove, als sie hörte, wie sein Schädel unsanft auf den Boden knallte. Er hob beide Köpfe, und seine beiden Gesichter schauten sie an.

»Seid ihr tot?«, wollte Tove wissen.

»Nee, ich leb noch!« Patrik schob sie von sich runter und rappelte sich auf. »Steh auf!« Er streckte ihr die Hand entgegen, obwohl er selbst keineswegs stabil stand.

»Kann nich'«, murmelte Tove. »Bin müde.«

»Ich auch.« Patrik ließ sich wieder neben ihr auf den Boden fallen. »Gut' Nacht«, murmelte er, drehte sich um und begann zu schnarchen.

Tove wollte ihm auch eine gute Nacht wünschen, aber dazu war sie nicht mehr in der Lage.

Tove und Patrik backen Whisky-Brot

500 g Weizenmehl
500 g Vollkornmehl
1 EL Natron
1 TL Salz
1 TL brauner Zucker
800 ml Buttermilch
200 ml Whisky
½ Tasse Rosinen (wer mag)

Beide Mehlsorten, Natron, Salz und Zucker in eine Schüssel geben und vermengen. Wer mag, kann Rosinen dazugeben. Eine Mulde formen, Buttermilch und Whisky hineingießen. Mit den Händen zu einem Teig verkneten. Wenn der Teig zu klebrig ist, noch etwas Mehl hinzugeben.

Einen runden Brotlaib formen und kreuzweise einschneiden. Den Laib auf ein bemehltes Backblech legen und mit etwas Mehl bestäuben. Eine Viertelstunde bei 230°C backen, danach die Temperatur auf 200°C reduzieren und das Brot weitere 20 bis 25 Minuten backen.

Kapitel 32

Noch nie zuvor hatte Patrik einen so schweren Brummschädel gehabt. Außerdem lag etwas auf seiner Brust und erschwerte ihm das Atmen. Mühsam öffnete er die Augen, um nachzusehen, was das war.

»Na endlich!«, vernahm er eine Stimme. Sie kam ihm vage bekannt vor, aber er konnte sie nicht zuordnen. Seine Lider flatterten, und er sah alles verschwommen.

»Was habt ihr gemacht?«, fragte die Stimme. »Die Küche sieht aus wie ein Schlachtfeld. Aber das neue Brot ist hervorragend.«

Endlich wurde das Bild klarer. Patrik hob den Kopf und sah, dass Tove halb auf ihm lag. Sie schlief tief und fest. Am Tisch saß Lovis und steckte sich etwas in den Mund.

»Das ist das beste Brot, das ich je gegessen habe«, sagte er. »Was ist da drin?«

»Whisky«, erwiderte Patrik. »Unmengen von Whisky! Glaube ich jedenfalls.« Er stöhnte leise auf, weil die Schmerzen in seinem Kopf stärker wurden.

»Könntest du mir vielleicht eine Aspirin holen«, bat er Lovis. »Oder besser gleich zwei.«

»Gerne, wenn du mir dafür erzählst, was hier passiert ist.« Lovis grinste.

»Hier ist nichts passiert. Wir haben nur gebacken.«

»Und wieso liegt ihr beide auf dem Fußboden?«

»Ich habe nicht die geringste Ahnung. Bitte, Lovis, das Aspirin!«

Lovis steckte sich noch schnell ein Stück Brot in den Mund, bevor er die Küche verließ. Als er zurückkam, wachte Tove gerade auf.

»Nie wieder Alkohol!«, flüsterte sie.

»Hej, Tove!«, begrüßte Lovis sie.

Tove verzog das Gesicht. »Schrei mich doch nicht so an.«

Lovis beugte sich ein wenig über sie und flüsterte: »Hej, Tove! Krister war übrigens gestern in meiner Kanzlei. Er schäumte vor Wut.«

»Das ist mir egal, solange er in Stockholm schäumt«, gab Tove zurück. Sie ließ ihren Kopf wieder auf Patriks Brust sinken.

Nach zwei Stunden, einem halben Liter Kaffee und einer erfrischenden Dusche fühlte Patrik sich ein wenig besser. Er war allerdings weit davon entfernt, sich richtig gut zu fühlen. Tove lag jetzt im Wohnzimmer auf der Couch und schlief immer noch.

»Warum geht es dir so gut?«, fragte er Lovis, der am Vorabend ebenfalls tüchtig getrunken hatte. Jedenfalls hatte Patrik das so in Erinnerung. »Und was hast du so früh hier zu suchen?«

Lovis grinste. »Ich freue mich auch, dich zu sehen. Und im Gegensatz zu dir kenne ich meine Grenzen beim Alkohol. Erik hat mich hierher beordert, er will heute die Verträge unterschreiben.«

Patrik lehnte sich auf seinem Stuhl zurück und wusste nicht, was er sagen sollte. Dieser Vertrag war ein hartes Stück Arbeit gewesen, aber im Moment war er ihm völlig egal.

»Ich hätte schon ein bisschen mehr Begeisterung erwartet«, beschwerte sich Lovis.

»Sobald die Kopfschmerzen weg sind, freue ich mich wie verrückt«, versprach Patrik. »Aber jetzt brauch ich erst mal ein ordentliches Frühstück.«

»Frühstück?«, wunderte sich Lovis. »Es ist Mittag.«

»Dann eben ein Mittagessen.« Patrik schaute Lovis bittend an. »Kannst du etwas besorgen? Ich bin dazu noch nicht in der Lage.«

Am späten Nachmittag schlief Tove immer noch. Patrik hatte inzwischen mit Linn telefoniert, die erfreulich munter war und anbot, dass Benny und Jesper bis zum nächsten Tag bleiben konnten.

Danach bat er Lovis, Erik Wallin anzurufen und die Vertragsunterzeichnung um einen Tag zu verschieben. Heute fühlte er sich dazu nicht in der Lage, und er hatte noch etwas anderes zu tun. Darum sollte Lovis sich um Tove kümmern, wenn sie aufwachte.

»Wo willst du denn hin?«, fragte Lovis neugierig.

»Vielleicht erzähle ich es dir später«, sagte Patrik leise. »Ich muss etwas erledigen, aber ich weiß noch nicht, ob ich es schaffe.«

Der kleine Laden war natürlich geschlossen. Was hatte er denn erwartet? Es war Sonntag, der Tag nach Midsommar. Patrik setzte sich auf die weiße Bank vor dem Haus und fragte sich, was er hier überhaupt zu suchen hatte.

Gerade als er aufstehen wollte, wurde die Tür von innen geöffnet, und Stina erschien auf der Türschwelle. Hatte sie ihn schon durchs Fenster gesehen? Jedenfalls wirkte sie bei seinem Anblick kein bisschen verwundert. Doch in ihren Augen las Patrik Angst und Unsicherheit.

Eine ganze Weile blieb sie in der Tür stehen, dann kam sie langsam näher und nahm neben ihm auf der Bank Platz. Sie legte die Hände in den Schoß, sagte kein Wort und blieb völlig regungslos sitzen.

»Ich war erst zwölf«, sagte Patrik leise.

»Ja.« Stina nickte, und als sie ihm das Gesicht zuwandte, sah er die Tränen in ihren Augen.

»Warum hast du mich im Stich gelassen?«, fragte er.

»Weil ich keine Ahnung hatte, wie es weitergehen sollte«, versuchte sie zu erklären. »Seitdem ist kein Tag, keine Stunde vergangen, in der ich nicht an dich gedacht habe.«

»Und trotzdem bist du gegangen und nie zurückgekommen.«

Stina nickte. »Ich habe es an der Seite deines Vaters nicht mehr ausgehalten. Ich konnte seine Kälte nicht ertragen.«

»Ich musste seine Kälte ertragen, bis ich alt genug war, um selbst fortzugehen«, sagte Patrik bitter.

»Nachdem es mir gelungen war, auf Mallorca Fuß zu fassen, wollte ich dich zu mir holen«, sagte Stina. »Aber dein Vater hat das verhindert. Wenn ich die Zeit zurückdrehen könnte, würde ich alles anders machen und dich sofort mitnehmen«, flüsterte sie.

Sie wussten beide, dass die Zeit nicht zurückgedreht und die Vergangenheit nicht ungeschehen gemacht werden konnte.

Patrik stand auf. Es war ihm gelungen, den Hass in seinem Inneren in den Griff zu bekommen. Tove hatte recht gehabt, es war ein befreiendes Gefühl.

»Sehe ich dich wieder?«, fragte Stina mit bebenden Lippen.

»Ja.« Patrik nickte. »Aber ich werde noch sehr viel Zeit brauchen, bis ich dir verzeihen kann.«

Sie sah zu ihm hoch, lächelte unter Tränen. »Wir haben alle Zeit der Welt«, flüsterte sie.

»Warum hast du mich nicht daran gehindert, so viel Alkohol zu trinken?«, beschwerte sich Tove, als er nach Hause kam. Sie war blass, müde – und wunderschön.

Patrik lachte. »Wieso hast du mich nicht daran gehindert, so viel zu trinken?«

Tove lächelte. »Das war ein toller Abend!«

»Das schönste Midsommar ever, würde Svea sagen.« Patrik grinste.

»Svea!«, rief Tove erschrocken aus. »Wo ist sie überhaupt? Ich habe sie heute noch nicht gesehen.«

Patrik folgte ihr, als sie nach oben eilte. Sie klopfte an Sveas Tür und öffnete sie, ohne auf eine Antwort zu warten.

»Svea!« Toves Stimme klang erschüttert. »Was ist mit dir, Kind?«

Tove eilte ins Zimmer, Patrik blieb an der Tür stehen. Er sah, dass Svea völlig verheult auf ihrem Bett lag.

»Emil hat mit mir Schluss gemacht!«, schluchzte sie. »Er ist jetzt mit Greta zusammen.«

Tove setzte sich zu ihrer Tochter aufs Bett und nahm sie in die Arme. »Es tut mir so leid, meine Kleine.«

Patrik fühlte sich hilflos und verspürte gleichzeitig das Bedürfnis, irgendwie zu helfen. »Soll ich dem Mistkerl eine blutige Nase hauen?«, bot er an.

Svea hob den Kopf und sah ihn mit tränenverschleiertem Blick an. »Ja, bitte!«

»Nein, auf keinen Fall!«, widersprach Tove energisch. Sie gab Patrik mit Blicken zu verstehen, dass er sie und Svea allein lassen sollte. Dankbar kam er dieser Aufforderung nach.

Als Tove wieder nach unten kam, sah er, dass auch sie geweint hatte. Er trat auf sie zu und nahm sie in die Arme.

»Sie tut mir so leid«, sagte Tove bedrückt. »Liebeskummer ist schlimm.«

Sie schien seine Zustimmung zu erwarten, doch Patrik zuckte nur mit den Schultern. »Ich hatte noch nie Liebeskummer«, sagte er.

»Natürlich nicht.« In ihrer Stimme schwang ein Hauch von Bitterkeit mit.

»Aber ich werde ganz schrecklichen Liebeskummer haben, wenn du mit den Kindern zurück nach Stockholm gehst.«

Tove schaute ihn an und sagte kein Wort.

»Ich weiß, wir kennen uns noch nicht lange, aber es kommt mir vor, als hätten wir unser ganzes Leben miteinander verbracht. Bitte, Tove, verlass mich noch nicht! Bleib mit den Kindern bis zum Ende der Ferien.« Er zog sie an sich und spürte beglückt, dass sie sich nicht dagegen wehrte. »Von mir aus könnt ihr auch gleich für immer bleiben«, sagte er zärtlich. »Ich liebe dich, Tove.«

»Ich liebe dich auch«, flüsterte sie.

Er hielt sie ganz fest, als er sie küsste. Er spürte ihre Lippen auf seinen, verlor sich in diesem Kuss, der ihn alles vergessen ließ.

Plötzlich versteifte sich Tove in seinen Armen. Irritiert hob Patrik den Kopf, folgte ihrem Blick, und dann sah er Sara. Sie stand in der offenen Terrassentür, mit bebenden Lippen und tränenfeuchten Augen. Ohne ein Wort zu sagen, drehte sie sich um und lief davon.

Lovis tobte, als er davon hörte. »Warum bist du ihr nicht nachgelaufen?«, fuhr er Patrik an.

»Um ihr was zu sagen?«, gab Patrik ebenso aufgebracht zurück. »Ich hätte nur bestätigen können, was sie mit eigenen Augen gesehen hat. Glaubst du wirklich, sie hätte sich dann besser gefühlt?«

Lovis ließ sich schwer auf einen Küchenstuhl fallen. »Das

war es dann mit dem Vertrag. Eigentlich kann ich sofort nach Stockholm zurückfahren.«

»Niemand hält dich auf«, erwiderte Patrik.

»Hört auf!«, fuhr Tove dazwischen. »Es bringt doch nichts, wenn ihr euch gegenseitig fertigmacht.«

»Wir standen so kurz vor der Unterschrift«, ereiferte sich Lovis. »Aber du musst natürlich alles kaputt…«

Patrik hatte keine Lust auf diese Diskussion. Wütend ging er ins Wohnzimmer und knallte die Tür hinter sich zu. Und dann sah er die neue Zeichnung an der Wand. Leere Schnapsflaschen, zwischen denen zwei Strichfiguren lagen. Im Hintergrund war ein Backofen zu sehen, aus dem dunkle Rauchschwaden zogen.

Patrik begann so laut zu lachen, dass Tove und Lovis ebenfalls ins Wohnzimmer kamen.

»Wer war das?«, wollte Tove wissen.

»Ich«, erwiderte Lovis. »Irgendwie scheint es euch ja wichtig zu sein, dass alle wichtigen Ereignisse auf die Tapete kommen.«

Kapitel 33

Am nächsten Morgen war eine weitere Zeichnung dazugekommen: ein junges Mädchen, das am Meer saß und in die Ferne schaute. Es war umgeben von zerbrochenen Herzen.

Hoffentlich geht es Svea besser, nachdem sie das gemalt hat, dachte Tove. Sie ging in die Küche, um den Frühstückstisch zu decken.

Heute war ein ganz besonderer Tag. Erik Wallin wollte später kommen, um den Vertrag zu unterzeichnen. Doch niemand wusste, ob er wirklich kommen würde. Er hatte sich nicht mehr gemeldet, und es war ziemlich wahrscheinlich, dass Sara ihm in der Zwischenzeit alles erzählt hatte.

Tove konnte es immer noch nicht fassen, dass Patrik bereit war, auf den Vertrag zu verzichten. »Nur du bist mir wichtig«, hatte er ihr gestern Abend immer wieder versichert. »Du und die Kinder.«

Sie hatten gemeinsam beschlossen, den Kindern erst später zu sagen, dass sie die restlichen Ferien auf Smögen verbringen würden. Tove war überzeugt, dass die Jungen begeistert sein würden. Bei Svea war sie sich da nicht so sicher. Nach dem Liebesaus mit Emil zog es ihre Tochter vielleicht doch zurück nach Stockholm. Patrik hatte gestern sogar vorgeschlagen, ihr doch noch die Reise nach Gran Canaria zu spendieren. Tove wollte erst noch darüber nachdenken.

»Das wird ein harter Tag heute.« Lovis kam in die Küche und setzte sich zu ihr an den Tisch.

Kurz darauf kam auch Patrik. Er beugte sich zu Tove hinunter und küsste sie zärtlich, bevor er ebenfalls Platz nahm.

»Habe ich was verpasst?«, fragte Lovis verwirrt.

»Eine ganze Menge«, sagte Tove und lächelte Patrik zärtlich an.

»Ihr wisst hoffentlich, wem ihr euer Glück zu verdanken habt.« Er tippte sich auf die Brust. »Mir!«

Patrik schaute ihn durchdringend an. »Ich habe keineswegs vergessen, was ich dir alles zu verdanken habe«, gab er mit unverhohlenem Sarkasmus zurück.

Lovis faltete die Hände und schaute in gespielter Verzweiflung an die Zimmerdecke. »Ist ein bisschen Dankbarkeit wirklich zu viel verlangt?«

Kurz darauf kamen die Jungen nach Hause. Erfüllt von ihrem Wochenende und mit einem unstillbaren Mitteilungsbedürfnis. Benny war nach wie vor hingerissen von Lena, während Jesper einen neuen besten Freund gefunden hatte, mit dem er sich für den Nachmittag wieder zum Fußballspielen verabredet hatte.

Auch Svea kam herunter und setzte sich mit Leidensmiene an den Tisch.

»Ich finde es ziemlich doof, dass wir bald wieder nach Hause müssen«, beschwerte sich Jesper. »Es ist gerade so toll hier.«

»Ich fahre nicht nach Hause«, verkündete Benny. »Lena hat gesagt, ich kann bei ihr wohnen, wenn ihr wieder nach Stockholm fahrt.«

»Mir ist es egal, ob wir hier sind oder in Stockholm.« Svea seufzte theatralisch auf.

Tove und Patrik warfen sich einen Blick zu.

»Ist dir das wirklich egal, Svea?«, vergewisserte sich Tove.

Svea zuckte mit den Schultern. »Klar.« Sie schaffte es tatsächlich, ihr ganzes Leid in dieses kleine Wort zu legen.

»Patrik hat uns eingeladen, bis zum Ende der Schulferien zu bleiben«, sagte Tove. »Aber gerade wegen dir, Svea, war ich mir nicht sicher, ob ich diese Einladung annehmen soll.«

»Also, ich nehme sie auf jeden Fall an«, stellte Jesper klar. »Ich bleibe!«

»Ich bleibe auch«, krähte Benny fröhlich. »Und ich wohne auch lieber bei Patrik als bei Lena. Die sagt nämlich, wenn ich ihr Mann bin, muss ich alles tun, was sie sagt, und ihr meine ganzen Spielsachen geben.«

»Sag ihr, du hättest einen guten Anwalt.« Lovis grinste.

»Nee, den brauch ich nicht«, erwiderte Benny. »Als ich ihr gesagt habe, dass sie mir dann auch ihre Spielsachen geben muss, wollte sie meine nicht mehr. Aber ich wohne trotzdem lieber bei Patrik.«

Svea seufzte wieder tief, weil sich offenbar niemand mehr für sie und ihren Kummer interessierte.

Patrik legte einen Arm um ihre Schultern. »Vielleicht schlage ich diesem Emil doch noch eine blutige Nase, wenn deine Mutter gerade nicht dabei ist.«

Svea musste lachen. Sie legte ihren Kopf auf Patriks Schulter und verkündete: »Ja, dann bleibe ich auch hier. Emil reist sowieso bald ab.«

Und dann war es so weit!

Patrik ging zur Tür, als es klingelte, und kam kurz darauf mit Erik und Sara zurück.

Erik lächelte, während Sara allen Blicken auswich und die Küchenwand anstarrte, als wäre sie ebenso interessant wie die im Wohnzimmer.

»Bevor wir jetzt zur Vertragsunterzeichnung kommen, möchte ich mich bei euch allen bedanken«, sagte Erik. »Das heißt …« Er griff nach Saras Arm und zog sie neben sich. »Wir beide möchten uns für diesen tollen Urlaub bedanken, und diesen tollen Abschluss am Samstag. Ich habe mich lange nicht mehr so amüsiert.« Erik verzog das Gesicht. »Obwohl ich zugeben muss, dass es der eine oder andere Schnaps zu viel war.«

Er war der Einzige, dem die Spannung im Raum zu entgehen schien. Es war offensichtlich, dass Sara ihm nichts gesagt hatte.

Tove fragte sich, was die junge Frau vorhatte. Wollte sie die Bombe unmittelbar vor der Vertragsunterzeichnung platzen lassen? Sie sah zu Patrik und erkannte, dass auch er äußerst angespannt war.

»Lovis, hast du die Verträge dabei?«, fragte Erik.

Lovis nickte und öffnete seine Aktentasche.

Patrik räusperte sich. »Erik, bevor wir die Verträge unterzeichnen, solltest du etwas wissen …«

Die Türklingel unterbrach ihn.

Tove hörte, wie eines der Kinder öffnete. Ein überraschter Ausruf war zu hören, aufgeregtes Stimmengemurmel, und dann stürmte plötzlich ein Mann in die Küche.

Sein Blick flog umher, blieb an Tove hängen. »Du!«, stieß er hervor und zeigte mit dem Zeigefinger auf sie. »Du glaubst doch nicht, dass ich mir das gefallen lasse!« Seine Stimme überschlug sich fast. »Keine Krone bekommst du von mir, hast du das verstanden?«

»Hallo, Krister«, sagte Tove ruhig. »Du hättest nicht den ganzen Weg von Stockholm hierher fahren müssen, um mir das zu sagen. Eine Nachricht an meinen Anwalt hätte gereicht.«

Tove sah, dass Jesper und Svea an der Tür standen und die ganze Szene beobachteten. Und dann kam auch noch Benny dazu.

Der Kleine stutzte, als er die vielen Menschen sah. Dann fiel sein Blick auf Krister, und sein Gesichtchen strahlte auf. »Papa!«

»Pst!«, zischten Jesper und Svea unisono.

Benny presste die Lippen aufeinander. »P'p'«, quetschte er aus den Mundwinkeln hervor.

Erik schaute verwirrt in die Runde. »Was hat das alles zu bedeuten?«

»Das wollte ich dir gerade erklären«, sagte Patrik.

Sara warf ihm einen hochmütigen Blick zu. »Er wollte dir wahrscheinlich sagen, dass Tove nicht seine Frau ist. Und die drei Kinder sind auch nicht seine Kinder. Sie haben dir nur etwas vorgespielt, damit du die Verträge unterzeichnest.« Sie zeigte ein kühles Lächeln, dann drehte sie sich um und verließ das Zimmer.

»Stimmt das?«, fragte Erik ungläubig.

»Ja«, gab Patrik unumwunden zu. »Es tut mir leid, Erik, ich wollte es dir schon die ganze Zeit sagen. Aber …« Er brach ab, hob hilflos beide Hände und ließ sie wieder fallen.

»Aber wir lieben uns«, sagte Tove schnell. »Auch wenn wir nicht miteinander verheiratet sind.«

»Noch nicht«, sagte Patrik leise.

»Was?«, schnaubte Krister. »Du bist meine Frau, und das sind meine Kinder!«

»Wir sind geschieden!«, fuhr Tove ihn an. Sie wandte sich an Erik. »Lovis kann das bestätigen, er ist mein Anwalt.«

Erik sagte nichts mehr. Er sah nur einen nach dem anderen an, dann wandte er sich um und folgte seiner Tochter.

»Wir haben alles auf eine Karte gesetzt, und wir haben verloren«, sagte Lovis deprimiert.

»So sehe ich das nicht.« Patrik legte lächelnd einen Arm um Toves Schulter. »Ich finde, wir beide haben eine ganze Menge gewonnen.«

»Ja, das finde ich auch«, stimmte Tove ihm zu.

»Wie geht es den Kindern?«, wollte Patrik wissen. »Haben sie Kristers Auftritt verkraftet?«

»Svea und Jesper sind ziemlich sauer auf ihn.« Tove lächelte Patrik an. »Vor allem, weil er durch sein Auftauchen den Vertrag vermasselt hat. Benny ist eher verwirrt.«

»Und was ist mit mir?«, beschwerte sich Lovis. »Könnt ihr euch eigentlich vorstellen, wie verwirrt ich gerade bin? Wochenlange Vorbereitungen für nichts.«

»Ich will ja nicht länger darauf herumreiten, wer an allem schuld ist«, begann Patrik, aber Lovis ließ ihn nicht weiterreden.

»Natürlich willst du darauf herumreiten. Wahrscheinlich werde ich mir das für den Rest meines Lebens anhören müssen.«

»Worauf du dich verlassen kannst«, versicherte Patrik grinsend.

Kapitel 34

Es war unglaublich, wie sehr sich sein Leben verändert hatte. Patrik konnte es oft selbst nicht fassen. Er hatte einen Vertrag verloren – aber was hatte er dafür alles gewonnen!

Hin und wieder traf er sich mit seiner Mutter. Waren die Gespräche mit ihr anfangs noch schleppend gewesen, so kamen sie sich allmählich näher. Inzwischen wusste Patrik, dass er ihr irgendwann verzeihen und endgültig mit der Vergangenheit würde abschließen können.

Lächelnd sah er aus dem Fenster seines Büros, bis es an die Tür klopfte.

»Herein!«, rief er.

»Patrik, wir machen Pickmick!«, krähte Benny, der gemeinsam mit Tove das Büro betrat. »Kommst du mit?«

»Natürlich! Ich freue mich schon.« Er stand auf und ging mit den beiden nach draußen.

Sie setzten sich auf den Felsen, auf dem Patrik vor einiger Zeit abends mit Sara gesessen hatte. So lange war das noch gar nicht her, aber es kam ihm vor, als wäre es in einem anderen Leben gewesen.

»Hast du etwas von Erik Wallin gehört?«, fragte Tove.

Patrik schüttelte den Kopf. »Ich weiß nur, dass er und Sara wieder in New York sind.« Er griff nach ihrer Hand. »Es ist nicht wichtig.«

»Svea hat wieder gebrochene Herzen gemalt«, sagte Tove. »Ich wünschte, sie würde sich endlich wieder mit ihren Freunden treffen. Einige von ihnen haben angerufen, aber sie geht nicht ans Telefon.«

»Das wird wieder«, sagte Patrik. »Sie weiß, dass wir für sie da sind. Das wird ihr helfen.« Er schaute Tove tief in die Augen. »Hast du darüber nachgedacht, mit den Kindern ganz zu mir zu ziehen?«

»Ich finde, es ist noch zu früh«, sagte sie, aber er erkannte in ihren Augen dieselbe Sehnsucht, die er selbst empfand.

»Ich halte es nicht aus, wenn ihr zurück nach Stockholm geht«, prophezeite er.

Tove lachte. »Wir werden uns regelmäßig sehen, und wenn wir uns ganz sicher sind …«

»Ich bin mir ganz sicher.« Patrik legte eine Hand auf sein Herz. »Du bist es, die noch Zweifel hat.«

»Nein, keine Zweifel«, sagte sie leise. »Aber Angst. Wenn ich allein wäre, würde ich ohne Zögern sofort hierbleiben. Aber ich habe drei Kinder, und für die wäre es unerträglich, wenn es mit uns nicht klappt.«

»Okay, lassen wir uns ein bisschen mehr Zeit«, gab Patrik nach. »Ich werde so oft wie möglich zu euch nach Stockholm kommen, und ihr besucht mich regelmäßig auf Smögen. Und wenn alles gut klappt – und ich weiß, dass alles gut klappen wird –, zieht ihr Weihnachten ganz zu mir.«

Tove dachte eine Weile über seine Worte nach, dann nickte sie. »Darauf kann ich mich einlassen.«

Abends stand Patrik vor der Wand im Wohnzimmer. Es war kaum noch Platz für eine weitere Zeichnung. Jesper hatte sich und seine Freunde beim Fußballspielen verewigt, Benny malte sich und seine kleine Freundin Lena gerne als Brautpaar, und

Svea schwelgte geradezu in gebrochenen pinkfarbenen Herzen.

Aber es gab etwas, das Patrik dringend zeichnen wollte. Zwei Schilder, auf denen *Stockholm* und *Smögen* stand. Darüber Flugzeuge, die in Richtung der Schilder flogen. So würde ihr Leben in Zukunft aussehen.

Und dann malte er noch einen Weihnachtsbaum und einen Umzugswagen, der geradewegs darauf zufuhr.

Sie hatten links neben der Tür angefangen zu malen, hatten das ganze Zimmer umkreist, mit Ausnahme der Stellen, an denen Möbel standen. Jetzt war nur noch der schmale Streifen rechts neben der Tür frei.

Zwei Tage später kam Lovis unerwartet zu Besuch. Patrik hatte ihn noch nie so aufgeregt gesehen.

»Ich musste persönlich kommen, um euch das zu sagen«, stieß er hervor. »Ich konnte das nicht am Telefon machen.« Er begann zu grinsen. »Ich will schließlich eure Gesichter sehen.«

»Lovis, du machst mich nervös«, sagte Tove. »Was ist passiert?«

»Haltet euch fest! Erik Wallin hat mich angerufen.«

Patrik starrte ihn nur an, während Tove sich auf einen Stuhl fallen ließ.

»Er sagt, er hätte über alles gründlich nachgedacht und wäre zu der Überzeugung gekommen, dass er an dem ganzen Dilemma nicht unschuldig ist. Er will seine Ansichten über seine Geschäftspartner noch einmal überdenken. Und vor allem will er den Vertrag mit dir abschließen, Patrik. Er findet dein Konzept überzeugend, und er vertraut dir.« Lovis holte tief Luft. »Trotz allem.«

Epilog

Nie zuvor hätte Patrik es für möglich gehalten, dass ihn die Stille in seinem Haus so erdrücken könnte. In den vergangenen Monaten war er so oft es ging nach Stockholm geflogen. Und ebenso oft war Tove mit den Kindern zu ihm gekommen. Doch die Tage dazwischen waren einsam und grau gewesen.

Und nun war die Zeit des Wartens und der Einsamkeit endlich vorbei!

Als Patrik an diesem Morgen ins Wohnzimmer kam, war auf dem letzten Wandstück ein Paar zu sehen, das sich eng umschlungen hielt. Drei Kinder standen daneben, und über der Gruppe stand das Wort *Angekommen.*

Die Wand war rundum bemalt, der Kreis war geschlossen!

Wenig später hatte sich die ganze Familie um den Frühstückstisch versammelt. Der Garten war tief verschneit, und am Meeresufer hatten sich Eisschollen gebildet. Es war der erste Samstag nach den Weihnachtsferien. Die Kinder hatten die erste Woche in der neuen Schule beziehungsweise im Kindergarten hinter sich, und überall im Haus stapelten sich noch die Umzugskisten.

»Ich liebe meine neue Schule und das Fußballspielen mit meinen Freunden«, schwärmte Jesper.

»Ich liebe den Apfelkuchen von Lenas Mama«, krähte

Benny. »Und ganz oft hab ich auch die Lena lieb, wenn sie nett zu mir ist.«

»Ich liebe Tove!« Zärtlich sah Patrik sie an.

»Und ich liebe Patrik«, sagte Tove.

Svea seufzte herzergreifend. »Und wer liebt mich?«, fragte sie mit leidender Stimme.

Benny bestrich gerade sein Seetangknäcke mit Schokocreme. Er schaute Svea an, betrachtete die Knäckebrotscheibe in seiner Hand und legte sie schließlich auf Sveas Teller.

»Liebe ist wie Knäckebrot«, sagte er. »Es krümelt und knackt und schmeckt eigentlich ziemlich langweilig. Aber wenn du was findest, was richtig gut dazu passt, dann gibt es nichts Besseres!«

Mårtensson-Bröd backt Seetangknäcke

30 g Sesam
1 EL getrocknete Seetangflocken
300 g Weizenvollkornmehl
30 g Butter
250 ml Milch
½ TL Salz
1 Messerspitze Backpulver

Die Sesamkörner mit den Seetangflocken in der Pfanne anrösten. Anschließend auf einem Teller abkühlen lassen.

Inzwischen alle anderen Zutaten miteinander vermischen. Die abgekühlten Sesamkörner und die Seetangflocken hinzugeben. Alle Zutaten zu einem geschmeidigen Teig verkneten und auf einem gefetteten Blech dünn ausrollen.

In Rechtecke schneiden und jedes Stück mit einer Gabel einstechen. Bei 220°C etwa 15 bis 20 Minuten backen.

Unverschlossen aufbewahren, damit das Knäckebrot nicht weich wird!